憑かれた女

横溝正史

角川文庫
22129

目次

憑かれた女

白昼夢

長谷の停留場で電車を降りたエマ子は、柄の短いパラソルを小脇にかかえ、地面を蹴るような歩きかたで、まっすぐに由比ヶ浜の方へ下りて行こうとした。

午後三時ごろの太陽が、かあっと白い道路に反射して、すぐ向こうの、海岸の方からは波の音や人のさんざめきが一つになって、まるで凄じい滝津瀬のようにどどん、どどんと響いてくる。根が賑やかな事の好きな虚栄家のエマ子のことだから、その騒ぎを聞いただけでも、もう胸をわくわくさせて駆けだすはずなのに、今日のエマ子はそうではなかった。なんだか急に苦しげに唇を噛みしめると、目をすえて、あわてて道傍の日陰の中へ駆けこんだ。なんとなく不安で、息ぐるしくて、今にもその場へ倒れてしまいそうな気がする。こんな所で倒れたりしちゃ大変だ。そんな恥っさらしな、このたくさんの人の前でと、じっと我慢をしていればいるほど、ますます胸のあたりが変に空虚になってきて、今にも発狂するのじゃないかという恐怖が勃然として湧き起こってくる。

美しい女が妙な恰好をして路傍に立っているのだから、行きかう人々がみな不思議そうな顔をしてじろじろと見て行く。

エマ子にとってはそれが何よりも辛いのだ。そうかといってそこから一歩でも離ればくらくらときそうな気がする。こんな場合ウイスキーでもぐいぐいとやればどうにか持ち直すことができるのだが、女の身としてまさかそんな真似もできないし、第一持ち合わせもない。

こんなことなら鎌倉くんだりまで来るんじゃなかった。同じ死ぬならアパートのベッドのほうがどんなに死に心地がいいかしれやしない……と、そんなことを考えながら、きょろきょろとあたりを見回しているエマ子の目に突如救いの主の姿がうつった。

「四郎！　ちょっと四郎ッたら！　こっちよォ、意地悪ね」

今しも海の方から上って来た、海水着一枚の、からだじゅうからポタポタと滴を垂らしている青年が、エマ子の声にしばらくあたりを見回していたが、やっと彼女の姿を見つけると、にやにやと笑いながら側へよってきた。

「どうしたい、エマ、そんなとこで何してるの。誰かを待ってるのかい」

「そうじゃないの、ねえ四郎、アザミの連中みんな来てるんでしょう」

「ああ、来てるよ。行ってごらん、材木座寄りの方で例のテントを張ってるからすぐわかる。おりゃあこれからちょっと用たししてこなきゃならんから失敬する」

「ちょいと四郎、待ってよォ」

エマ子は急に不安がこみ上げてきたように、あわてて相手を呼び止めると、

「あんたこれからどこまで行くの」

「うん、ついそこまで氷とサイダーを仕入れに行くところさ」

「じゃ、そう長くはかからないのでしょう？」

「うん、すぐそこんところだから五分もあればたりる」

「そう、じゃあたしここで待ってるから、一緒に連れてってよォ」

「おかしな娘だね。遠慮のあるやつは一人もいやしないじゃないか」

「なんでもいいから一緒に連れてってよ。あたしここで待ってるわ」

「じゃ、どうでもかってにしなよ」

「できるだけ早く来てね」

四郎の後ろ姿を見送るとエマ子はほっと安堵の吐息をついた。そのひょうしに二、三人こちらを見ている人々があるのに気がついて、彼女はぽっと頰を染めると、あわててハンドバッグの中からコンパクトを取り出して顔をなおした。べつにいつもと違った顔色でもない。目の色が少し疲れているように見えるだけで、ほかは頰だって唇だって相変わらず生々として美しい。これでどうしてあんな厭な発作が起こるのかと

思うと、エマ子は泣き出したいくらい情けなかった。

混血児のエマ子があの厭な神経衰弱に取り憑かれたのは、五月ころからのことだった。はじめのうちはなんとなく世の中が不安で不愉快で、それをまぎらせるために日ごと夜ごと酒びたりになっているうちに、とうとう病気をこじらせてしまって、このごろでは毎日はげしい脅迫観念に襲われる。

この発作が起こってくると、まず第一に心臓が固くなって、からだの一部がなんとなく空虚になり、今にも発狂しそうな気がする。発狂したが最後どんな事をしでかすか知れたものではないのだ。……しかもこの発作たるや、自分の部屋で一人寝ている時とか、気の合った仲間同士でふざけ合っている時にはめったに起こってこないで、汽車の中だとか、劇場の中にただ一人いて、今発作を起こしたら困るな、満座の中でいい恥さらしだな、などとじっと辛抱していると、そんな時に限って意地悪く、勃然として不愉快な恐怖が起こってくるのだった。しかもこの病気ばかりは本人のわがままから起こってくるのだから、他人にはまったく同情がない。

「エマ。お前その病気、アレじゃない？」

「あれって何さ」

「ほら、早発性痴呆症というやつさ」

「馬鹿！　馬鹿！　そんな事が……」

「だって、お前に覚えはないにしろ、お前の両親からもらったものかもしれないぜ。ほらお前のおやじというのはドイツ人の船乗りだろう？　船乗りときちゃお前どんな病気を持ってるか知れたもんじゃねえぜ」

「馬鹿！　馬鹿！　出て行け、こいつ！」

　だがその言葉はエマ子の一番痛いところへ触れているだけに、後々まで滓になって残った。

　生まれてから一度も会ったことのない両親のことはさておき、彼女自身にだって覚えのないことではなかった。年齢よりはいくぶんふけて見えるとはいえたった十七のエマ子が、仲間を牛耳っているというのは彼女がいつもいい金の蔓をにぎっているからだし、この金の蔓をはなさないためにはかなり荒いからだの稼ぎもしなければならないわけだった。すると自分のからだにはもう恐ろしい病毒が回っているのだろうか。と、いっそう暗い気持になったりするのだった……。

「やあ、お待ちどう、さあ行こう」

「あ、四郎。大変なお荷物ね。少し持ってやろうか」

「いいよ、いいよ、着物を汚すといけないよ」

　両方の手に、氷とサイダーの瓶を放りこんだバケツをぶら下げてキャプテン四郎という、有名なブラックリストの後について、エマ子は熱い砂の上に下りて行った。

海も砂も菌のようなビーチパラソルも、きららのようにかあっと燃え上がって、その強烈な色彩に今にも眩暈がしそうな気がしたが、キャプテン四郎が傍にいてくれるおかげで、内々恐れていた発作も起こりそうになくエマ子はほっとした。

「エマ。その後病気はどうだい」

「ええ、相変わらずよ。じつはさっきも起こしかけてたところなの」

「あ、道理で妙な顔をしてると思った。もう大丈夫かい」

「うん、あんたの顔を見たらとたんに治っちまったわ」

「ほほう、そりゃ妙だね。おれの顔にそんな効能があるたァ知らなかったよ」

「ううん、あんたに限らないけど、誰でも知ってる人を見ると、急に気丈になって、そうするとたんにけろりと治っちまうのよ」

「ずいぶん妙な病気だな、なんしろ早く快くなっておくれよ。エマがそう意気銷沈してちゃおもしろくないからね」

「あたしもそう思ってるんだけどねえ。――時に五月さん来てる?」

「うん来てるよ。みさ子も一緒だ」

「そうォ」

エマ子は何気なくそう言ったが、そのとたんきらりと目を光らせて唇をかんだ。

「おうい、待っててやったぞォ」

その時、ふいに四郎が大声でどなったので、ふと目をあげてみると、見覚えのあるアザミ酒場(バー)の派手なビーチテントの下で、丸くなって寝そべっていた青年たちが、こちらへ手をあげて一緒にうわっと鯨波(とき)の声をあげた。

エマ子はそれらの青年の向こうに、逞(たくま)しいからだつきをした五月が、水着の上にパジャマをはおってパイプをふかしているのを見ると、思わずちょっと耳の付根を染めた。みさ子の姿はどこにも見当たらなかった。

「やあ、エマも一緒か。よく来たね。おい、誰か、エマにも一杯サイダーをご馳走してやれよ」

「よいとしょ」

あちらでもこちらでもサイダーを抜く音がシュウシュウと景気よく聞こえた。エマ子はたくみにその中をくぐり抜けると、

「こんにちは」

と、五月のそばへ腰をおろした。

「よく来たね。顔色も少しいいようじゃないか」

東京の銀座裏にあるアザミ酒場という、あまり素人(しろうと)を寄せつけぬ酒場を根城に、いつの間にかアザミ組という、警視庁のブラックリストにも載っている与太者の団体。その団長格だけに五月という男はさすがに落ち着きもあり思いやりもあるというふう

だった。

「ええ、ありがとう。だけどだめね、まだ……」

「やっぱり起こるのかい。例のが……」

「ええ、このごろはいっそうひどいようなの。あたし、なんだか、このまま気が狂ってしまうのじゃないかと思って……」

「馬鹿な、その弱気がいけないのだよ」

「だってね」

といいかけてふと気がついたように、

「みさ子さんは？」

「なんだか学校友だちに会ったとかいって、向こうの方で泳いでいるよ」

「お楽しみね。このごろは――」

「何を馬鹿な！」

「だって」

「うるさいばかりだよ。あんな女」

「そうでもないでしょう？」

「相当なもんだね」

突然サイダー組の一人が頓狂な声をあげた。

「神経衰弱も何もあったもんじゃないね。来るといきなりあれだから、こちとらサイダーも冷めちまわあな」

「おい、みんなもう一度潮で面でも洗ってこようや」

ばらばらと河童たちが砂を蹴って立ち去った後には、氷につけたサイダーの瓶が三、四本と、エマ子と五月の二人だけが取り残された。五月は苦笑いをしながらパイプを詰めかえている。

「あなた、もう入らないの」

「うん、おりゃあもう止そう。それよりこのごろ、いっそうからだ具合が悪いというなァ、どういう調子なんだね」

「なんだかとってもあたし、怖くなることがあるのよ。夜なんか眠っててね、ふと目を覚すことがあるでしょう、すると、向こうの壁にじっと大きな目が浮いているのよ。眉毛なしの、唯――そうね、一尺ばかりもあろうかと思われる大きな目なのよ。それが凝っとこちらを見てるんだけど、あっと思って起き上がろうとすると、その途端消えちまってるのよ」

「馬鹿馬鹿しい、そりゃお前さんの妄想だよ。そんなことをくよくよと考えてるから、余計に悪くなるんだ」

「ええ、あたしもそう思ってるんだけど、それが一度や二度ではないのよ。毎晩のように、しかも目だけならいいのだけれど、手だの足だの首だの胸だのと、それこそまるでバラバラ事件みたい、ほんとにぞっとする事があってよ。——あたし、こんな幻ばかり見つづけていたら、今にきっと発狂してしまうにちがいないと思うわ」

五月は憫(あわれ)むようにじっとエマ子の顔を見た。

睫(まつげ)の長い、鳶色(とびいろ)の目がガラスのように乾いて、何かしら憑かれたもののような物凄(ものすご)さを帯びている。気違いになりかけている女の目というのは、こういうのじゃないかしら。五月はぎょっとしたように目をそらしながら、

「なんだね。エマも一緒にここのキャンプへやって来たらどうだね。そうすりゃ、気がまぎれてかえってよくなるかもしれないぜ」

「だってね」

エマ子は口ごもりながら、

「あたしがいちゃ、邪魔になるでしょう」

「なんだ、またみさ子の事か。ありゃなんでもありゃしないじゃないか。だってこんなに大勢いるのに何ができるもんか」

「だって、男と女じゃ違うわ。みさちゃんにとっては百人の男より一人のあたしのほうが邪魔っけなのはわかりきってるわよ。あたし、やっぱりアパートにいたほうがいいわ」

「そりゃ、お前の好きなようにしたほうがいいが」

と、五月は憤ったように言ったが、すぐ思いなおしたように、

「しかしエマ、お前例のものは大丈夫かい」

「ええ、今日はそれでお願いに来たの。なんしろ、五月からこっち、まったく稼ぎなしでしょ。ここんとこへ来てまた急に入費がかさんだりして、少々ならずご難なのよ」

　五月はそういうエマの顔をじっと見つめていたが、なんとなく哀れっぽくなってあわてて視線をそらしてしまった。

　わずか十六や十七の身そらで、どこのお姫さまにも劣らぬ縹緻を持ちながらなんの因果でこんな口の利き方をしなければならないのかと思うと、急にものの哀れというものを感じた。

「そりゃいいよ。アザミのおかみさんところへ手紙を出しておくから、あすこへ行っていくらでも要るだけ借りて使うがいい。しかしエマも、今度からだがよくなったら今までみたいなむちゃはしないことだね」

「ええ、あたしもそう思ってるの。今度は真面目にやるわ」

　そういいながら、ふと燃え立つ砂の方へ目をやったエマ子は、突然うわっと叫んで、ビーチソファのうえに顔を伏せてしまった。

「どうした、どうした、エマ、いったいどうしたというのだ？」

「あすこへみさちゃんが……」

「みさ子が？」

なるほどみさ子が、誰かにエマ子の来ていることを聞いたとみえて血相かえてやってくるのがみえた。

「みさ子が来たってそう驚くことはないじゃないか」

「だって、だって、からだじゅう血だらけになって……」

「みさ子が？　からだじゅう血だらけになって？　馬鹿馬鹿しい。みさ子はあのとおりピンピンしてやって来るじゃないか」

「嘘！　嘘！　からだじゅう血だらけになって、ポタポタと血の滴が垂れて……」

エマ子はチェアにかじりついたまま、だだをこねるように首を振っている。なるほど、みさ子の真っ赤なビーチスーツからはポタポタと潮の滴が垂れているが、それが血に見えるとしたら、エマ子の病気はよほど悪いにちがいない。

「大丈夫だよ。大丈夫だよ。みさ子はどうもしやしない。ピンピンしてるよ」

五月はいたわるようにエマ子の肩に手をかけたとたん、みさ子が嫉妬（しっと）に狂うような目つきをしてテントの中へ飛びこんできた。

「五月さん、エマが来てるんだってね」

「うん、なんだかまた例の病気が起こったらしい。少し介抱(かいほう)してやったらどうだ」

「馬鹿馬鹿しい。時と場合によってうまいぐあいに起きるそんなつごうのいい病気に、介抱なんかいるもんか」

みさ子が仁王立ちになったまま、吐き出すように罵(ののし)る声をききつけたとみえて、エマがぼんやりと放心したような、半ば憑かれたような顔をあげた。

「あら、みさちゃん――じゃさっきのはやっぱり幻だったのかしら」

エマ子が深いため息をつくような調子で呟(つぶや)いた。その気味悪い言葉の調子には、さすがのみさ子も五月も思わず、ぶるぶるとからだを慄(ふる)わせたという事である。

この時エマ子が、血だらけになったみさ子の幻を見たという事と、彼女の極度の恐怖症とが、これからお話しようとする、この理由のわからない白日の悪夢のような物語に大きな関係を持っているのだから、読者諸君は忘れないように記憶していていただきたい。

アザミ酒場(バー)

鎌倉から帰ってきてからも、エマ子の状態はいっこうよくならなかった。

五月の好意でアザミ酒場からとどけられたお金のおかげで、近ごろでは身のまわりのものに不自由するようなことはなかったが、それがかえっていけなかった。彼女はあればあるにまかせて、ウイスキーだのブランデーだのという強い酒を買いこんでおいて、例の発作が起こりそうになると、アダリンをボリボリ噛りながら酒を呷っているものだから、このごろではもうちょっとでも酒の気がきれると、心細くてしようがなかった。

　こんな状態だから病気はますます悪くなる一方で、外出中に少しでも酒がさめてくると、たちまちぶっ倒れそうな恐怖を感じるし、アパートに寝ていればいるで、始終いやな、気味の悪い幻想ばかり見つづけていた。

　言い忘れたが彼女の住んでいるアパートというのは、渋谷の駅から十分ぐらいの距離の、堂々たる三階建だった。彼女はそこの二階の角の部屋を占領しているのだが、部屋の中は始終風が吹き通していて外から考えるほど暑くはなかったので、エマ子はそれをいい事にして、ほとんど一日じゅう裸体に近い恰好でベッドのうえに寝そべっては、うつらうつらと不思議な、阿片中毒患者のような夢をみていた。

　バラバラにされた手や足や首、醜いほど拡大された厭らしい唇、毛むくじゃらの脚を伸ばして、のっそのっそと天井を這い回っている気味の悪い蜘蛛、それらの幻の果てには、彼女はきっと、鎌倉の浜で見たあの血みどろのみさ子の幻を見るのだった。

　エマ子は今考えてみても、あの時の恐ろしさを忘れる事ができない。ゆらゆらと陽炎の中に揺れているおびただしいビーチパラソルの中から、ふいにうわっと飛び出してきたみさ子の血みどろの姿。――エマ子には実際そうとしか見えなかったのだ。いつか芝居で見た小幡小平次のように、斬られても突かれても執念深く沼の中から這い上がってくる恐ろしい形相――不思議なことだがあの時のみさ子の姿がエマ子にはそんなふうにしか見えなかったのだ。

エマ子はうつらうつらとそんな事を考えているうちにふとまた、べつの恐怖に襲われたりした。自分はこうしてだんだん気が変になってゆきつつあるのではなかろうか。何も彼もこれは発狂の前兆かもしれない。エマ子はふと自分が発狂して、みさ子をずたずたに斬りさいなんでいる幻を見た。そうだ、もし自分が発狂して人を殺すとしたら、たしかにその犠牲者はみさ子にちがいない。自分は死ぬほどみさ子を憎んでいるのだから、この病気さえなかったら今までにすでに、みさ子をなんとかしていたにちがいない。

こうしてエマ子の恐怖症状はしだいに激しくなってゆくようであった。そしてしまいには自分が人の血に飢えて、はあはあ鼻を鳴らしている狂犬ででもあるかのような奇怪な錯覚にとらえられたりした。

ところがこうした極度まで昂進していたエマ子の恐怖症が、ふとした機会からケロリと治ってしまったのだから不思議ではないか。もっともその代わり今度は東京全市民を驚かすような、なんとも名状しがたい妙な事件が起こってきたのだけれど。

ある夕方、エマ子は厄介になっていたアザミ酒場のマダムに一度も挨拶にいってないことを思い出して久しぶりに渋谷のアパートから出かけた。だいたいそういう殊勝な心掛けを起こすだけでも、その日エマ子の気分がいかに朗らかだったかわかるだろう。久しぶりに美しく化粧して外へ出てみると、ようやく秋の色をおびてきた空といい、街の粧いといい、なんとなく物珍しく思われて、一時は自分の病気のことも忘れてしまうくらいだった。彼女は身も心も軽々としたように、新橋で降りるとさっそうと久しぶりの銀座を突っ切って狭い横町にあるアザミ酒場のガラス戸を押した。

「マダム、いて？」

まだ時間前のこととて客は一人もなく、顔馴染みのない女の娘が一人、つくねんと狭い椅子に腰をかけていた。

「ええ、いらっしゃいます。あの……」

女の娘はエマ子の美しい姿を眩しそうに見とれながら、あわてて立ち上がろうとしたが、その前に奥の扉がひらいて、化粧最中だったらしいマダムが半身を覗かせた。

「まあ、エマじゃないの。珍しい。もうからだのほうはいいの？」

「ええ、おかげさまで少しは。……もっと早く上がらなければならないのに、病気をかこつけにすっかりかってしちゃって……」

エマ子がきっちりと腰を下げるのをマダムはさえぎりながら、

「そんな事はどうでもいいわ。それよりまあこちらへお入りな。少し話もあるから暑いけど我慢してちょうだい」

そこはマダムの居間兼女給の化粧部屋ともいうべき部屋で、狭苦しいなかに鏡台だの化粧道具だのがごたごたと取り散らかされてあって、その中にぶんぶん音を立てている扇風機が、ほろ温かく空気を掻き回していた。マダムは諸肌ぬぎになって鏡に向かいながら、

「こないだ鎌倉へ行ったってね」

「ええ、とんだ醜態を演じちゃって恥をかいちゃったわ」

「本当にね。五月さんの手紙で読んだのだけど、始終そんな発作が起こるようじゃ困るわね」

「ええ、でもあの時のは特別なのよ、マダム、いつもはそれほどでもないのよ」

「そうォ。それにしても妙な病気ね。どちらにしろ早く治ってもらわなきゃ。エマのいない銀座なんて淋しくてしようがないわよ」

マダムはやっと化粧を終ると、初めてエマ子の方に向きなおりながら、細巻煙草を一本器用に口で抜きとりながら、

「どう？」

と、エマ子の方へ差し出した。エマ子は遠慮なく一本抜きとりながら、

「マダムそいで用があるってなんのことなの?」

マダムはすぐにはそれに答えないで、エマ子の煙草に火をつけてやると、自分もふっと煙を吐きながら、つくづくとエマ子の顔を見ていたが、やがて感嘆したように言った。

「エマは相変わらず美しいね。そうしてりゃまるで病気とは見えないじゃないの?」

「いやなマダム。――でも、少し痩せちゃったでしょ?」

「そうね。そういえば少し……だけどそれでいっそうきれいになったわよ。ねえエマ、あんた本当にその縹緻でぼんやり遊んでるなんてもったいないじゃないの」

エマ子はその言葉でただちにマダムの意中を推察する事ができた。彼女が初めて仲間でいうところのツルなるものを捕えたのも、やはりこのマダムの周旋だったが、その時マダムが彼女を口説くに用いた言葉が、ちょうどこれと同じだった。それ以来彼女は、幾度かこのマダムの周旋する男のせわをうけ、金を浪費し、そのあげくには喧嘩別れして、そしてまたこの言葉を聞いたことだろうか。

「ええ、だってもう少しからだがよくならなきゃ……」

エマ子は言葉を濁しながらも、できることなら早くそうなりたいと考えていた。他人から融通された金で養生をしていたってちっともおもしろくないし、それに第一浪

費家で虚栄家のエマ子は、いつも有り余っている金を懐にしていなければ淋しくてしようがないのだった。

「だって今見たところじゃ少しも病気らしいところは見えないじゃないの」

「ええ、そうなの。だからあたしわがままを言ってるように見えて苦しくってしようがないの。だけどまあ、その話なら九月になるまで待ってちょうだいよ」

「そうォ。それじゃしかたがないけど、ねえエマ、あたし、何もあんたに金を貸すのがいやでこんなことを言うのじゃないのよ。だけどあんたもわざわざ鎌倉くんだりまでからだの悪いのに出かけて行ってさ、五月さんの言葉ぞえでやっとあたしに借金を申し込むほど困っている今の身の上でしょ。あたしそれがいじらしくって、少しでもからだがいいのなら……と思って見立てておいた人があるんだけど……」

マダムはやや不平そうな調子でそんな事をいいながら、シミーズ一枚の変な恰好で表の方へ出て行ったが、

「エマ、お前さん何がいい？　いいシェリーが来ているのだけれど……」

「ああマダム。ご馳走していただけるなら、あたしもっと強いのがいいわ」

「そうそう、エマはブランデーがよかったのね」

マダムが持ってきた酒をご馳走になっているうちに、エマ子は例によってだんだん胸の不安を吹き払われていったし、そうなると急に好奇心も働いてきて、彼女はきら

きらと目を光らせながらマダムの顔を甘えるように覗きこんだ。

「マダム、そいで相手の男ってどんな人？」

「エマはそれだから厭さ、男のより好みがはげしいのだからね」

「だって、あたし、みさ子さんみたいなわけにはいかないわ」

「そりゃまあ、そこがエマのいいとこだけど、このマダムの見立ててあげた男に、今まで厭なやつがあって？」

「そういえばそうね。じゃあたし、話だけでもうかがっておこうかしら？」

エマ子は強い酒とマダムのうまい口に欺されて、いっそマダムのいうようにおもしろおかしく稼いでいたら、かえってあの厭な病気なんか吹き飛んでしまうかもしれないと考えたりした。マダムは早くもその気持を察したものかさかんに酒をつぎながら、

「じゃ、まあともかく話してみるからよく考えてごらん。相手は外国人なんだけど、とてもあんたに執心でね」

「あら、じゃその男あたしを知ってるの？」

「そうだってさ。どこかであんたと踊ったことがあるんだってさ。むろんあんたは覚えちゃいまいが、それ以来とてもあんたが気に入ってね、方々捜し回ったあげくやっとここのなんだということを発見したってね、四、五日前にやってきて、ほら、こんなにたくさんの金を預けていったのよ」

マダムはそう言いながら、あたりを見回しておいてすばやく机の中を開いてみせた。その中には折目もない緑色の紙幣の束が、ずっしりとその重みを見せていたのでエマ子は思わずまあと目を輝かせた。

「だけどあたし外人はどうかと思うわ」

「いいじゃないの。あたしエマはやっぱり日本人より外人むきだと思うのだけれど……」

エマはそれを聞いているうちに、だんだんマダムの言葉に引きずられてゆく自分を感じた。

外人にはうるさい引っかかりがないので、エマ子のようなわがままな女には好都合であった。

「そこでマダム、その人なんてえ名なの」

「名前？　名前のことはよく聞いておかなかったのよ。まあお聞きなさいよ、けっしてうっかりしてたわけじゃないのよ。この前の火曜日かにその男がきてね、そんな話のあげく、名前のところはしばらく待ってくれ、その代わり名刺代わりにこの金を預けとくというので、これだけ預けていったのさ。それから水曜木曜とつづけさまに聞きに来たんだけど、なにしろあんたのほうがはっきりしないんでしょ。さすがの外人も業をにやしたのか、自分は急がしくってそう毎晩ここへ訪ねてくるわけにはいかない。明晩からは自分の代わりに運転手をよこすからなるべく早く片をつけてくれというわけで、それ以来毎晩運転手が代わりに聞きにくるのよ。今晩だってもう来る時分だと思うわ。ねえエマ、あんたどうする？　これだけの金を目のまえに見ながら、みすみす諦めちまうのもずいぶんもったいない話じゃないか」

「まあ、そいじゃ今夜さっそく話をきめなきゃいけないの」

「まあね。今までずいぶん焦らしてきたんだからね」

エマ子は手を伸ばしてマダムの引出しから紙幣束を取りあげた。大きな緑色の紙幣は指で弾くとぴんぴんと鳴った。マダムと山分けにしてもこれだけあればともかくも秋までつなげる、それに病気だって酒の気があれば抑える事ができるし、いっそこの話、乗ってみようかしら……と強い酒の勢いで麻痺しかかっている脳髄が、とつおいつそんな事を考えているところへ、さっきの女の娘が顔を出した。

「マダム、またいつもの運転手さんがやってきたんですけれど……」

異人屋敷の怪

その晩おそく、エマ子はぐでんぐでんに酔っ払ったまま、まるで荷物のように自動車の中で揺られていた。というのは、彼女はひどく酔っ払っているばかりでなく、手足をしばられ、おまけにこの暑いのに目隠しまでされているからであった。エマ子はがたんがたんと自動車が揺れるたびに、方々へからだをぶっつけながら、そのたびにゲラゲラと気違いのように笑っていた。

「ちょいとォ、運転手さん、いったいあたしをどこまで連れてゆくのよォ。もういいかげんにしゃべっちまったらどう？　うっふ。あたしもいささか気まぐれが過ぎたようよ。この目隠しをとってよ。暑くてかなわないわ」

運転手はしかし無言のまま振り返りもしなかった。

「ちょいとォ、運転手さんてば、そんなにまじめくさった顔をしないで、こちらをお向きよ、馬鹿ねえ、あたし、暑くって、苦しくって……」

それでも運転手は黙っている。自動車がひどいぬかるみの中へのめりこんだと見えて、二、三度はげしくジャンプした。からだの自由のきかぬエマ子はそのたびに方々へからだをぶっつけては顔をしかめた。

だいたいが不思議な取り引きだった。相手の外人というのが、なるべく身分を知られたくないという理由で、エマ子に目隠しをしてくる事を求めたのだった。エマ子はもうその時分ひどく酔っ払って楽天的になっていたのと、アザミのマダムが何も彼ものみこんでいるらしいのに安心していたのとで、一も二もなく承諾してしまった。かえってその秘密めいた、犯罪めいた提言が、酒に麻痺した彼女の脳髄にはいっそうおもしろく感じられたのだった。それにまた考えようによっては、それほど自分の身分を隠したがるところをみるとかなり地位のある人間かもしれない。もしそうでなかったとしてもどっちみち金は先にとってあるのだし……と、利にさといエマ子はとっさの間にそんな勘定も忘れていなかった。

「運転手さん、まだなの、ずいぶん遠いのね」

酔っ払っている上に、目隠しをされているエマ子は銀座を出てしばらくの間はどうやら方角がわかっていたものの、今では皆目どの辺まで来ているのやら見当もつかなかった。なんだか同じところをぐるぐる回っているような気もするのだった。

「もう少しですよ。もう少しのところですから辛抱して下さい」

運転手がそういったとたん、自動車がガタンと何かにつき当たって大きく動揺した。

「畜生！」

運転手はあわててブレーキを入れながら、

「あんなところへ、看板を倒しときやがる」

運転手はぶつぶつそう言いながら、車から降りると看板を起こしにかかった。

「なんだ、羽田歯科医？　ぷふ、歯医者の看板か」

運転手がぶつぶつ言いながら外で動いている間にエマ子は目隠しをされたままの目でぼんやりと窓の外を見ていたが、その時彼女はふと、ルームライトではないもっとべつの光が外から差しこんでいるのに気がついた。その光は窓のすぐ外にあって高さもちょうどエマ子の目の高さにあった。よく電柱などにとりつけてある電灯にしては位置が低すぎるし、門灯にしては場所が変だった。今まで走ってきた真っ暗な道路を考えると交番でもありそうな場所だがと思ったが、それにしては人気がない。なんだろう？　なんのために人気もないこんな場所に灯がついているのだろうと、エマ子は黒い目隠しの裏から一心に外をながめていたが、そのうちにようやく暗い、ぼんやりとした輪郭をとらえた。

「ああ、自動電話だわ」

彼女はそうわかるとほっと安心した。なるほど自動電話なら何も不思議なことはない、エマ子がそんなことを考えているうちに、運転手が乗りこんだのか、ふいに自動車がぎいと動き出した。なんだかひどく道がでこぼこしているようだったが、自動電話のところでカーブをすると、のろのろと二丁ほど走って、それから左へ曲がると、また二、三丁ほど走ってそれから左へ曲がるとまた二、三丁ほど走ってそこでぴったりと車は止まった。

「さあ、来ましたよ。少し苦しかったでしょう？」

「苦しいも何も、早く綱を解いてよ。ほんとに人を馬鹿にしてるわ」

運転手は手早く、手と足との縛めを解いてくれた。

「おっと、目隠しはまだ。インチキをしちゃいけませんよ」

「だってこいつ、暑苦しくてしようがないわよ。ほらこの汗……」

エマ子がうったえるようにいうのを、運転手は慰めながら、

「なに、玄関までの辛抱ですよ。中へ入ったらすぐとってあげます」

運転手に手を引かれたエマ子は堅い敷石を踏むと、ついで一段二段三段と木製の階段を上った。その時エマ子はふと目隠しの下の方から、階段の隅が半月型に刳ってあって、そこに唐草模様のようなものが彫ってあるのを見た。

「さあ、こちらへお入りなさい」

運転手は鍵をガチャガチャといわせながら、玄関の扉を開くとエマ子の手を引いた。玄関の中は真っ暗だったが、エマ子は扉がひらかれた瞬間、なんともいいようのない芳香に鼻をつかれた。それは香をたくような匂いだったが、香にしては匂いがあまり強すぎるし、場所からいっても変だった。

「あら、あれ、なんの匂い？」

「はてね。まあこちらへいらっしゃい。私はあなたをここへお連れしさえすればいいのだから」

運転手に手を引かれたエマ子は廊下を通って奥まった一室に連れこまれた。なんだかとても暑苦しい部屋で、おまけに例の匂いがいよいよ強くなって頭が痛くなりそう

だった。

「ねえ、もう目隠しをとってもいい？」

運転手にたずねてみたが返事はなかった。どうやらこの部屋から出て行ったらしい。

「チェッ、人をおいてけぼりにしといて、どうする気だろうねえ」

エマ子はかまわず目隠しをとってあたりを見回していたが、なんとなく妙な気がして思わず部屋の片隅に立ちすくんでしまった。部屋の中の灯は消えていたが、片隅にきった大きな炉の中にこの暑さにもかかわらず、かっかと石炭が燃えさかっているので、どうやらあたりの気配を見ることだけはできた。

かなりぜいたくな、上品な趣味に包まれた部屋だったけれど、それにしてもこの煖炉の火はいったい何を意味するのだろう。いかに南方に育った人間とはいえ、まさかこの八月の最中に煖炉の火を必要とするほど寒がりはしないだろう。それとも病人でもあるのだろうか。いやいや、この煖炉の火が、部屋を温める目的でたかれているのではない証拠に、あの強烈な芳香はこの煖炉から発しているのである。真夏の夜に煖炉をたいて、香をたいて。……

それはまあいいとして、運転手がいなくなってから大分時間がたつのに、誰もやって来る者がないのはどういうわけだろう。気のせいか、耳をすまして聞いていても、この家はまるで無人の邸のごとく、ことりとも音がしない。

エマ子は酔った頭ながらもだんだん無気味になってきて、一歩一歩部屋の中心からあとずさりをしてゆくうちにふと扉の取っ手が手に触ったので、大急ぎでくるりと振り返るとその扉を開けた。そのとたん、エマ子は今度こそ自分は気が狂ったにちがいないと信じた。彼女の開いた扉は廊下の方へ通ずるのではなくて、その部屋の隣にある浴室への入口だったが、その浴室の光景こそ、このごろ絶えず彼女を悩ましている幻影とはなはだ似ているのだった。

白い大きな浴槽の中に一人の女が死んだように横たわっているのだ。顔は向こうを向いているのでよくわからなかったが、こちらへ向いた片手を浴槽の外へだらりと垂れているのだが、その弾力のある肉づきからして、まだ若い女だと察せられた。乳から上の白いぬめぬめとした肌、湯の中からかすかに見える肉づきのいい太股、腹、美しい爪先。——

エマ子は幾度も幾度もこんな姿勢で死んでいる女の幻をみた事があるような気がした。それが今現実に目の前にあるのだ。いよいよ自分は気が狂ったのだろうか。そして気が狂って幻影の中に生きているのだろうか。

その時カチと鋭い音がしたので、振り返ってみると部屋の中が急に明るくなって、その中に見上げるほど背の高い、黒眼鏡をかけた顔じゅう髯だらけの外人が立っていた。エマ子はそれでやっと自分が気違いになっていないことを知ったが、しかし、それと同時に今度はもっともっと恐ろしい現実的な恐怖に直面しなければならなかった。

外人はにやにやしながら、それでも今にも跳びかかりそうな姿勢で油断なくエマ子のようすをうかがっている。エマ子はバタンと扉をとざすと肩をゆすぶりながら相手の側へよって行った。エマ子だって必死の場合なのだ。なるべく相手を憤らせないように機嫌をとって、この場合を切り抜けなければならない。

「今晩は――？」

エマ子が言った。

「今晩は」

外人がにやにやしながら腰をかがめた。

「とにかく何か話しましょうよ。ね、それにしてもこの部屋は暑いのね。それにこの匂いったらたまらないわ」

外人はふいにぐっとエマ子の肩をつかむと、乱暴に、まるで犬を追うように隅っこのソファへ彼女を突きやった。

「まあ、ひどい事するのね」

エマ子は必死だ。わざと作ろうとする笑顔が途中でこわばって今にも泣き出しそうな顔をしていた。

「娘さん、何を心配しています？　隣の部屋の女の事ですか？」

「ううん、そんな事どうでもいいじゃないの。さあ遊びましょうよ。あんた、酒はどこにあるの」

「だめだめ。あなたいかにはしゃいでも、声が慄えている。ねえ隣の女の事ならなんでもない。すぐ片をつける。あなた、エマ子さんといいましたね。エマ子さん、この部屋の煖炉――なんのためにこんなにたいてあるか知っていますか」

エマ子はふいに真っ蒼になった。

「ははは、あんたは利口です。すぐ察しがつきましたね。そうです。お察しのとおり、あの女の死体を焼くためです。この香の匂いは死体を焼く匂いを消すためですよ」

エマ子は棒をのんだようにソファの上でからだを堅くしていた。外人がふいに毛深い大きな手でむんずとエマ子の肩をつかんだ。

「ほほう。美しい肌あなたの肌本当に美しい。ああああなた慄えていますね。何も心配する事ありません。わたくし美しい女好きです。美しい女に危害を加えるような事ありません。――しかし、少し飽きっぽいのですがね」

エマ子はぶるぶると肩を慄わせた。あの浴槽の中に横たわっている女も、きっと美しい女だったのだろうが、今ではもうなんの興味も起こさせないほど飽かれてしまったのだろう。

「ねえ、そうでしょう、子どもというのは誰でも新しい美しい玩具をほしがります。

そして新しい玩具が手に入るたびに玩具をこわしてしまいます。わたくしはちょうど子どもです。古い玩具はみんなこの煖炉で焼いてしまうのです。誰も知りません。皆はわたくしを大へん香の匂いの好きな人間だと思っています。だが、そんな事はどうでもよい。あなたは今夜の美しい花、さあおもしろく遊びましょう」

エマ子はふいに大きな重い肉体が覆いかかってきたので、あわてて逃げようとした。しかし、逞しい外人の腕はエマ子の手をとらえて放さない。エマ子の顔の上に髯(ひげ)だらけの顔が迫ってくる。エマ子はそれに対して必死になってもがいていた。そしてもがきながら、だんだん気が遠くなっていった。……

……エマ子の意識が遠くの方からしだいに戻ってきた時、彼女の顔のうえにやっぱり一つの顔が重なっていた。その顔は、髯こそないが、さっきの顔と同じように見えた。そして、強い逞しい腕が彼女の腰を抱いていた。だから彼女はてっきり先刻のつづきだと思って、悲鳴をあげて飛びのいた。

「どうしたのです。エマ子さん。僕ですよ。井手江南(いでこうなん)ですよ」

そう言われてエマ子は目をパチパチさせた。なるほど、彼女の唇を盗もうとしていた不都合な男は同じアパートに住んでいる、自称探偵小説作家の井手江南という男だった。彼女はあわててあたりを見回した。そして第一に気がついたのは、彼女が野っ原に寝ている事、しかもその野っ原は彼女の住んでいる渋谷のアパートのすぐ近くである事、そして時刻がどうやら朝であるらしい事だった。

「おかしいな、エマ子さん、狐にでもつまれたのかい？　僕が今散歩に出ようと思って出てくると、こんなところに、エマ子さんが一人眠っているんだろ、不思議に思って揺り起こそうとしたんだよ！」

「まあ！」

エマ子はあわてて起きなおろうとした。そのとたん彼女はくらくらとして思わず江南の腕の中に倒れかかっていった。

今度こそ気が狂ったにちがいない。そう考えたとたん、天も地も一緒になってくるくると廻転するような気がした。それとともに何かしらひどく厭な匂いがぷんと彼女の鼻をついて、エマ子は今にも嘔吐しそうな気持がした。

翡翠の耳飾り

ああいう恐ろしい経験をしたのだから、エマ子の恐怖症はいよいよ募っていたかと思いのほか不思議にもあの夜を契機として、彼女の顔色はかえってよくなった。いや、顔色がよくなったばかりではない。彼女は急に活動的になって、いままでみたいに、アパートの一室に閉じこもって奇怪な妄想におびえているようなことは少なく、毎日みたいにどこかへ出かけていった。どうやら彼女は、東京じゅうを駆けずり回っているらしいのである。

ひょっとすると彼女は、この間の家をもう一度、突き止めようとしているのではあるまいか。そして、あの得体の知れぬ出来事を、白日の、酔の醒めた正気の頭脳で、ハッキリと確かめてみようとしているのではあるまいか。

危い、危い。そんな事をするまえに、なぜ彼女はその事を警察へとどけ出ないのだろう。なぜ、あの恐ろしい事実をお巡りさんに報告しないのだろう。

もっとも、その事について、彼女は後日こういうふうに申し立てている。

「わたくしもはじめはそうしようかと思いました。しかし、なんだか話があまり妙で……とても本当にありそうな事とは思えませんでしたし……なにしろその時はとても酔っておりましたので、自分の見たこと、した事に自信が持てませんでしたので、つい気おくれがしたのでございます。もっとも、探偵小説家の井手先生にだけはお話いたしましたが、先生もそんな馬鹿なことがと、おっしゃいます。君はちかごろ妙な夢や幻ばかり見ているそうだが、それもきっと君の幻視のひとつにちがいないと、そうおっしゃるものですから……」

とにかくこうして、彼女があの恐ろしい事実を警察へ報告することを、数日おくらせたということが、あとになって非常に大きな意味を持ってきたのである。

それはさておき、あの日から数えて五日目の昼過ぎのことだった。

エマ子はひょっこり銀座裏のアザミ酒場へやって来た。

「あら、エマ子どうしたのよう」

相変わらずごたごたと取り散らかした、狭苦しい奥の化粧部屋で、シミーズ一枚になってお金の勘定かなんかやっていたマダムは、エマ子の顔色を見ると、詰るようにそういった。

「マダム、こんちは。……どうしたって？」

「どうしたってもないもんよ。あれっきり鼬の道でさ。わたしどんなに心配したかしれやしないわ。あの晩どんな首尾だったか、それくらいのこと、聞かせてくれたってよさそうなもんだと思うがねえ」

「あら、その事なの。すみません」

「いまさら、すみませんもないもんだわ。あれから毎日、アパートへ電話かけてみたんだけど、いつも外出中というんでしょう。あんた、病気のほうはどうなの。もういいのかい」

「ええ、おかげさまで……このごろは妙に気分がはっきりしてんのよ。だけどマダム、この間のことについて、すぐにご報告にあがらなかったの、あたしが悪かったけど、それについてはいろいろわけがあるのよ」

「わけがあるって……？」

「マダム、その事についてはもうしばらく待ってちょうだい。あたしにもわけがわからなくて、……それに……それに……とても怖いことなのよ」

だしぬけにエマ子がぎゅっと眉を八の字なりに寄せると、ぞっとしたように肩をふるわせたので、マダムはあきれたように瞳をすえて、彼女の顔を見守った。

「エマ、……どうしたというの。変な娘だねえ。いったい、あの外人はどういう人なの」

「あら、マダムもご存じないの。やっぱりそうねえ。マダム、あたしにもまるっきりわからないの。あたしすっかりあいつにおもちゃにされたのよ。お金は先きにとってあるからいいけれど、考えてみると口惜しくって……」

「だからさ、いったいどうしたというのよう。妙な娘だねえ。いつものエマのようじゃないじゃないの」

マダムは探るようにエマ子の顔をながめている。ひょっとすると、こうして自分をこの交渉の圏外に追っ払ってしまうつもりではあるまいか。そして、自分たちだけで、この取り引きをしようというのではあるまいか。海千山千のマダムは、早くもそう警戒しながら、油断のない目つきで、エマ子の顔から目をはなさなかった。

エマ子はしかし、そういうマダムの気持を知ってか知らずにか、

「だから、マダム、その事はもう少し待ってちょうだいっていってるのよ。いずれはっきり確かめてから、万事ご報告もするし、改めてご相談もしたいと思っているんですけれど、……それよりマダム、今日はちょっとおたずねしたいことがあって来たのよ」

「たずねたいって?」

「マダム、あなたちかごろみさちゃんにお会いになって?」

「みさ子――? みさ子がどうかしたの」

「ええ、ちょっと妙なことがあるの。とても変な……怖い……」

と、エマ子はそこでまた、ぞっと肩をふるわせると、いくらか喘(あえ)ぐような調子で、

「マダム、こんな思わせぶりなこと言いたくないんだけど、どうしてもまだ、わけをお話するわけにはいかないのよ。もっとよく確かめてみなければ……それでマダムにおたずねするんですけれど、あなたいつごろみさちゃんにお会いになって?」

「そうね、そういえばここしばらくみさ子に会わないわねえ。二、三日になるかしら、いや、もっとになるわねえ。もう五、六日にもなるでしょう。だけど、エマ……」

「五、六日ってば、あたしがあの変な外人に連れ出されるより前のことね」

「ええ、そうかもしれない。でも、それがどうしたというの?」

「マダム、みさ子もやっぱりあの外人と交渉があったんじゃなくって？　マダム、そんなことご存じなくって？」

「みさ子が……さあねえ。何かそんな気配があるの。あたしちっとも知らなかったけれど……」

「マダムがご存じなくても、みさちゃんが直接あの外人と交渉を持つということはあり得るわねえ。いつか外人がここへ来たとき、みさちゃんも居合わせたんじゃなくって……」

「さあ、そこまではおぼえていないけれど、みさ子のことだから、それくらいのことはあるかもしれない。あの娘はふだんからずうずうしいところがあるからね」

マダムは吐き出すように言った。

いったいエマ子やみさ子のような種類の女には、素人なんかよりもかえって固い仁義があって、そういう事のある場合にはいちおうここのマダムに相談するか、相談しないまでも、あとで報告するというのが、不文律になっていた。そういう点、エマ子には義理堅いところがあって、いままで一度もマダムを裏切ったようなことはなかったが、みさ子はずるくて、こすからくって、よくマダムを出し抜いた。マダムはそれを口惜しがって、みさ子とたびたび喧嘩したものだが、この女には勘定高い半面に、妙に気の弱い、涙もろいところがあって、しばらくして、みさ子が困って泣きついて来ると、またなにかと面倒を見てやらずにはいられないのだった。

しかし、みさ子がかってに渡りをつけたことで、マダムの全然関知しないところであったとしても、もしあの外人とみさ子のあいだに、何かあったとすれば、これはエマ子が怒るのもむりはない。そう考えると、マダムはもうそれ以上、エマ子を責めるわけにはいかなかった。かえって、エマ子の機嫌をとるように、

「エマ、だけどそれ、ほんとうの事なの。あんた、何かそういうところを見たの」

「いいえ、そんな……現場を見たってわけじゃないの。だけど……その外人のところで妙なものを拾ったのよ。マダム、あなたこれに見おぼえはなくって？」

エマ子はハンドバッグをひらくと、中から半紙にくるんだものを取り出した。その半紙を開きながら、

「ねえ、これみさちゃんのものじゃなくって？　あたしたしかにそうだと思うんだけど……」

エマ子が半紙の中から取り出したのは、青い翡翠（ひすい）の耳飾りであった。マダムはそれを手に取ると眉をひそめて、

「まあ、これがあの外人の家にあったの？」

「ええ、そう。マダム、それじゃ、やっぱりこれ……」

「ええ、そうよ、たしかにみさ子の耳飾りにちがいないわ。まあ、なんて娘だろう。

だけど、エマ誤解しないでよ。あたしちっとも知らなかったんだから……そんな事知ってたら、けっしてあんたに勧めやしない。今度みさ子が来たらきっと実否を糺してやるから……」

自分の失錯の詫び心もあって、マダムの声がしだいにたかぶってゆくのを、エマ子は妙にきらきらする目でみつめていたが、ふいにぞっとしたように肩をすぼめると、

「マダム、いいのよ、いいのよ。あたし、何もマダムを責めようと思って来たんじゃないの……それに……それに……これ、マダムの考えていらっしゃるより、ずっとずっと怖いことなんだわ」

「怖いことって……」

「マダム、マダム……あたし……あたし……どうしよう、どうしよう、怖いわ、怖いわ、あたし怖いのよ」

喘ぎ喘ぎそう呟くと、ふいにエマ子の瞳がガラスのように固くなって、まるで瘧患者のようにとめどもなくふるえ出したから、マダムはあっけにとられて、しかし、何かしらゾッと冷たいものでも浴せられたような心持ちで、エマ子の顔を見守っていた。

浴槽の死美人

その日、エマ子がアザミ酒場から渋谷のアパートへ帰って来たのは夜の八時ごろのことだった。その時、彼女はぐでんぐでんに酔っ払っていた。

当分アルコールは手にしまいと思っていたのに、アザミでみさ子の話をしているうちに、急に恐怖症がぶり返したのか、マダムに酒をねだると、彼女は立てつづけに強いやつを呷（あお）ったのだった。

マダムはそういうエマ子のそぶりが妙に気になって、彼女が何を考えているのか、何を怖れているのか、しつこく聞きだそうと骨を折ったが、酔っていても、しんに案外しっかりしたところが残っていたのか、エマ子はついに秘密の核心については一言ももらさずに、

「マダム、そ、そ、そんなに聞きたがらなくたっても今にわかってよ。ええ、ええ、こんな怖いことがわからずにいるもんですか。その時には……その時には……マダムなんか真っ蒼（さお）になってふるえあがってよ。腰を抜かすかもしれないわ、ははははは。さよならマダム、あたしもう帰るわ。でも……でも……かまうもんか。矢でも鉄砲でも来いだ。あんなやつ……あんなやつ……」

そしてしまいには泣きじゃくりながら、マダムが心配して引き止めるのを、エマ子はむりやりに振り切って飛び出して来たのである。

アパートへ帰るとエマ子は、着物も何も脱ぎ散らかして、シミーズ一枚で寝床へもぐりこむとしばらくフーフー言いながら輾転反側していた。久しぶりに強い酒を飲んだせいか、頭がジーンとしびれていまにも嘔吐しそうなほど胸が苦しい。

「苦しい……誰か……水を持って来て……」

呻きながら、ふいと目をひらいたエマ子は突然、踏みつぶされた蛙のような悲鳴をあげると、半身寝床から跳ね起きて、喘ぎ喘ぎ向こうの壁に瞳をすえた。

しばらく見なかったあの奇怪な幻を、今夜久しぶりに彼女は壁のうえに見たのである。それはなんともいえぬ恐ろしい、おぞましい、ギリギリと歯ぎしりをしたくなるような、影とも幻ともつかぬ一種の観物だった。

バラバラにされた、白っぽい、生気のない手、脚、首、それがくるくると躍るよと見る間に、やがてその一つ一つがみるみる一つの塊になって、何かに似た形になっていくと見ていると、そこに現われたのは、いつぞや鎌倉で見た血まみれのみさ子の姿。

……

「きゃっ！」

エマ子は叫んで頭から蒲団をひっかぶった。しかし、怖いものみたさとはこの事であろう。しばらくすると彼女はまた、びっしょり汗になった顔をおずおずと蒲団のなかから出してみる。

と、ほの暗い壁に浮かんでいたみさ子の姿が、くるくると回転して、またもとのバラバラの手や脚や首に逆戻りする。それはちょうど子どもの時におもちゃにした、あの万華鏡(まんげきょう)という覗き眼鏡のようであった。眼鏡を回転させるごとに、筒の中の色とりどりのガラスのかけらが、砕けたり集まったり、そして、そこにいろんな模様をえがいていく。いま、エマ子が喘ぎ喘ぎ、壁のうえに瞳をすえていると、いったんバラバラになった手や脚や首は、虚空に躍りながらしだいにまた一つに集まってくる。

今度はなんだろう……今度は何が浮き出すだろう。……

額にいっぱい汗を浮かべ、鼻の穴を大きくふくらませ、はあはあいいながらエマ子が見ていると、やがてそこに浮き出したのは、なんと、この間の外人の顔ではないか。黒眼鏡の奥からにたにた笑いながら、髯(ひげ)だらけの顔が大きくそこにクローズアップされたかと思うと、口だけが、歯を見せ、歯裏を見せ、やがてワーッとまっ黒になって、彼女のうえにおしかぶさって来る。——

「きゃっ!」

エマ子はまた頭から蒲団をひっかぶってしまった。からだじゅうの毛穴という毛穴から、冷たい汗が奔(はし)って、心臓が物すごい勢いで躍っている。歯を喰いしばって、こ

めかみを押えて、むんむんするような蒲団の中で、汗だらけになってふるえていると、誰かが、蒲団に手をかけて、

「エマ子さん、エマ子さん」

と、呼ぶ声が聞こえた。

「どうしたのです。どこか悪いんですか。それとも……ああ、またあの奇怪な幻想に悩まされていたんじゃないですか」

声の主が誰だかわかると、エマ子はやっとこわごわ蒲団のなかから顔を出した。いまだに恐ろしい夢からさめきらぬようすで、脂汗（あぶらあせ）でべっとり額にからみついている髪の毛を、うるさそうに右手でかきあげると、胸をひどくはずませながら今にも叫び出しそうに口を大きく開いたのである。

「エマ子さん。どうしたの。僕だよ。わかりませんか。井手江南ですよ」

「ああ！」

エマ子はそれではじめてはっきり正気に戻った。そしてしばらくじっと江南の顔を見ていたが、ふいに頰の筋肉をヒクヒクさせると、ハラハラと涙をこぼした。

「どうしたというの。また変な幻でも見ていたのかい。そんな気の弱いことじゃだめじゃないか」

エマ子は不覚に流した涙をあわててふくと、二の腕で額の汗をふきながら、間の悪

そうな笑顔を見せて、

「エマ子は馬鹿ね、ごめんなさい。とてもまた怖い夢を見ていたので、夢だとわかったときはとてもあたし嬉しかったの」

そういいながらエマ子は思い出したように、そーっと壁のほうへ目をやったが、むろんそこにはもうなんの影もうつっていなかった。

「しようがないなあ。ここ当分、病気がなおっているという話だから、僕も安心していたんだが、またぶり返したんだね。あっ、君、酒を飲んでいるね」

「すみません。だってあたし……」

「何も僕にあやまることはないさ。しかし君は、自分で自分が可愛いと思ったら、もっとつつしまなくちゃ……君の脳髄はアルコールでめちゃめちゃになっているんだ。よしたまえ、よしたまえ。酒さえよせば、早晩回復するのはわかりきっているんだから。今の若さで、君の美しさで、酒のためにからだを台無しにしてしまうなんて、つまらないじゃないか」

「ええ、ありがとう。よく気をつけるわ」

エマ子は殊勝な調子でしみじみとそう言った。江南は無言のままその横顔をみつめていたが、

「エマ、君、気分はどうなの、これからちょっと外へ出られないかい」

「外へ出るって……？」

「じつはね。僕はとうとう発見したんだよ。ほら、この間、君の連れこまれた家……」

エマ子は突然、呼吸をうちへ吸いこむと、大きく目をみはって、まるで江南のからだをそのまま吸いこんでしまうように、まじろぎもしないでみつめていたが、やがて激しい息づかいをすると、声をひそめて、

「せ、先生、それはほんとうの事なの」

と、囁くようにたずねた。

「ほんとうだとも。誰が嘘をいうものか」

井手江南はいくらか得意そうに妙な微笑を浮かべてエマ子の顔をみつめている。

この間、エマ子からあの話を聞くと、探偵小説家としての詮索癖からか、江南はこの探索に非常にのりきになって、あれ以来毎日のように東京じゅうを駆けずりまわっていたのだが、それがとうとう成功して、今日はついに目ざす家を発見したというのである。

「で、先生、中へ入ってごらんになって？」

「いや、家の中へはまだ入らない。玄関までは行ってみたがね」

「でも……でも……どうして発見なすったの。よく突き止めることができましたわね

え」

「そりゃ、相当苦労したよ。なにしろあれから五日もかかっているんだから、あまり自慢にもなりゃしない。この間の君の話で、自動電話があって、そのそばに羽田という歯科医の看板が立っているという……それが手がかりさ。僕はまず電話帳をくってみた。そしたら羽田という歯科医がたしかに神田にあるんだ。しかし、行ってみると近所に自動電話もなければ、そこから五丁半径のあいだに、君が連れていかれたような洋館もない。そこで今度はわざわざ歯科医師会へ行って、羽田という歯科医がほかにあるか調べてみたんです。そしたら麻布六本木にもう一軒あった。で、さっそく出かけたところが、その歯医者のまえには、君が言ったとおり自動電話がある。それに勢いを得て、君が言ったとおり、自動電話のところを左へ曲がって二丁、それからまた左へ曲がって二丁……と、そういう見当で捜していったところが、果たしてそこにあったのだ。君が連れこまれた家とおぼしい洋館が……」

話をきいているうちに、エマ子の瞳はしだいに硬化してくる。若々しいうるおいを失って、どこか憑かれた女のように艶のない目つきになった。彼女はふるえる手で煙草を一本つまみあげたが、すぐそれをもみくちゃにしてしまうと、

「で、……で、……その洋館からは、今日もいい匂いがしていて……？」

「いや、匂いどころか、まるで人はいないんだ。近所でたずねてみると、ず

いぶん前から空家になっているという」

「空家に……？」

「そうなんだよ。それもずっと前から……」

「でも……でも……そんな変な話ってあるかしら」

「いや、考えてみると変でもなんでもない。そのほうが合理的なんだ。君の話が事実とすると、……僕にはとてもほんとうとは信じられないが、……自分の家を使うより、空家を利用するほうが、後になって露見するおそれが少ないからね」

「でも……それだと堂々と自動車を乗りつけたのは変じゃなくって。近所の人に見つかったら怪しまれるでしょう」

「それだよ、それともう一つ、君の話にある香料の匂い、これが僕にも合点がいかない。近所を当たってみても、誰もそんな匂いに気づいたものはないんだ。しかし、僕はてっきりそれと目星をつけたものだから、とにかく中へ入っていった。ところが……」

「ところが……」

「玄関にはちゃんと君が言ったように、木の階段が三段あって、しかも君が目隠しの下から見たという唐草模様が、階段の隅の半月型にくれたところに、間違いもなく彫ってあるんだよ」

「まあ、そ、それほんとうなの？」

「ほんとうだとも。誰が嘘をいうものか。だからさあこれから一緒に行ってみようじゃないか」

「行くって……」

エマ子は怯えたような目の色をした。

「もちろん、その怪屋にだよ。一つ中を調べてみようじゃないか。ひょっとするとその外人をつかまえる手がかりが見つかるかもしれないと思うんだが」

それから間もなくのことである。どう説き伏せたのか井手江南は、あれほど怯えていたエマ子を連れ出すと、自動車を駆って問題の怪屋へ向かっていた。

時刻はすでに十時過ぎ。六本木界隈は元来が淋しいところだから、その時刻には灯の気もなく寝ている家が多かった。

「ここが六本木の停留所ですが、これからどっちへ行くんです」

運転手がスピードを落としながら後ろの二人にたずねる。

江南は左の方へ進ませながら、

「じつはある家に訪ねていくんだが、少し行くと左側に自動電話があるそうだから、そこを左へ回って、また二丁ほど行ってくれ」

「自動電話のところを左へ回って、また二丁ほど行くというと、大分後戻りをすることになりますね」

運転手は不服そうな顔色だった。

「なるほど、そうなるかな。しかし、そんなふうに教えられて来たんだから、すまないがそうしてくれないか」

それから江南はエマ子の耳に口を寄せて、

「見ていたまえ。いまに自動電話があってその前に羽田歯科医院と書いた看板が見えるからね」

なるほど少し行くと、自動電話のボックスがあった。車はカーブを切るために、少しスピードを落としたが、その時、この間は目隠しをされていたのに反し、今日はじかに見るという相違はあったにしても、たしかに同じ高さ、同じ明るさで、自動電話の灯がエマ子の前をスーッと流れていった。ついで、羽田歯科医院と書いた白い看板が、それに代わって目についた。しかし、それも束の間で、自動車は警笛を鳴らしながら横道へすべりこんだ。

「ね、あったろう？」

エマ子は恐怖にみちた目で、じっと前方を見すえている。

間もなく車は再びスピードを落とした。

「もう二丁来ましたが、どの辺ですか」

「ああ、そう、この辺でいい。すまなかった」

車から降りた二人は、赤いテールランプが見えなくなるまで見送っていたが、やがて江南はエマ子を振り返って、

「もう一度左へ曲がったはずだったね」

そう言いすてると、すたすたと先に立って歩き出す。エマ子はまるで、雑踏の中で母親の袂にぶら下がっている子どものように、江南の腕をつかまえたままついて行く。やがて行手に当たって大きな洋館の黒い影が見えてきた。

「あれだよ」

エマ子がはじめて見る洋館の外観は、なるほど空屋なのか、どこにも灯影は見えないで、ただ一つの、黒い大きな塊に見える。しかし、よくよくみつめていると、夜の明かりで、それが木造の建物で、建物の二階前面に、露台ふうの長い廊下のついているのが、おぼろげながら認められた。

エマ子がからだを堅くしてその洋館に見入っている間に、江南はそっと門を半分ひらいた。

「何をしてるんだ。さあ、入ろう」

門を入ると漆喰塗りのドライブウエー、そこはまたこの間、エマ子が自動車で運ばれていったとこだった。

やがて二人は玄関のまえまで来た。すると江南が小声で言った。

「ほら、ごらん。たしかに木製の階段が三段、そして唐草模様もついてるだろう」

江南の言葉のとおり、木製の階段がたしかに三段、階段の隅に半月型にくられたところもある。そしてそこには唐草模様も彫ってある。

エマ子はこの間連れて来られたときと同じ姿勢で、階段を一段二段と上りながらがめたが、位置もたしかに変わりはない。エマ子の表情はしだいに堅くなってきた。瞳がガラスのようにかわいて唇がベソをかくようにわなわなとふるえたが、やがて階段を上って、扉に鼻をくっつけたときである。

「わっ！」

突然、なんともいえぬ悲鳴をあげると、むちゃくちゃに江南の胸にむしゃぶりついてきた。

「先生、わたし厭よう、わたし怖い。ねえ、帰りましょう。連れて帰って……」

「ど、どうしたんだい。だしぬけに……」

「だって……だって、……あの匂い、……先生にはおわかりになりませんの。あの匂いよ。この間と同じ匂いよ」

「匂い……？　馬鹿な！　何も匂いやせんじゃないか」

だが、つぎの瞬間、江南もどきりとしたように瞳をすえると、

「あっ、本当だ。香の匂いがする。ひょっとするとあの外人が……」

江南は玄関の扉に手をかけたが、意外にも、誰もいないはずの玄関が、すぐ雑作なく開いた。

「おかしい。この分だと、たしかに誰かいるにちがいない。とにかくようすを探ってみよう」

「せ、先生、いやよう、ねえ、よしてかえりましょう」

ガタガタとからだをふるわせ、だだっ児のように足踏みしているエマ子を、小声で叱りつけながら江南は玄関のなかへ忍びこんだ。怖気ついて、真っ蒼になっているエマ子だが、さりとて、江南の手を振り切って、逃げ出すほどの勇気もないらしい。

玄関のなかへ入ると、香の匂いはいよいよ強くなってくる。その匂いを目当てに近づいて行くと、やがて二人の前にドアが見えて来た。

匂いはたしかにその部屋の中からする！

二人はしばらくドアの前にたって、中のようすをうかがっていたが、人の気配はさらになかった。ただ香の匂いがいよいよ強くなって、それにまじって、なんともいえぬ異様な臭気が鼻をつく。

江南はしずかにドアを開いていったが、と、まるで旋風みたいに、いやな匂いとともに無気味な温気が二人のからだをつつんだ。

もう少し開けると、部屋の片隅に煖炉が見えた。しかもこの間エマ子が見たと同じように、煖炉にはかっかっと石炭が燃えさかっていて、匂いはそこから襲ってくる。部屋の中は暗くて人の影もない。

それにしても、ああ、なんという厭な匂い！

二人は憑かれたもののように、煖炉のほうに近づいていった。

「わっ！」

エマ子が突然、低い呻き声をあげた。

そこにはまたもや女の腕が燃やされていた。

江南は石のようにからだを堅くして、燃えつづけている無気味な片腕に瞳をすえている。それはとても自分の目が信じられぬというふうだった。

エマ子はふとこの間のことを思い出したらしく、兇暴な、どことなく獣を思わせるような目で隣の部屋へ突進していった。そこには浴場があるはずである。浴場のドアを、エマ子は狂気のごとく開いた。

と。——

思いがけなくそこには明るい電気がついていて、彼女は一瞬、目がくらんだようにまばたきしたが、その電気の光よりも、さらに彼女をくらましたのは、真っ白な浴槽のなかに、朱に染まって倒れている、見るも無残な若い女の死体だった。

エマ子はこわごわその死体を覗きこむと、

「あっ、みさちゃん！」

おしひしゃがれたような声をあげたのである。

だが、それにしてもエマ子はどうして、その死体を、すぐにみさ子と判断したのだろう。死体の顔は、原形をとどめぬまでに斬りさいなまれているのに。——

刑事の尋問

翌日の新聞は東京じゅうに、一大センセーションをまき散らした。

しかし、不思議なことには、異人屋敷のあの惨劇を、警察へ報告したのは、エマ子や井手江南ではなくて、近所の人であった。近所に住む一人の男が、夜おそくそこを通りかかると、空屋の煙突からさかんに煙が出ていたのが目についた。そしてなんともいえぬ異様な匂いがするのを怪しんで、その由を警察へ報告した。そしてそこにはじめて浴槽の殺人事件、人肉の煖炉焼却事件が明るみに出ることになったのである。

エマ子が悲鳴をあげたとおり、被害者はやっぱりみさ子であった。顔はわからなかったけれど別室に脱ぎ捨ててあった着物や、名前入りのハンカチによってそう判断されたのである。

朝の新聞には、どれもみさ子の素性があげてあって、いずれ不良仲間の軋轢が原因だろうと思われると報じてあった。

こうして、明るみに出されたこの恐ろしい事件に、世間がふるえあがっているころ、では、かんじんのエマ子はどうしていたかというと、彼女は世間の取り沙汰もよそに、いつになく深い眠りに落ちていた。

そして、昼近くになってからようやく彼女は、ドアをノックする音に目をさました。それでもエマ子はすぐに答えようとはしなかった。いずれ井手が遊びに来たのだろうぐらいに考えたからであった。

すると、今度はいっそう激しくノックの音がくり返された。エマ子は不承不承、目をあけようともせずに、

「うるさいわねえ。誰よ、井手さん？」

すると、それに答えたのは、エマ子がこれまでに一度もきいた事のない声だった。

「開けろ。少し聞きたい事があるんだ」

それから、その後へ、

「警察の者だ」

とつけ加えた。

それを聞くと、さすがのエマ子もびっくりして跳ね起きた。同時に思い出されたの

は、ゆうべの恐ろしい発見と、不品行な自分の生活である。

「ちょっと待って下さい」

あわてて答えると、それでもエマ子は急いでガウンをひっかけて、すぐに部屋のドアをひらいた。ドアの前には刑事が二人立っていた。

「西条エマ子というのは君かね」

刑事の目にはちょっと意外らしい色が浮かんだ。刑事はたぶんエマ子をもっと大年増の、毒々しい悪の華のような女だと想像していたにちがいない。ところで、エマ子ときたら内心はともかく、表面は虫も殺さぬ、可憐な、美しい小娘としか見えないのだから、刑事が驚いたのもむりはない。

二人の刑事は神妙になって、小さくかしこまっているエマ子のようすをジロジロ見ながら、ぬうっと部屋の中へ入って来た。そして、詮索するような目で、部屋の中を見回しながら、

「取り調べたいことがあるが、君の知っているだけのことは、何もかも申し立ててくれ」

「はい」

エマ子はおどおどしながらうなずくと、一つきりしかない椅子のうえから、脱ぎすてたままになっている洋服や靴下を始末して、それを刑事にすすめると、自分はベッ

ドの端に腰をおろした。

年とったほうの、頭の禿げた小柄な刑事は、腰をおろすとジロジロと部屋の中を見渡していたがふと、サイドテーブルのうえにあるウイスキーの瓶に目をとめると、

「若いくせに、君はこんなものを飲んでいるのかね」

「すみません」

エマ子は小さくなって頭を下げた。

「いけないねえ」

それから刑事は同じやさしい口ぶりで、

「君はゆうべどこにいたね」

と、なんでもない事のように、しかし、いくぶん語気を強めていった。

エマ子ははっとしたが、しかし、すぐたくみに狼狽を押し包んで、

「わたくし、……あの、……ここにおりました」

だが、そのとたん、刑事は鋭く目を光らせると、急に言葉を強めた。

「嘘をいうと承知せんぞ。ネタはちゃんとあがっているんだ!」

エマ子は不良少女だけに、以前にもたびたび刑事の取り調べにあった経験を持っていた。

だから、こういう場合、表面あくまで神妙によそおうこと、取り調べの内容がはっ

きりわかってこないうちは、めったな当て推量で、泥を吐いてはならないことを知っていた。人生の裏を歩いて暮らしているエマ子などには、いくらでも刑事に取り調べられるべき性質のものを持っている。うっかり甲の取り調べだと思って白状すると、乙の取り調べだったりする。すると一度に二つの泥を吐いて馬鹿げた憂目にあわねばならぬ……と、いうような経験をたびたび持っていた。

だからこの場合も、昨夜の一件とたいてい当たりはついていても、はっきりそれとわかるまではあくまでも、

「どこへも行きません」

を、くり返すつもりだった。

こいつ一筋縄ではいかぬと思ったのか、刑事は急に言葉を荒らげ、

「ま、強情を張るか。隠したってお前の知っている井手江南という男が、今朝ちゃんと警視庁へやって来て、万事報告しているのだぞ。昨夜お前は井手と二人で、麻布の異人屋敷で、五月という男の情婦が殺害されているのを見たはずだ！」

エマ子はそれではじめて、刑事の取り調べの内容が判然した。そこですぐにすなおにあやまった。

「すみません。井手さんがそうおっしゃったのなら、あたし何もかくす事はないのですわ。あの方にご迷惑がかかってはならないと思いましたので、いままで言葉を左右

にしていまして、まことに申し訳ございません」

エマ子が神妙に頭を下げたので、刑事はまたもとのやさしい調子に戻った。

「それにしても君たちは、なぜ、昨夜すぐにその事を警察へ報告しなかったのだね」

「はい、それは……あたしもうあまりの恐ろしさに、気違いみたいになってしまいまして……井手さんはきっと、すぐ警察へご出頭なさるおつもりだったのでしょうが、そういうあたしのようすが心配だったので、いったん、ここまで送りとどけてくだすったのです。あたしもう怖くて怖くて……井手さんの持って来てくだすったウイスキーを飲んで、やっと寝たのでございます」

「なるほど。しかし井手の話によると、君は数日まえにも、同じ家で、同じようなことが行なわれているのを見たというがほんとうかね」

「はい、ほんとうでございます」

「その時のようすを詳しく話してみてくれ」

エマ子が話す当時の模様を、刑事は眉をひそめて聴いていたが、

「だが、その時のことを、なぜ君はすぐに警察へ報告しようとしなかったのかね」

それに対してエマ子がどう答えたかは、前に書いておいたとおりである。

刑事はいくらか怪しむように、しかし、納得がいかなくもないという顔色で、しばらくエマ子の顔をみつめていたが、急にまた語調を強めると、

「君は昨夜、顔もわからないまでに斬りきざまれていた死体を見て、すぐにこれはみさ子に違いないといったそうだが、それはどこでわかったのだ」

刑事の詰問するような調子に、エマ子ははっとしたように目を伏せた。だが、すぐぱっちりと目をあげると、

「では……では、……あれはみさ子さんではなかったのですか」

「いや、みさ子にちがいないことはちがいないが、どうしてそれが、すぐにわかったかたずねているんだ」

エマ子の表情はまた硬くなった。瞳がガラスのように乾いてきて、唇がわなわなとふるえ出したが、やがて、喘ぐような調子でこういった。

「あたし……あたし……あの耳飾りのことがありますし、それに……それに……とっさのあいだに燃えている片腕に、十字架に蛇が巻きついている刺青を見たような気がしたものですから……」

「耳飾り……？　耳飾りとはなんのことだね」

エマ子は思い出したように、ハンドバッグを取り出してそれを開くと、中からハンケチにくるんだ翡翠の耳飾りを出して、黙って刑事に渡した。

「この耳飾りはどうしたのだね」

「この前、あの異人屋敷へ連れこまれたとき、浴場のまえで拾ったのです。アザミの

マダムにきいてみても、たしかにみさ子さんの耳飾りにちがいないといいますから、それであたし、あの時殺されていたのは、みさ子さんに違いないと思いまして……」

刑事はふいに妙な目をしてエマ子の顔を見なおした。

「いったい、この前に君があの異人屋敷へ連れこまれたのはいつの事だったね」

「はあ、五、六日前のことでございます」

「五、六日じゃわからん。正確な日はいつだね」

エマ子は首をかしげ、唇を嚙みしめ、指をくって勘定していたが、

「あれはたしか土曜日の晩のことでしたから、八月二十二日になります」

「そして今日は、八月二十八日だよ。二十二日の晩に見た死体と、昨夜見た死体と、同じものだと君は思っているのかね」

「あら！　では……では……違っているのですか」

「この暑さに、死体がいつまでももとのままであるものか。それに、昨夜君たちが発見した死体は、殺されてからまだ二十数時間しか経っていないのだ。つまりみさ子の殺されたのは、二十六日の夕方から真夜中までのあいだということになっているのだぜ」

「まあ！」

エマ子は突然、こめかみを両手でおさえて、怯えきった目を大きくみはった。から

だじゅうがはげしく痙攣して、張りきった神経が、いまにもピンと切れそうな表情だった。喘ぎ喘ぎ、

「それじゃ……それじゃ……みさ子さんのほかにも殺された女があるというわけですか。まあ、なんて、恐ろしい……あたし、いや！　いやよ、そんな怖いこと……」

エマ子はがばとベッドのうえに顔を伏せると、しばらくはげしい痙攣で、全身を蛇のようにのたくらせていた。

二人の刑事はあきれたように、いくらか恐怖をさえまじえた表情で、エマ子のそういう猛烈な発作をながめていた。

だが、しばらくすると、さすがにひどい痙攣もしだいにおさまってきた。エマ子はすっかり疲れきった表情でぼんやり顔をあげると、

「すみません。あまりびっくりしたものですから……」

「もう大丈夫かね。質問に答えられるかね」

「はい、大丈夫でございます」

「あまり興奮しちゃいかんよ。それではたずねるが、君は五月という男の居所を知っているだろうね」

と、刑事は腫物にでも触るような調子で尋問をつづける。

「五月さんの？……あの人なら銀座裏の、東亜ダンスホールにいるはずですが……五

月さんはそこの用心棒なんですから」

「その事なら知っている。しかし、五、六日まえから姿をかくして、いまどこにいるかわからないのだ。だから君にたずねているのだが、五月はどこにいるのだ」

「それならば、あたしも存じません」

「君が知らないはずはないと思うが……君はみさ子と二人で、五月を奪いあっていたというじゃないか」

「でも、ちかごろはからだも悪いし、あまり外へも出ませんもの。ずっと前に鎌倉の浜で会ったきりなんです」

刑事はさぐるようにエマ子の顔を見ていたが、やがてポキポキした調子で言った。

「しかし、近ごろ五月がみさ子を殺してやるといってつけ覘っていたことは、君も知っているだろう」

「五月さんが、みさちゃんを……？　まあ、存じません。それ、どういうわけですの」

「つまりみさ子さんが君のことを嫉いて、五月を警察へ密告したのだ。五月はそれで姿をくらましたのだが、こんどみさ子を見つけたら、きっと殺してやる、といきまいていた、というじゃないか！」

「まあ！」

　エマ子は突然大きく呼吸をうちへ引いた。

「存じません。そんな事、ほんとに初耳です。鎌倉からかえってこっち、アザミのマダムに会ったきりで、あたしは仲間の誰にも会っていないんです」

「しかし、五月から電話ぐらいかかってきたろう」

「いいえ、かかってきません」

　そういうエマ子の表情に嘘があろうとは思われなかった。

「よし、それじゃいまのところ、君の言葉を信用することにしておくが、五月の居所がわかったら、すぐ警察へ報告してくれ」

「はい。……」

「それでは、もう一つきくが、君を連れ出した外人というのと、五月のあいだに何か関係があるのではないか」

「まさか……そんなことはないと思いますわ」

「君はみさ子を恋敵としてひどく憎んでいたというが、喧嘩でもしたのじゃないかね」

「喧嘩はしじゅうしていました。しかし、鎌倉で会ってから後、あたしは一度もみさ子さんに会ったことはありません」

「間違いはないだろうね」

「けっして。……間違いはございません」

語気を強めて、キッパリ言い切るエマ子の顔を刑事は穴のあくほどながめていたが、

「よし、では今日はこれくらいにして帰るが、いつ呼び出すことがあるかもしれんから、当分どこへも行っちゃならんぞ。それから、五月の居所がわかったらすぐに報告するように……」

刑事を送り出したあと、エマ子は例によって、ガラスのようにかわききった瞳で、しばらく放心したように壁のうえの汚点をみつめていた。それから急に身ぶるいすると、ベッドのうえに身を投げ出してさめざめと泣き出した。

この女がこんなふうに泣くということは、かなり珍しいことにちがいなかった。

耳飾りの謎

それから後、エマ子は毎日ほど警察へ呼び出された。そして、五月の行方や、怪外人の消息についてしつこく追及された。しかし、エマ子はあくまでも知らぬ存ぜぬで突っ張っていた。実際彼女は、あの奇怪な外人についても、五月のその後の消息についても、何も知るところはなかったのである。

その当座、新聞という新聞は、扇情的な表題をもって、この奇怪な事件を書き立て

ていた。

二度目に井手江南やエマ子によって発見された死体がみさ子であったとしても、では、それより数日前にエマ子が見たという死体はいったい何者なのであろう。警察では目下、失踪届の出ている数名の女について、厳重に探査を進めているらしいが、いまのところ、最初の女の身許については、なんらの光明をも見いだしていないようである。だが、それにしても……と、新聞は強調するのだ。……わずか一週間のあいだに若い女が二人殺され、同じく残虐な方法によって死体の始末がされようとしていたのだ。しかも、これが帝都の真ん中での出来事である。……

また、ある新聞ではつぎのように推断を下していた。

それによると、最初の事件と二度目の事件は、全然、なんの関係もない事件ではあるまいか、というのである。最初の事件はしばらくおき、二度目のみさ子殺しについては、それが五月の犯行であることは疑う余地がない。

エマ子が原因となって、五月と大喧嘩をしたみさ子は、その腹いせに、某船会社の重役をゆすった犯人として、五月を警察へ密告したのである。五月は危く検挙の手をのがれたが、その時仲間の者に、きっとこの復讐をせずにはおかぬと放言したそうである。みさ子が恐ろしい死体となって発見されたのは、それから間もなくのことであるから、この事件の犯人が五月であることはほとんど疑う余地がないようだ。だが、そうすると第一の事件の犯人と目される怪外人は何者か。おそらくそれは五月と懇意な間柄の人物であろう。そしてその外人の犯罪からヒントを得て、五月は同じ方法で、自己の犯跡をくらませようとしたのであろう。……

これはかなり突飛な説のようであるが、いちおう辻褄はあっている。ダンスホールの用心棒という職業柄、五月が外人の知り合いを持っていたろうことは、そう不自然な話ではない。つまり第一の被害者、身許不明の女とその怪外人との間に何か縺れがあって、ああいう恐ろしい犯罪が行なわれた。五月はそれを知っていて、みさ子を殺した場合、同じ手段で、みさ子の死体の始末をつけようとしたのである。……

これがその新聞の論調だったが、この説ではどうしても解けきれぬ謎がある。それは第一の事件の場合、その怪外人はなにゆえ、自分の犯罪をエマ子に見せつけようとしたのだろうか。犯罪者の虚栄心ということはよく言われることであるが、どうも、それだけでは解けきれぬ、深い意味がそこにありそうな気がするではないか。……

こうして世間の騒ぎのうちに、八月も過ぎ九月になった。そして探偵小説家の井手江南とエマ子によって、第二の事件が発見されてからでも、早くも二週間経った。しかし、事件はその後発展せず、怪外人の素性もわからなければ、五月の居所も不明だった。また、警察の躍起となっての探索にもかかわらず、第一の被害者であるところの、女の身許もわからなかった。

その当座、刑事から厳重に監視されていたエマ子も、ちかごろだいぶそれが緩やかになったのをかんじると、ある日、久しぶりで銀座裏のアザミ酒場へ出かけていった。アザミのマダムもこの事件では、しばしば警察へ呼び出され、それがしおになって、営業上のちょっとした不始末が露見に及び、始末書をとられたりしたので、すっかり不機嫌になっていたが、それでもエマ子の顔を見ると、なつかしそうな、しかし、いくぶん疲れの見える笑顔を見せた。

「まあ、エマ。あんたもすっかりやつれたわね」

「そういうマダムも……」

マダムとエマ子はそういって、感慨無量の顔を見合わせて、しかたなしの微笑を浮かべた。

「ほんにいまいましいっちゃないわ。みさ子のやつ、まえからあたしに迷惑ばかりかけてたが、死んだ後までも、こんなに迷惑をかけられるとは思わなかったわよ」

「ほんとにね」

「エマ、五月さんからはなんの消息もない？」

「ないのよ。その事で警察からたびたび油をしぼられたけど、知らないものはしかたがないわねえ」

「いったいどこへ潜っちまったのかな。まさかあの人が……と、思うけど、わからないものねえ。五月さんて人は仲間の掟(おきて)ということを特に厳重にいう人だったからね。あたしもちっとも知らなかったけど、みさ子、五月さんを密告したというじゃない？ほんとにいまいましい娘ったらないわ。五月さんがかっとするのもむりはないわねえ」

「だけど、マダム」

と、エマ子は抗弁するように、

「あたし、みさ子さんを殺したの、五月さんじゃないとはいわないわ。しかし、あたしが変に思うのは、五月さんて人、そんな事をしたら逃げかくれしたりなんかしやしないと思うわ。死体を刻んで焼きすてたり……そんな事は五月さんの性分にはないと思うんだけど」

「そうねえ」

と、しかし、その点ではマダムはエマ子ほど熱心さを示さなかったが、急に思い出したように眉をひそめると、

「エマ、だけどあたし一つ妙な事に気がついたのよ。この事はまだ誰にも話してないんだけど、あんただから話すわ。ほら、あの耳飾りのことなの」

「耳飾り……？　あの耳飾りがどうかして？」

「エマがあれを異人屋敷で拾ったのは八月二十二日の晩のことだわねえ。ええ、その

日には間違いないわ。わたし日記を調べてみたら、あんたがあの外人と一緒に出かけたの、たしか八月二十二日だから……」

「まあ、マダムは日記なんかつけてんの」

「馬鹿にしないでよ。あたしだって日記ぐらいつけてるわよ。ところがね、おかしな事には、日記によると、そのつぎの日に、つまり二十三日の晩にみさ子がここへ遊びに来てるのよ」

「あら、だって、それ、べつにおかしくもなんともないじゃないの。八月二十二日の晩に殺されたのは、みさ子さんじゃなかったのだから」

「ええ、そりゃあたしも知ってる。だけどあたしの言おうとするのはそれじゃない。二十三日の晩にここへ遊びに来たみさ子は、ちゃんとあの耳飾りをブラ下げてたのよ」

「まあ！」

エマ子はふいに目をみはった。

「するとマダム、あたしの拾ったあの耳飾り、あれはみさ子さんのものじゃないっていうの」

「いいえ、あれはたしかにみさ子の耳飾りよ。それ、間違いないわ」

「だけど、だけど……そうするとどういうことになるの。あたしたしかにあの耳飾り、二十二日の晩に拾ったのよ」

「さあ、そこよ。そこんところをあたし考えたわ。考えて考えて考え抜いたわ。そしてやっとこういうふうに解釈したの。つまりね、二十三日の晩にここへやって来た時にみさ子が嵌めていた耳飾り、むろん、それはふだんからあの娘の持っていた耳飾りじゃないのよ。どこかでよく似たやつを見つけて来て、代わりに嵌めてきたのよ。だから、その時、みさ子があんたに拾われた耳飾りと同じようなやつをブラ下げて、さり気なくここへやって来たということに、大きな意味があると思うの」

「大きな意味って……？」

「つまり、昨夜エマ子に拾われた耳飾り、あれはあたしの物じゃありません。あたしの耳飾りはちゃんとここにあります。あたしはそんな外人と関係もなければ、そんな異人屋敷へ出入りしたこともありませんてこと、それとなくあたしに見せておくためだったのよ」

「だけど、そんなこと、なぜしなければならなかったの」

「なぜって、わかってるじゃないの。後であんたを殺した場合、その言いわけを立てるためよ」

「まあ！　あたしを殺した場合ですって！」

エマ子は思わず大声をあげて、半分腰をうかしかけた。みるみる表情が硬ばって、

また瞳がガラスのように艶を失った。マダムは憐れむようにそれを見ながら、

「そうよ。あたしねえ、八月二十二日の晩に、あんたが生きてかえって来たのからして不思議でならないのよ。あの晩きっとあんたは外人に殺されるはずだったのよ。むろん、みさ子の指金よ。みさ子もあの家にいたにちがいないわ。ところがどういうわけでか、外人はあんたを殺さなかった。たぶんその人、みさ子よりあんたのほうが好きになったのよ、きっと。そればかりか、あんたはみさ子の耳飾りを拾って持ってかえったでしょう。だから、みさ子は狼狽した。そのうち外人を説き伏せて、あんたを殺させるつもりだけど、そして殺しておいて耳飾りも取り返すつもりだけど、そのまえに、自分の耳飾りが変な異人屋敷に落ちてたなんてこと、あんたに吹聴されたら困るでしょう。だから、ようすを見かたがた、あたしの耳飾りはちゃんとここにありますよってこと、見せに来たにちがいないのよ」

「まあ、するとみさ子さん、あたしを殺しそこなって、もう一度機会をうかがっているうちに、自分のほうが殺されたってわけなの」

「そうよ、つまりそうなのよ。と、いうのは思いがけなくそこへ、五月さんという人が飛び出して来て……」

「あら、だけど、いまの話をきいていると、あたし五月さんより、やっぱり外人のほうが怪しいって気がするわ。あたしを殺しそこなったところから外人とみさ子とのあ

いだに喧嘩が起こって……」

「ああ、そうかもしれない。ひょっとするとその外人、あんたが好きになったところから、みさ子が邪魔になったのかもしれない。だけど、そうするとエマあんたこのままじゃすまないわよ。早晩、その外人というのが、あんたのまえに現われてよ」

「あら、いや、マダム、そんな事……」

エマ子はまるで怯えた子どものように、肩をゆすって、いまにも泣き出しそうな顔をしたが、それから数時間も経たぬうちに、マダムの言葉がほんとうになろうとは、その時、エマ子は夢にも知らなかったのである。

それはさておき、エマ子はそれから間もなくアザミを出ると、まっすぐに渋谷のアパートへかえっていったが、彼女がアパートの玄関へ入った刹那、管理人が卓上電話の受話器を持ったまま玄関わきの窓から顔を出した。

「ああ、ちょっと待って下さい。いまちょうどお帰りになったようですから」

それから管理人はこちらを向くと、

「西条さん、お電話ですよ」

「はあ、すみません、どちらから」

「アザミのマダムから」

アザミのマダム……? いままでそこにいたのに、また急に用事ができたのかしら、……そう考える後から、エマ子は急にあることを思いついてはっとした。

「ああそう、それじゃ電話室の方へもらいますから」

電話室へとびこむエマ子の胸は早鐘を突くように躍っていた。わななく手で受話器をはずすと、わざと声を大きくして、

「もしもし、エマ子よ、マダムですか」

すると果して、電話の向こうから聞こえてきたのは、聞きおぼえのある、あのなつかしい五月の声だった。

「あっ、五月……」

と、いいかけてエマ子ははっとあたりを見回した。それからできるだけ声を低くして、

「ええ、ええ、行くわ。行きますわ。丸の内の帝都ホテル？　ホテルのルーフガーデンなのね。ええ、わかったわ。すぐ自動車で行くから」

向こうも急いでいるらしく、電話はそれでプッツリ切れてしまった。エマ子はいったん自分の部屋へとってかえすと、ありったけの金をハンドバッグに押しこんで、そのまま走るようにしてアパートの玄関から飛び出していった。

だから彼女は、自分が飛び出したあとで一人の男が電話室へ飛びこんで、警視庁へ電話をかけたなどとは、夢にも知るはずはなかった。

「もしもし、警視庁ですか。お尋ねものの五月という男が、もうすぐ帝都ホテルのルーフガーデンに現われますからお報せ致します」

ガチャリと受話器をかけるとその男は、ニヤニヤ笑いながら電話室から出て来たが、なんとそれは自称探偵小説家の井手江南であった。

ホテルの捕物

帝都ホテルは丸の内のお濠端にある。

エマ子は警視庁の前あたりに来ると、帽子をまぶかにかぶりなおして、反対側の濠のほうへ顔を向け、自動車の隅っこにかくれるようにしていたが、その目に遠くうつったのは、帝都ホテルのイルミネーション。

ちょうど建物の角あたり、ホテルの高さ一杯に、花火型のイルミネーションが走っていて、二階のへんからスルスルスルと電気の明滅が走っていた。そして頂点まで達すると、パッと花火のように左右にわかれるのである。赤、青、紫、――つぎつぎに色がかわっては、同じことがくり返されていくのが、お濠の水にうつってとてもきれいだった。

自動車がホテルの前でとまると、エマ子は人目を恐れるように、すばやく玄関に飛びこんだ。そしてすぐエレベーターで屋上へのぼっていった。

ルーフガーデンでは目下納涼大会が開かれていて、エマ子が上っていったときには、ミッキーマウスの映画がはじまっていた。明るい電灯はもちろん消されて、テーブルごとに豆スタンドが、蛍火のように微かな光を落としている。お客さんは他愛もなくげらげら笑っていた。

人目をしのぶ邂逅には、お誂え向きの場所ではあるが、その代わり目ざす相手に会うのに骨が折れる。エマ子は映画などには目もくれず、きっと五月のほうで見つけてくれるにちがいない、とそう考えて端に沿って歩き出した。

するとすぐ、

「おい！」

と呼ぶ声がすぐ近くでした。

エマ子ははっとして立ちどまった。

「ここだよ。エマ」

横を見ると、五月の顔が豆電灯の光のなかに逞しく浮かびあがったが、すぐまたそれは、ほの暗い光の圏外に見えなくなった。

エマ子は滑るように、その前に腰をおろした。

「おいなんて呼ぶもんだから、ひやっとしたわ」

エマ子は胸の底から、縋りつきたいほどのなつかしさがこみあげてくるのを感じた。みるみる瞳が涙にうるんできた。

五月はほの暗い映画の反射のなかで、人なつっこい微笑を見せながら、

「時節柄、エマ子って名前を、大きな声で呼ぶわけにはいかんじゃないか」

「それはそうだけど……」

ボーイが近づいて来たので、ジンカクテルを注文して遠ざけると、エマ子はせきこむように五月の耳に口をよせて囁いた。

「新聞見て驚いているんだけど、みさ子さんのこと、ほんとうなの。あんたがやったの」

「なに、でたらめよ」

「だけど、みさ子さん、あんたを売ったというのはほんとうでしょう」

「うん、だから制裁を加えてやるつもりだったが、あんなひどい事をしようとは思わなかった」

エマ子はつくづく五月の顔を見て、

「あたしだって、あんたがそんなひどい事するとは思わなかったけれど、新聞はあのとおり騒いでるでしょう。それに刑事が毎日やって来て……あたしもずいぶん心配したわよ」

「エマ子も今度はだいぶご難だったね」

「ほんとうよ。おかげで、素性も知れぬ外人とのいきさつが明るみへ出て、あたしちかごろ世間に顔向けもできないのよ」

「エマ！」

突然、五月がきびしい声でいった。そして薄暗がりのなかで、じっと探るようにエマ子の顔をみつめながら、

「お前、みさ子殺しになんの関係もないんだろうな」

「ないわ、あたし……」

「きっとか」

「あら、あんた、あたしを疑ってるの」

おどおどと睫を伏せようとするエマ子に、五月はもう一度きびしい声をかけた。

「エマ、こっちをお向き、そして目を見せてごらん。エマ……」

だがちょうどその時、ボーイが注文のジンカクテルを持って来たので、二人の話はそれきりとぎれた。エマ子は急いでそのグラスに手をやって、一呼吸に半分ほど喉の奥へ流しこんだ。五月はそのようすをじっと見守りながら何か言おうとしたが、すぐ思いなおしたように、

「エマ、おれは当分姿をかくすよ」

と、今までとかわった調子でそう言った。

エマ子はほっとしたように顔をあげると、

「あたしもそれがいいと思うわ。でも、どこへ行くつもり?」

「その事はいま言いたくない。お前が知っていると刑事に問われたとき、かくすのに骨を折らなければならぬと思うからだ。だけど心配するな。いずれ、なんかの方法で、きっと落ち着き先がわかるようにするから」

「ええ、そうしてね。いつまでも梨の礫（つぶて）じゃ、あたし心細くて……だけどあんた」

エマは残りのジンカクテルをあけると、ハンドバッグを持ちなおしながら、

「お金の用意はあって?」

「少しはある」

「じゃね、あたしの分も持ってって、ちょっぴりきゃないんだけど」

ハンドバッグから取り出したいく枚かの紙幣を、エマ子はテーブルの下から五月のほうへ押しやった。

「いいんだよ。おれも男だ。なんとかなる」

「だけど、こんな時には少しでも多いほうがいいっていうじゃないの。金に不自由すると、逃げられるところも逃げられなくなって、それだけ早くつかまるというわ」

「そうか。じゃ、折角だから貰っておこう」

そのとき客の拍手とともに、電気が急に明るくついた。あちこちで陽気な人の話声が起こった。

二人は顔をそむけるようにして、しばらく黙りこんでいたが、やがて五月が低い声で言った。

「話はすんだし、おれと一緒にいるところを見られちゃよくないから、お前はもう帰ったほうがいいだろ」

「だって……当分、これでお別れですもの、あたしもっといたいわ」

「そうか。それじゃそうしてもいい」

二人はそれきりまた黙りこんだ。そしてつぎの映画のはじまるのを待っていると、たくましい男が五月に近づいてきて、

「おい、五月」

突然、鋭い声で呼びかけた。

五月は反射的に身をひいていた。同時に、

「神妙にしろ！」

逞しい男は二人になって、はや一人は五月のきき腕をおさえていた。五月はそれを遮二無二振りほどいたが、するとすぐ代わりにもう一人が五月の背後から飛びかかった。

お客はこの騒ぎに総立ちになって、いっせいに争いの中心から逃げていく。その混雑にまぎれて、エマ子はたくみに階段の方へ走っていた。

と、その時である。突然、うしろのほうでキャッという女の悲鳴。

「助けてッ」

「しまった」

「あっ、危い！」

騒ぎがにわかに大きくなったので、エマ子が何気なく振り返ってみると、五月は今しもルーフガーデンを取り囲む、コンクリートの塀のうえに仁王立ちになっていた。そのうしろを、スルスルスルスルスルスル、――と、赤、青、紫のイルミネーションが這いのぼっては、ぱっと五彩の虹をえがいて消えていく。

「あっ、危い、五月！」

「五月、神妙にせんか！」

刑事がどなった時である。

突然、五月が身をかがませたかと見ると、姿は塀の向こうに見えなくなった。

「あっ、飛んだ」

お客は雪崩をうって塀のほうへ駆けつけて下を覗いたが、五月は飛び降りたのではなかったのである。

「あっ、あそこだ、あそこだ、イルミネーションを伝っておりて行く！」

「あら、すてき、外国映画みたいよ」

「うまいぞ！　しっかりやれ」

「よう、よう、イルミネーション男！」

などという騒ぎ。これを見つけて、ホテルの外もみるみるうちに黒山の人だかりになった。エマ子はその騒ぎのなかを、エレベーターで玄関におりていた。そしてすばやく外へ飛び出したがほとんど同時に、高いところから飛びおりた男の白い姿が見えた。

「あっ、五月さん！」

エマ子は思わず声をかけると、

「エマ、さようなら！」

五月は一声いって、すぐ暗い横町へ姿を消した。

「うまくいった。この分なら逃げられるかもしれない」

エマ子も走り出そうとしていたが、ちょうどその時お誂え向きに、一台の空自動車がやって来てそばにとまった。エマ子はすばやくそれに飛び乗ると、

「渋谷まで！」

自動車はすぐ野次馬をかきわけて走り出した。

ところが日比谷公園裏の薄暗いところまで来たときである。だしぬけに自動車がとまると、運転手が外へ出たから、

「あら、どうしたの。故障なの」

エマ子がからだをのり出してたずねたが、運転手は返事をしない。客席のドアをひらいて、ヌッと入って来た姿を見て、エマ子はゾーッと総毛立つような思いで、座席の隅に身をちぢめた。

「ま、まぁ！　あなたは……」

「エマ子さん、久しぶりでしたね」

大きな黒眼鏡、隆い鼻、髯だらけの顔――まぎれもなくそれは、この間の怪外人ではないか。エマ子は追いつめられた獣のように、絶望的な目を光らせて、きょろきょろあたりを見回したが、逃げるにももう逃げられない。怪外人の大きな手が、しっかりエマ子の肩をつかんでいるのである。

声を立てたら……？

だが、なぜかエマ子にはそれができなかった。

「エマ子さん、何をビクビクしています。私、ちっとも怖くない。もう一度あなたに会いたい。そう思って機会うかがっていました。今夜よい機会、もう一度この間のところ、行きませんか」

エマ子は大きく息を弾ませながら、

「いいわ。しかたがないわ。どうにでもしてちょうだい！」

ベソをかくような、しかしどっか挑みかかるような調子でそう言った。外人は髯の中から白い歯を出して笑いながら、

「はははははは、あなた、なかなか思いきりがよい。だから私好きです。では目隠しをしましょう」

「あら、また目隠しをするの？」

「そのほうが、神秘的でおもしろい。ついでに手脚も縛らせてもらいます」

エマ子はたちまちこの間と同じように、ぐるぐる巻きに縛りあげられ厳重に目隠しをされた。外人はこうしてエマ子の自由をうばってしまうと、悠々と運転台に席をかえ、口笛を吹きながら自動車を運転しはじめたのである。

それにしても、今度はいったいどこへ連れていくのだろう。あれからもう二週間も経って、警察の監視の目もだいぶゆるんできたとはいえ、まさかこの間の家へ連れていくのではあるまい。……エマ子はそんなふうに考えていたが、しばらくすると彼女の胸はしだいに怪しく乱れて来た。

この間と同じ高さのところに、やっぱりボーッと灯がともっている。そこを曲がって左へ二丁、さらにまた、左へ曲がって二丁、やがて自動車からおろされて、固いペ

ーヴメントのうえを歩く時、靴の感触が、この間とすっかり同じであることに気がついた。

やがて階段。目隠しの下からソッと見ると、同じ半月型の角に、同じ唐草模様。階段は三段あって、玄関のドアをひらくとまたあの匂い。廊下をとおって、匂いの発散する部屋に入ると、この間と同じような温気。エマ子はそこで初めて目隠しをはずされた。そして、あまりの驚きに、しばらくは口を利くことすらできなかった。

連れこまれた部屋はまったくこの間と同じである。電気はついていなかったが、隅に切った煖炉(だんろ)には、かっかっと石炭が燃えている。その煖炉から、ぞっとするような匂いが出るのである。そして……そして、浴場のドアがある。ドアの向こうには電気がついているらしく、鍵穴から糸のような光がもれている。

エマ子の表情はまた蠟(ろう)人形のように硬ばってきた。瞳はガラスのように乾いて、艶(つや)を失った。

「はははは、エマ子さんはふるえていますね。エマ子さんは察しがよい。浴場の中に何があるか、ちゃんと気がついたようすです。さて……エマ子さんの想像が当たっているかいないか、どれ一つ、ドアをあけてみましょか」

怪外人はドアをひらいた。

エマ子はこわごわ覗いてみた。

わッ！　そこには今度も、血にまみれた若い女が、浴槽のなかに倒れていた！

呪われた異人屋敷

こうしてエマ子が再び、あの怪しげな異人屋敷につれこまれた、その次の晩のことである。ここにもまたもや、世にも恐ろしい事実が暴露して、世間を恐怖のどん底にたたきこんだが、その顚末をお話するとこうである。

麻布六本木のあの異人屋敷は、当時、世間から魔の家と呼ばれて、日中は好奇心にかられた見物で一杯だったが、いちど日が暮れると、文字どおり犬の仔一匹通らない淋しい場所になってしまった。

それでも事件が新聞に発表された当時は、時々、井手江南のような素人探偵気取りの若者が近づいたが、そういう連中はいつも刑事の厳重な質問にあって、ほうほうの態でひきあげた。してみると、表から見ただけではわからなかったが、どこかに鋭い目が光っていたにちがいなかった。

ところが事件から一週間たち、二週間も過ぎて、怪屋の庭先に咲いた夏草も、ようやくほおけはじめてくると、当局の監視もいくらかゆるんできた。すると、そこをうかがったように、またもや今度の事件が突発したのである。

まえにもいったように、それはエマ子が再び怪外人に連れ出されたその翌晩のことである。

この事件の捜索本部にあてられた所轄警察の宿直室へ、真夜中過ぎに電話がかかってきた。その晩宿直していたのは、本田といって、以前エマ子を取り調べたあの刑事だったが、電話口へ出てみると、相手はひどくせきこんだ調子で、

「大変です。魔の家の煙突から、今夜また煙が出ています。そして、……そして、あの妙な匂いがするんです」

と、いう報告だから、刑事が顔色を失った。念のために相手の名前をたずねると、異人屋敷の近所の者だ。すぐ来て下さい、門の前で待っているという返事。

受話器をかけた本田刑事はすっかり興奮していた。

「見張りのやつ、いったいどうしていやがるんだ」

それから隣室のドアをあけると、

「起きろ! 魔の家でまた事件突発だぞ」

署から魔の家までは四、五丁しかなかったので、おりから降り出した小雨をついて、本田刑事は走り出した。たたき起こされた二人の刑事も、その後から、これまた血相かえて走っていた。

異人屋敷のそばまで来ると、本田刑事は歩調をゆるめて、スレートぶきの屋根に目

をやったがああ、見える、見える！　暗い夜空にひときわ黒く浮き出しているあの煙突、その煙突から墨汁のように滲み出した黒い煙が、そぼ降る雨にもつれて、からんで、静かに立ちのぼっているではないか。しかも、おお、この匂い！　芳香にまじって、なんともいえぬほどいやな、嘔吐を催すようなこの匂い！

本田刑事は異様な興奮をおぼえながら、再び雨のなかを一散に走り出した。

異人屋敷の門まで来ると、はや五、六人たかっていた。変事の匂いを嗅ぎつけて、近所の者が起き出して来たとみえる。

「今晩の張り込みは誰だ！」

本田刑事の声に、五、六人の人影の中から、一人の男がつと前に出た。

「私です。私もいま気がついて、報告しようと思っていたところです」

素人に先を越されてその刑事は、すっかりしょげ切っていた。

「だめじゃないか。もう少し気をつけなくちゃ……」

だが、本田刑事にもここで若い刑事の怠慢を責めている余裕はなかった。一刻も早くあの煙と匂いのもとを、突き止めなければならないのである。彼は一人を裏門へ回らせ、一人を表に立たせておくと、残りの一人をともなって家の中へ入っていった。

中は真っ暗であったが、勝手はすでに十分心得ているのである。二人は廊下の壁を背にして、全身の神経を耳にあつめながら、一歩一歩奥の部屋へ近づいていく。

家の中はしいんとしている。どこからも物音は聞こえてこない。

奥の部屋のまえまで来ると、二人はそっと立ち止まり、鍵穴からまず中を覗いてみた。部屋の中の電気は消えているが、煖炉に火が入っているらしいことは、ゆらゆらと陽炎（かげろう）のようにゆれる明るみでそれと知れるのである。二人はしばらく顔見合わせながら、部屋のなかをうかがっていたが聞こえるのは石炭の燃えくずれる音ばかり、人の気配はさらになかった。

本田刑事は用心深くドアの取っ手に手をかけた。試みにそっと取っ手をひねってみると、鍵はかかっていないらしく、かすかな音を立てて回転する。刑事は思いきってドアをぐいと向こうへ開くとすばやく部屋の中へ飛びこんだ。と、ゆらゆらゆれる煖炉の明かりに誰かが倒れているのが見える。刑事は急がしく壁をさぐって、カチッと電気のスイッチをひねった。

煖炉のまえに女が一人倒れている。髪を乱し、洋装の肩から胸へと引き裂かれ、むっちりとした乳房が半分蠱惑（こわく）的にのぞいている。

だが……だが、刑事たちの目を欹（そばだ）てさせたのは、扇情的なその女の肢態ではない。

あの匂い、——強烈な、嘔気（はきけ）を催すほど強い、刺激的な芳香にまじって、鼻をつく、あのなんともいえぬほどいやな匂い、……そして、じりじりと脂の焦げるような物音。

——

見まいとしても刑事たちの目は、あの燃えさかる煖炉にひかれる。そこには、ああ！　無気味な足の裏をニューッとこちらに見せて、一本の脚が、脂の音を立てながら、ブスブスと燃えている！……

世の中の、およそ恐ろしい出来事、およそ血みどろな事件に慣れているはずの二人の刑事もこの惨虐な光景を見たときには、なんともいえぬほどの寒気を覚え、胃の腑に不快な重さを感じたかと思うと、いまにも嘔吐を催しそうになった。

だが、それにしてもこの脚は……？

二人の刑事の目は、言い合わせたように煖炉のまえに倒れている女の脚部に注がれる。スカートの裾が膝のあたりまでまくれあがって、絹の靴下をはいた足が二本……たしかに二本、煖炉の中で燃えているのは、この女の脚ではない！

それに気がつくと本田刑事は、夢から覚めたようにはっと我れにかえった。

「川口君、……あの脚を、……煖炉の中で燃えているやつを、……あいつを搔き出しておきたまえ」

本田刑事は部屋を斜めに突っ切ると、パッと浴場のドアをひらいた。と、果して、そこに白い浴槽のなかに、女が一人がっくりと仰向けに倒れている。乳のあたりまである水が、真紅に染まっているところを見ると、刑事はもう女の脚をたしかめてみる勇気はなかった。

「畜生ッ！」

刑事はドアを開け放しにしたまま、倒れている女のそばへかえって来て、乱れた髪をかきあげて顔をのぞきこんだ。

「エマ子だ！」

たしかにそれはエマ子にちがいなかった。だが、またしてもこの怪屋に……そして、またしても女の惨死体と一緒にいるエマ子！　本田刑事の頭脳は旋風にまきこまれたように、くらくらと眩惑を感じていた。からだを調べてみると、エマ子はどこにも傷はなく、のろいながらも脈もたしかに打っている。

「エマ子！　エマ子！」

肩をつかんでゆすぶったが、エマ子は容易に正気にかえりそうにはない。

「本田さん、この女、気絶しているんですか」

本田刑事は邪険にエマ子の瞼をひらくと、懐中電灯で瞳をのぞきながら、

「いや……薬を飲まされているらしい。強い眠り薬……川口君、とにかく、そこのベッドまで担いでくれ。そして大急ぎで医者を……」

若い川口刑事が出て行くと、本田刑事はエマ子のそばを離れ、懐中電灯片手に、家の中を通り抜けて裏木戸へ出た。そこには前の刑事が張り番していた。刑事のそばには五、六人、野次馬が群がっていた。

刑事はその顔を一つ一つ懐中電灯の光であらためると、

「君、おれと一緒に来てくれ。ああ、みなさん、あなた方はここにいて、誰でも怪しいやつが飛び出して来たら、逃がさぬように取りおさえて下さい。頼みます」

「本田さん、家の中に何か……」

「しッ、黙ってついて来たまえ」

家の中へ入ると本田刑事はわざと懐中電灯を消した。

「犯人がかくれているかもしれないのだ。気をつけて捜してくれ」

「犯人……？」

「あの匂いを嗅げばわかるはずだ。またやりやがった。気をつけろ。なにしろ相手は恐ろしいやつだから」

ひとつひとつ刑事は部屋をあらためていった。この異人館は隅から隅まで洋風に設計されているが、そうたいして広い物ではなかった。厨房を抜けると、そのつぎに女中部屋のような小さい部屋がある。

本田刑事はその部屋のドアをひらくと、懐中電灯をともしてそっと床を照らしてみた。と、ふいにぎろりと目が光る。埃まみれの床に、雨に濡れた靴跡が……本田刑事はその靴跡を懐中電灯で追うていったが、すぐ二人ともぎょっとしたように息をのんだ。

部屋の隅に四角に出張った押入れがあるが、その押入れのドアのまえで、靴跡は消えているのである。二人の刑事は目を見交わした。蒼白く緊張した顔でうなずき合った。

「出ろ！」

壁を背にしてジリジリと横歩きに近づいていくと、本田刑事は押入れの中に声をかけた。がらんとした空屋敷の中に、本田刑事の声が異様に大きくひびき渡ったが、それと同時に、かすかな物の気配が押入れの中で聞こえた。

「出ろ！　おとなしく出て来ないと……」

そのとたん、押入れのドアが静かに開くと、本田刑事の差し向けた懐中電灯の光のなかに、真っ蒼になった男の顔が現われた。その顔があまりにも異様に歪んでいるので、本田刑事もしばらくは、それを誰とも見分けかねたが、急に大きく呼吸をうちへ引くと、

「あっ！　き、君は井手江南じゃないか！」

江南の大きくみはった眼は、まるで物の怪に憑かれたように異様にギラギラ光って、唇がはげしくふるえている。帽子の下から滝のように汗が流れ落ちて、押入れのドアから外へ滑り出したそのからだは、酔っ払いのようにふらふらしていた。

「き、君はどうしてこんなところへ隠れていたんだ。いや、それより君は、この家の

中で何をしていたんだ」

江南はギラギラ光る、しかしそれでいて妙に空虚なかんじのする眼で、ぼんやり本田刑事の顔を振り返ったが、やがて、ブツブツと独語(ひとりごと)をいうように口の中で呟(つぶや)いた。

「エマ子……昨夜からエマ子がかえって来ないので、……僕は……僕は……この家へようすを見にやって来たんです。……ひょっとすると、また、この前のような恐ろしいことが起こってるんじゃないかと思って……そしたら……そしたら……」

江南はそこで啜(すす)り泣くように、はげしく呼吸をうちへ引いた。

「そしたら……そしたらどうしたんだ」

「エマ子が倒れていた。煖炉の前に……煖炉の中には女の脚が……そしてあの浴槽……ああ、あなたがたは見ましたか……あの浴槽……真紅に血に染まった……」

江南はそこでブルブルと身ぶるいをすると、眩(めま)いがしたようにふらふらする。本田刑事は横からその腕をとらえると背の高い江南のからだをはげしくゆすぶった。

「こら、しっかりせんか。あの女は誰だ。浴槽の中で殺されている女は誰だ」

「私は……私は……あまり恐ろしくなって逃げ出そうとした。そしたら、表でがやがや騒ぐ声が聞こえたので……私はここへ潜りこんだ……ああ、私は何も知らない。どうしてあの女がここで殺されたのか……誰が……ああ……誰が……誰が……誰が……」

井手江南はまたふらふらと倒れそうになったので、今度はもう一人の若い刑事が、あわてて向こうからそのからだを抱きとめた。背の高い、大きな江南のからだから見ると、二人の刑事はまるで電柱のつっかい棒のように見えた。

「こら！　しっかりしろ！　いったい、あの女は誰だときいているんだ。浴槽の中で殺されている女は……」

「おお！　浴槽の中で殺されている女……そ、そんな馬鹿な事が……お、おれは夢を見ているのだ。エマ子と同じように、おれも気が変になっているんだ。……しかし、おれは触ってみた。たしかに……たしかに……たしかに……あれは」

「誰だ、誰だ、誰だ……あれは！」

「マダム……」

「マダム？」

「アザミ酒場のマダム……」

江南はそこでまたふらふらすると、若い刑事とちょっと縺れあったが、やがて朽木を倒すように大きな音をたてて床に倒れた。本田刑事があわててその上に身をかがめ、懐中電灯でしらべてみると、井手江南は歯を喰いしばり、唇のはしから無気味な泡を吹いていた。

由利先生登場

「つまり、それでまた迷宮入りをしそうだというわけなんだね」

「そうなんです。警視庁でも躍起(やっき)になっているようですが、なにしろ得体の知れぬ事件でしてね。どこから手をつけていっていいかわからない。問題は例の怪外人ですが、これがまた雲をつかむような存在で……」

「いったい、その怪外人なるものは、実在の人物かね、ひょっとすると、エマ子という女の幻想上の存在じゃないのか」

「いや、そんなことはありません。最初の事件のあった八月二十二日の晩、エマ子が怪外人の寄こした自動車で連れ出されたことは、アザミのマダムも認めているのです。それから二度目にはまたエマ子が、その外人に連れ出された晩は、丸の内の帝都ホテルで捕物があったのですが、その捕物のためにホテルの周囲には刑事が張りこんでいた。その刑事の一人が、外人の運転する自動車に乗って、エマ子が立ち去るところを見ているのです。というわけで、そういう外人が存在することは、疑う余地がないわけです」

「ふうむ」

由利先生は瞳をすぼめて、ゆっくりと煙草をくゆらせている。窓から差しこむ初秋の陽ざしがきびしい由利先生の横顔と、ふさふさと波打った美しい雪白の頭髪を、ほんのりと穏やかな感触で撫でている。

そこは市ケ谷のお濠を見下ろす由利先生の寓居なのである。

この高台に建っている、和洋折衷の建物の表にかかった、由利麟太郎という表札を見ても、すぐその人の人柄なり、職業なりを思い出すことのできる人物はそうたくさんあるまい。それほど由利先生は隠遁的な生活を送っており、どんな場合でも事件の表面に名前を出すことを喜ばなかったが、もし、その道の専門家に聞けば、先生の名前は、一種神秘的な呪文として喧伝されていることがわかるだろう。

その道の専門家とは、犯罪捜査に携わっている人々のことである。つまり、先生は一種の風変わりなアマチュア犯罪研究家なのであるが、多くの場合、そういう私立探偵的な存在が、警視庁や警察の連中から、厄介がられたり、敵視されたりするのに反して、由利先生はそういう玄人からもたいへん尊敬されている。それはかつて警視庁に奉職していたことがあるという、先生の経歴によるばかりではなく、それ以上、先生の人柄が物をいっているのであろう。

今日、その先生を訪れて来たのは、これも諸君がすでにおなじみのことと思うが、新日報社の花形記者三津木俊助である。もし、諸君がいままでに、由利先生の冒険談をお読みになった事があれば、先生にとってこの三津木俊助という人物が、なくてかなわぬ存在であることをご存じであろう。

由利先生にとっては、俊助は、いわばシャーロック・ホームズにおけるワトソン的な存在なのだが、ただワトソンとちがっているのは、三津木俊助自身が、すぐれた探偵的手腕を持っていることで、事実いままでしばしば、俊助の独力で事件を解決したことも珍しくない。しかし大きな事件、帝都を震撼させるような事件となるとこれはどうしても由利先生の出馬が必要で、いわば俊助は由利先生の引っ張り出し役なのである。

その俊助が今日やって来たのは、いうまでもなく、麻布六本木のあの異人屋敷の事件のためである。

エマ子が怪外人のために、二度目に異人屋敷へ連れこまれた晩、そしてその次の日のアザミ酒場のマダムの惨死体が発見された晩からかぞえても、すでに十日あまりも経っているのに、事件はいまだに解決されていない。いや、解決の曙光さえ見るにいたっていない。警視庁の活躍も活躍だが、三津木俊助自身も、新聞記者として別の角度から、この事件を解決してみようと骨を折ったが、得体の知れぬもやもやとした謎の奇怪さに、とうとう匙を投げて、今日は由利先生の援助を仰ぎに来たというわけである。

由利先生も今度の事件については、あらましの事は新聞で承知していたが、なお念のために俊助の口から詳しく事のいきさつをききとると、なお不審な点を二、三重ねてたずねていたが、やがて紙と鉛筆を取り出して、次のような点を書き記した。

一、夏のはじめころより西条エマ子怪しき幻想に悩まされる。

二、八月十三日、西条エマ子鎌倉の浜にて、血みどろになれるみさ子の姿を幻想に見る。

三、八月二十二日、エマ子怪外人のために異人屋敷へ連れこまれ、浴槽で惨殺されている女の死体を見る（ただし、この時の被害者はいまだに不明）。エマ子この時、浴槽のそばにてみさ子の耳飾りを拾う。

四、八月二十三日、みさ子紛失したはずの耳飾りをつけてアザミ酒場に現われる（この事は最近発見されたマダムの日記によって明らかなり）。

五、八月二十七日、井手江南の案内にてエマ子麻布六本木の異人屋敷にいたり、みさ子の惨死体を発見す（ただし、みさ子の殺害されたのはその前日、八月二十六日の晩のことであろうと推定されている）。

六、九月十日、エマ子帝都ホテルの前より怪外人に拉し去られ、再び異人屋敷にいたり浴槽に女の惨死体を見る。

七、九月十一日、麻布六本木付近の住民により、異人屋敷の煙突から怪しき煙の立つのを報告され、本田刑事ほか二名が駆けつけ、そこに昏睡せる西条エマ子、浴槽にて惨殺されたアザミのマダムの死体、ならびに半ば狂える自称探偵作家井手江南を発見す。

由利先生はこう書き終えると、しばらくこの箇条書きをながめていたが、やがて無言のままそれを三津木俊助のほうに差し出した。

俊助はその一項一項を熱心に読んでいたが、やがて眉をひそめて、不思議そうに由利先生の顔を仰ぐと、

「先生、しかし、この第一条や第二条は必要なのでしょうか。エマ子があの奇怪な幻想に悩まされていたということが、この事件になにか関係を持っていたとおっしゃるのですか」

先生は無言のまま、俊助の顔を見守っていたが、やがて重そうな口を開くと、

「それをこれから検討していこうというのだよ。ねえ、三津木君、この事は偶然としては少しぴったりしすぎるじゃないか。エマ子は夏のはじめごろから、バラバラにされた手や脚の幻想に悩まされていた。ところが後になって、その幻想どおりの事件が彼女の身辺に起こった。いや、身近というよりは、つぎつぎに起こった血みどろの事

件の中心には、いつもエマ子がすわっている。暗合としてはこれはあまり符合しすぎる。私は思うのだが、この一連の狂気じみた事件は、すべて夏のはじめごろからエマ子を悩ましていた怪奇な幻想に端を発していると思うのだ。だが、その事はいましばらくおくとして、ここでは第三条の八月二十二日の晩、即ち(すなわ)エマ子がはじめて怪外人に連れ出された時のことから順々に検討していってみようじゃないか。そして、まだわかっていない事実に、何か合理的な説明がつきはしないか——。その事を考えてみようじゃないか」

「なるほど」

三津木俊助も椅子からからだをのり出すと、

「こうして箇条書きにすると、知識の整理ができて一目瞭然(りょうぜん)となりますね。ところで、第三条でいまだに不明な箇所といえば、その晩エマ子が見た浴槽の惨死体が何者であったかということですね。この女の身許はまだわかっていないのですから」

「いや、わかっていないのはその女の身許ばかりじゃない。惨死体がその後どうなったか、それもまだわかっていないはずじゃないか」

俊助はぎょっとしたように目をすぼめた。

「しかし、先生、あれはあの煖炉で焼き捨てたのじゃ……」

「三津木君、人間の死体というものが、そう簡単に焼却できるかね。設備のととのった火葬場でさえ、往々にして失敗することがあるというのに、不完全な煖炉で、そうやすやすと焼き捨てられるだろうか。後になんの痕跡も残さずに……それに、その時分、あのいやな匂いを嗅いだ者は一人もいないというのはどういうわけだろう。いかに深夜とはいえ、また香料の匂いで消したとはいえ、深夜であればあるほど、変な匂いがすれば気がつくはずだと思うが……」

「と、すると……？」

三津木俊助は先生の真意が奈辺にあるかというふうに、訝しそうに先生の顔を見なおした。由利先生はにっと白い歯を出して笑いながら、

「つまりだね。八月二十二日の晩、エマ子が見た女の惨死体については、その身許もわからなければ、その死体も出て来ない。つまり、そういう惨死体があったという証拠はどこにもないということを指摘しておきたかったのだ」

「じゃ、先生は……つまりエマ子が嘘を吐いているとおっしゃるのですか」

「いや、そうじゃあるまい。エマ子という女に、そういう計画的な嘘が吐けようとは思えないからね。だが、この問題はそのままにしておいて次に移ろう。エマ子はその晩、みさ子の耳飾りを拾ったといっているが、その翌日、二十三日の晩、アザミへ現われたみさ子はちゃんと同じ耳飾りをつけていた。この問題はどう解釈するかね」

「それについてはアザミのマダムはこう解釈しているのです。みさ子は例の外人と交

渉があることをひとに知られたくなかった。それだのについうっかりして、二十二日の晩、自分の耳飾りをエマ子に拾われた。そこで、あの耳飾りは自分のものではありません。わたくしの耳飾りは、ほら、ちゃんとここにありますよということを、それとなくマダムに見せに来たんだろうといっています」

「誰がそんなことをいっているんだね。マダムが誰かにそんなことを話したのかね」

「いいえ、マダムの日記に書いてあるんです。マダムは誰にもそのことは話さなかったが、エマ子にだけは、自分の疑問を打ち明けたと日記に書いてあります」

「日記に……？　日記にそんなことまで書いてあるのかい。そして、エマ子にその話をしたのはいつごろのことだろう」

「九月十日の日記にそのことが書いてあります。なんでもその日の夕方、久しぶりでエマ子がアザミへやって来て……」

「九月十日の日記……？」

由利先生は急にからだをのり出すと、物凄い目をして俊助の顔を睨みすえた。

「しかし、三津木君、それは不合理な話じゃないか。九月十日といえば、エマ子が二度目に怪外人に拉し去られた晩だろう。その晩、エマ子はまたしても異人屋敷で女の惨死体を見た、それがアザミのマダムだということになっているのではないのか」

「そうです、そうです。つまりアザミのマダムはエマ子に別れると間もなく、怪外人に連れ出された。そして異人屋敷で殺された。怪外人はその後で、またエマ子を連れこんだということになっているんです。その晩、マダムが八時ごろに酒場を出たことはたしかなんですから」

「なるほど、そうするといちおう辻褄はあうね。しかし三津木君、日記というものはその日一日の出来事を書きしるしておくものだぜ。たいていの人は寝るまえか、なかにはその翌日になって書く人もある。八時ごろに連れ出されたマダムがそのまえに日記を書いておくというのはちと受け取れないじゃないか」

「先生、先生、するとどういうことになるとおっしゃるのですか」

「つまりだね。十日の晩の八時ごろに酒場を出たマダムは、怪外人に連れ出されたのではなかった。その後、一度かえって来て、寝るまえに日記をつけた。連れ出されたとすれば、それから後のことだろう」

「だが、先生、そうすると事実に背馳してくることになりますよ。八時ごろに酒場を出たマダムが外人に連れ出されたのではなく、もう一度かえって来て日記をつけたとすると、少なくともそれは十二時以後のことになります。なぜって、アザミには女給が十二時までは頑張っていたが、それまでにはマダムはかえって来なかった。いや、誰もマダムのかえって来たのを見たものはないのだから、どんなに早くても十二時以後にかえって来たことになります。つまりそれまで生きていたことになりますね。ところがエマ子が、異人屋敷へ連れこまれ、浴槽の惨死体を見たのは、その晩の遅くとも十時まえですから、時間的に矛盾が出てくるじゃありませんか」

由利先生の目はますます物凄くなった。ほとんど俊助を睨み殺すような眼付きで、しばらく凝視をつづけていたが、やがてぐっとデスクのうえにからだをのり出すと、

「三津木君、ほんとうに時間に矛盾ができるかね。その晩の十二時過ぎまでアザミのマダムは生きていた。一方、十時まえにエマ子は浴槽に女の惨死体を見た。この二つの事実のうちに、果して時間的に矛盾があるかね。もし、エマ子の見た浴槽の惨死体が、マダムでなかったとしたら矛盾もへったくれもないじゃないか」

「な、な、なんですって!」

俊助はそれこそ、椅子の下から槍でででも突かれたように飛びあがったのである。

由利先生喝破す

「それじゃ先生は、……それじゃ先生は、アザミのマダムのほかにもう一人、殺された女があるとおっしゃるのですか」

「三津木君、そう考えることは不合理かね。ではもう一度、この事件をはじめから見なおしてみようじゃないか。みさ子の惨殺死体が発見されたのは八月二十七日だった

が、それより五日前の八月二十二日にエマ子は浴槽の惨死体を見ている。ところで、その時の惨死体はいまだに身許もわからなければ死体の痕跡も発見されておらぬ。これと同じようなことが今度も行なわれたのではないか。すなわち九月十一日の晩にアザミのマダムの死体が発見される一日まえに、同じく身許も痕跡もわからぬ死体をエマ子は見たのではないか。第一の事件の場合は、間に五日という時日が経過しているから、すぐ二つの死体が別物だと考えられたが、第二の事件の場合では、その間があまり接近しているので、十日の晩にエマ子が見た惨死体、すなわち十一日の晩に発見されたマダムの死体であると、間違ってかんがえられているのではあるまいか。……だが……」

由利先生はここで急にからからと笑うと、自ら嘲るように口を歪めた。

「はははは、おれも、しかし、どうかしてるな。事件があまりへんてこなので、おれの頭脳も少し変調をきたしているのかな。そんなこと、マダムの死体の死後の推定時間をしらべれば、すぐわかることじゃないか。まさか、医者にそれくらいのことがわからぬはずはないと思うが……」

ところで、それに対して、俊助のほうがかえってにわかに熱心の色を浮かべてきたのである。彼はほとんど呼吸がつまりそうな声で、

「先生そういえばマダムの検死には非常に大きな問題があったのです。マダムの死体

が発見され医者が検死したのは十一日の晩の二時頃——正確にいえば十二日の午前二時ですが、面倒ですから十一日の晩ということにしておきましょう——すなわち十一日の晩の二時頃のことなんですが、その時の医者の診断によると、死後どんなに長くとも二十四時間以上は経っておらぬといったそうです。そうするとマダムの殺されたのは前日、すなわち十日の晩の二時（正確にいえば十一日の午前二時）以後ということになるんですが、そうなるとエマ子の証言と符合しなくなる。エマ子は十日の晩の十時頃に女の惨死体を見ているんですから、その間のひらきが、少なくとも四時間はあります。この事は当時だいぶ問題となったのですが、結局こういうふうに解釈されています。すなわち死体が温湯に浸っていたために、死後硬直が正常ではなく、ふつうの場合より緩慢にやってきたのだろう……と、こういうことでいちおう辻褄はあわせていますが、検死医はいまだにこの説に大不服で、二十四時間というのは、おおまけにまけての最大限度で、事実はそれより短いだろうといっているんです。ですからいま先生のおっしゃったことはけっして不合理ではないのですよ」

由利先生はそれをきくと、いまにも噛みつきそうな顔色で俊助の顔を睨んでいたが、やがて、慨嘆するように深いため息をもらした。

「三津木君、これだから日本人というやつがいやになる。科学と常識が矛盾する場合、常識のほうを訂正して、科学のほうへ接近させるということを知らずに、反対に科学のほうを歪じ曲げてでも、自分の納得範囲内に持ってこようとする。この場合、十日の晩と十一日の晩と、二晩もつづけて同じような殺人が行なわれるはずがないという、自分たちのかってな偏見を支持するために専門的な医者の検案を歪じ曲げようとする。医者の検案を素人の常識でかってに訂正してよいものならはじめから医者というものがないも同じではないか。こういう習癖、専門家の正しい判断を尊敬し、信頼することを知らぬ国民性、これが改められない限り、日本に発展はのぞめないね。いや発展どころか、いまに大きな躓きを演じるにちがいないよ。だが……」

と、由利先生はここで急に白い歯を出して笑うと、

「憤慨することはこれぐらいで止めておこうかねえ。何かにつけてすぐ一理窟こねなければおさまらぬのも、日本人の悪い癖だなんていわれそうだから。……ところで、そうなってくると、私の意見も不合理ではなくなってくるね。すなわちアザミのマダムが殺されるまえに、またしても、正体不明の、そして死体の痕跡すら残っていない女の惨死体があったということになる。三津木君、これについて君は何か考えることはないかね」

「わかりません。僕には見当もつきません。先生のおっしゃるような事が実際にあったとすれば事件はいよいよ気味が悪くなってきますね。なんだかえたいが知れなくて、ゾーッとするような気持ですね」

「そうだよ。まったく気味の悪い事件だよ。だが……」

由利先生はここでもう一度箇条書きに目を落とすと、

「なんだ、いつの間にやらこれでいちおう箇条書きの全部を検討したことになっているね。ところで三津木君、この井手江南という男だがね、これはいったいどういう人物だね。新聞を見ると探偵小説家ということになっているが、私はいままでこういう探偵小説家をきいたことがないように思うが……君も知ってのとおり、私はひととおり内外の探偵小説を読んでいるつもりだが……」

「なに、探偵小説家と名のっているものの、この男いままでろくなものは書いてやあしませんよ。つまらん雑誌に一、二回、ごく短いものを書いたことはあるようですが、それもじつにくだらんものでしたよ。もっともこいつ、前に一回、探偵映画を作ったことがあるんです」

「探偵映画……?」

「ええ、……井手江南というのは、ご存じでしょう。明治時代に有名だった紅屋(べにや)白粉(おしろい)、あの紅屋白粉の本舗紅屋の息子で、金があるもんですから、学校を出ると間もなく、大森のほうに撮影所をたて、探偵映画を一本作ったんです。たしか『魔の棲む家』という題でしたが、自作自演、自監督のごくつまらんもので、場末の小屋で封切られたきり、ほとんど闇から闇へと消えちまったので、世間じゃおぼえてる人もないでしょう。それで大損をしたので、事業はたちまちポシャッてしまいましたが、撮影所はいまだに大森のほうにあるはずですよ」

「『魔の棲む家』――ふむ、あの映画なら私も見たことがある。いかにも素人のお道楽らしい、くだらんものだったが……」

由利先生は何気なくそう呟いていたが、急にぎょっとしたように三津木俊助の顔を見なおすと、にわかにソワソワした態度を示しはじめた。

「三津木君、君は……ひょっとすると、麻布六本木の異人屋敷というのを見ちゃいないかね」

「ええ、もちろん見ましたよ。外からばかりではなく、中へも入って見ました。犯罪の現場である浴槽や、それから大きな煖炉のある部屋も見ましたよ。だが、それが……」

由利先生は急に立って、壁際の台のうえにある索引ケースを急がしくくりはじめた。

由利先生は非常に几帳面な人で、およそ探偵事件に縁のあるものならば、それが劇であろうが映画であろうが小説であろうが、片っ端から切り抜いて、克明に分類保存しているのである。それは小規模ながら犯罪図書館といってもよく、先生はこの図書のなかから、しばしば迷宮事件解決の、有力な手がかりをつかむのであった。

先生はしばらく索引カードをくっていたが、やがてかたわらの分類戸棚から、ハト

ロン紙の袋を取り出した。そしてその中から写真類を引っ張り出して捜していたが、やがて、

「あった、あった」

と、呟くと、三津木俊助のまえに黙って差し出したのは、映画雑誌の口絵からでも切り抜いたらしい一葉の写真である。そこには、

探偵映画「魔の棲む家」の一場面

と、いう説明があって、洋室セットの場面が出ているが、それを見ると俊助は、思わず椅子から飛びあがったのである。

「あっ、こ、これは……この部屋です。この部屋です。ここに煖炉があります。そして、このドアの向こうに、問題の浴場も見えています。先生これはあの麻布の異人屋敷で撮影したのですね」

だが、由利先生は、それには答えずに、黙って裏をかえしてみた。と、そこには、

怪外人に扮する井手江南

と、いう説明があって、その下に黒眼鏡をかけ、顔じゅうに髯を生やした、井手江南扮するところの外人の写真が出ていた。俊助はそれを見ると、口を利くことはおろか、息をすることすら、できないように見えるのだった。

「先生……、これは……これは……」

「三津木君、いっておくがね。この洋室の場面はけっして麻布六本木の異人屋敷で撮影されたものじゃないよ。私もこの映画を見たことがあるが、実際の異人屋敷を使ったとしたら、ああ明るくはうつらない。これは、六本木の家を扮本として、撮影所内につくったセットなのだ。だからいまこの東京には、まったく同じ部屋が二つあることになるんだよ。そしてエマ子が怪外人、すなわち井手江南につれこまれた家というのは、いつもこの撮影所のほうなんだ。こうわかれば九月十日の晩、エマ子が外人とともに異人屋敷の玄関まで、自動車を乗りつけながら、見張りの刑事に見とがめられなかった理由もわかる。刑事は六本木のほうを見張っていたが、エマ子は大森の撮影所のほうへ連れこまれていたんだから」

「わかりました、先生、わかりました」

俊助も興奮した面持ちで叫んだ。

「あの六本木の異人屋敷は、もと青山のS学院の外人教師の住居だったんです。その人は先年本国へかえってしまいましたが、井手江南はそのS学院出身ですから、以前あの屋敷へ遊びにいったことがあるにちがいありません。そこで映画をつくるとき、あの屋敷の内部を扮本としてセットをこさえたにちがいありません」

由利先生と三津木俊助は、しばらくお互いの顔を探るように、目を見交わせていたが、やがて俊助はぶるるとからだをふるわせると、井手江南扮するところの、怪外人の写真を取りあげた。

「黒眼鏡……髯だらけの顔……エマ子の証言にぴったり一致している。先生、するとあの怪外人というのは、井手江南だったんですね。そして、……そして、あいつは探偵小説に熱中したあまり、とうとう本物の殺人をやってのけたんですね」

「そうかもしれない……。だが、まだそう結論を下すのは早いよ。時に江南という男は、その後どうしているのかね」

「発狂……とまではいかないのですが、一種の精神錯乱ですね。麻布の異人屋敷でつかまって以来、妙な事ばかり口走っていて、まるで取りとめがないのです。はじめのうち伴って狂気をよそおうているのではないかと、きびしく追及されたらしいのですが、その後厳密な精神鑑定の結果、精神錯乱ときまって、目下青山の妹の家で療養中のはずですよ」

「エマ子は……？　エマ子はどうしている？」

「エマ子も三日ばかり留置場へとめおかれましたが、その後、釈放されて渋谷のアパートへかえっているはずです。これは僕の考えですが、エマ子を野放しにしておいて、例の怪外人を誘き出そうという肚らしい。あにはからんや、その怪外人が井手江南であろうとは警察では夢にも知らないんですからね」

由利先生は何か考えこみながら、しばらく部屋のなかを歩きまわっていたが、突然あしを止めると、急がしく三津木俊助を振り返った。

「三津木君、それじゃこれから行ってみようじゃないか。どこへって渋谷のアパートだ。それから時間があったら、大森へまわってみよう。そこにはきっとまだ、『魔の棲む家』のセットがそのまま保存してあるにちがいないぜ」

こうしてさすがに世間を騒がせた怪事件も、急転直下、由利先生の明察によって解決の曙光を見いだしたのであった。

怪フィルム

「ああ、もしもし、こちらエマ子――ええ、西条エマ子よ、――どなたさまでいらっしゃいましょうか。え? もしもし、どなた――電話が遠くてよく聞こえないのでございますけれど――ええ、ええ、そう――あっ、五月ッ――」

エマ子はそこで大きく目をみはると、はげしい息使いをしながらあわてて電話室の外をながめた。心臓がドキドキ躍って、いまにも倒れそうな気がする。しかし、幸い誰もエマ子の言葉をきいたものはなかったらしく、アパートの玄関には、ぼやっと裸電気がわびしくついているばかり。エマ子は安心して受話器を握りしめると、わざと丁寧な言葉を使って、

「失礼いたしました。ちょっと驚いたものでございますから。――そして、あなたはいま――？　ああ、そう――ええ、ええ？　大丈夫でございます。はあ、はあ、はあ、ええ、わかりましたわ。では、いますぐね。承知いたしました。ではさようなら」

できるだけ音を立てないように受話器をかけたエマ子は、電話室のドアをそっとひらいたが、見ると額には汗がいっぱい浮かんでいる。こらえようとしてもこらえきれない呼吸の弾み、膝頭のふるえ、それをエマ子はひとに見られまいと、ゆっくりと階段をのぼっていったが、その途中で彼女は二度ほど壁に手をついて身を支えなければならなかった。

だが。

一度、自分の部屋へかえって来ると、エマ子のようすはすっかり変わった。大急ぎで外出用の気のきいた洋装に着替えると、窓のはしからそっと外を覗いてみる。エマ子の部屋は大通りから曲がった横町に向かっているのだが、その横町は暗くて人影もなかった。

エマ子はすぐ窓際をはなれると、机の引出しをひらいて、ありったけの金をハンドバッグに突っこみ、それから再びそっとドアをひらいた。廊下にも人影はない。どこかでうるさくハモニカの稽古をする音が聞こえる。

エマ子は大急ぎで階段をおりると、下駄箱から靴を取り出したが、そのまま出ていくと思うとそうではなく、靴を持ったまま廊下を小走りに走ってアパートの裏側へまわった。そこにはご用聞きなどの出入りをする勝手口があるのだが、エマ子はそこで急いで靴をつっかけると、逃げるようにして暗い裏通りへ出ていった。

こうして裏通りから表通りへとよりながら、エマ子が渋谷駅まで駆けつけるころ、アパートの表から入って来た二人の男があった。いうまでもなく由利先生と三津木俊助である。

二人がおとなうと、玄関のわきの窓がひらいて、顔を出したのはアパートの管理人。いままで居眠りでもしていたとみえて、眠そうな目をショボショボさせている。エマ子のことを聞くといるはずだという。さっきどこからか電話がかかってきて、それに出ていたが、外出した模様はないという。

由利先生と三津木俊助は部屋の番号をきいて二階へあがっていった。管理人は不思議そうな顔をして二人の後ろ姿を見送っていたが、やがて欠伸をかみ殺すと、窓をしめて奥へ引っこんでしまった。また、警察の連中か――そう思ったのである。

由利先生と俊助の二人は、エマ子の部屋のまえに立つと軽くドアを叩いたが、中から返事はない。二度三度くり返してみたが同じことなので、俊助はじりじりしてきた顔色でドアをひらいたがむろんエマ子の姿は見えなかった。着物が脱ぎちらかしてあり、机の引出しも放けっぱなしになっているところを見ると、大急ぎで飛び出していったらしいことが一目瞭然である。

「さっき電話がかかってきたといっていたね」

「呼び出し電話なんですね。誰からでしょう。まさか、井手江南からじゃありますまいが……」

由利先生はしかし、エマ子には大して興味は持っていなかった。それよりも先生は江南の部屋を見ておきたかったのである。

「井手江南の部屋は三階だといったね」

「ええ、すぐこの上です」

「その部屋はまだ江南がいたときのままになっているんだね」

「たしかそのはずです。その後、人が入らないとすれば……」

「よし、ちょっとその部屋をのぞいてみようじゃないか」

三階の江南の部屋には鍵がかかっていた。

「先生、管理人にいって鍵をかりてきましょうか」

「そうね」

先生はちょっと当惑したらしく眉をひそめたが、やがてポケットから夥しい鍵のついた鍵束を取り出した。

「しかたがない。非合法手段で侵入することにしよう」

道義的には対蹠的な立場にあるけれど、やることにおいては、探偵と泥棒はしばしば似ている場合がある。由利先生は鍵束のなかから一つの鍵をとり出すと、すぐドアをひらいた。部屋の中はむろん真っ暗だったが、壁際のスイッチを探りあててひねると、ぱっと明るい電気がついた。

部屋のなかはわりに整頓していた。

窓際に大きなデスクがあり、デスクのうえに原稿紙がひろげてあり、永遠に完成されぬ探偵小説が二、三行、書き出しだけがついていた。デスクのうえにはほかに翻訳ものの探偵小説が五、六冊、雑誌、灰皿、筆立て……べつに変わったところもない。

由利先生はちらとその方へ目をやっただけで、今度は仔細に部屋のなかを見回した。そういう先生の眼付きからして、漫然として証拠物件をあさっているのではなく、何か目標をつけて捜しているらしいことがわかるのである。

先生はやがて押入れを開いてなかを覗いた。押入れのなかには古雑誌やレコードのサックや洗濯物などが乱雑につっこんであったが、その中に携帯用蓄音器ぐらいの大きさの黒い箱がある。由利先生はそれをみると、ふっと会心の微笑をもらした。どうやら先生は求めるものを捜しあてたらしいのである。

「三津木君、その箱をこちらへ出して見たまえ」

「これですか。先生、何が入っているんです。かなり重いものですよ」

「開けてみればわかるさ。私の想像にして誤まりがなければ、かなり妙なものが入っているはずだがね」

皮張りのポータブルのように、携げるところのついたその箱を、押入れの中から引っ張り出した俊助は、中をあけて見て驚いた。それはパテーベビーぐらいの大きさの映写機なのである。由利先生はそれを見るといかにも嬉しげに唇をほころばした。

「井手江南がプロダクションを持っていたと聞いたときから、私はこれがあるだろうと想像していたんだ。三津木君、そこにフィルムの罐があるね。そいつをあけて見たまえ」

フィルムの罐は五つあった。俊助はその罐を開いて、フィルムを一尺ほど引き出すと、電気の光にすかして見たが、とたんにあっという叫びをもらしたのである。

「先生、これは……これは……」

俊助は呼吸を弾ませている。

「バラバラの手や脚や首……そんなフィルムではないかね」

「では……では、……先生はご存じだったのですか。あれが、……あれが……井手江南の悪戯だったということを……」

「なに、知っていたわけじゃないが、想像したのさ。三津木君、これで万事解釈がつくじゃないか。エマ子を悩ませた幻想というのは、その実、幻想でもなんでもなかった。ほら、ここを見たまえ」

由利先生はデスクの向こうの窓をひらくと、そこを走っている望遠鏡ぐらいの管を指さした。

「この管は一種のプリズムになっているにちがいない。そしてここで映写機を回転すると、フィルムの映像はこのプリズムで曲屈されて下のエマ子の部屋の壁にうつることになってるんだ。はははは、これが今度の事件の序曲となった、奇怪なエマ子の幻想の正体さ」

俊助は急がしくほかのフィルムも調べてみたが、どれもこれも似たりよったりのもので、いかにも悪夢を誘うような、バラバラの手、脚、首、のモンタージュなのである。

俊助はフィルムそのものよりも、このフィルムがどういうふうに使われたかということに、恐怖に似た感情をおぼえて、わけのわからぬ錯乱を感じた。

「先生、しかし……井手江南はなんだって、こんなものでエマ子を脅かしていたんでしょう」

「猟奇の徒！」

「え？」

「猟奇の徒だったんだよ、井手江南という男は……江南は自分の真下の部屋に住んでいるエマ子という女が、酒のために理性を失いかけていることに気がついた。また、エマ子という女が、ちょっとした暗示にも、すぐ動揺を示すような、感受性の強い、あまり感受性が強いために、いまにも脆くくずれてしまいそうな神経の持ち主であることも知ったのだ。すると江南は急にいたずらを思いついた。こういうフィルムによって、エマ子の神経を——酒のために荒みきって、いまにも破壊しそうな神経に、もうひとつ強い刺激をあたえてやろうと試みたのだ。いってみれば井手江南という男は、一種の風変わりなサディストだったんだね」

「エマ子はしかし、それを江南の悪戯だとは気がつかなかったのでしょうか」

「気がつかなかったと思う。少なくともはじめのうちは。——江南はきっと、エマ子が酒に酔い痴れて、理性を失っているような場合のみを見計らって、このフィルムを利用していたにちがいない。そうでなくとも脆い、くずれかけたエマ子の神経は、こういうグロテスクなフィルムの刺激によって、いよいよ錯乱していった。いつか彼女は夢とうつつの境に彷徨するような精神虚弱者になってしまった。鎌倉の浜で血みどろのみさ子の幻想を見たというのも、つまりその結果で、エマ子は当時、白昼に夢を見るような精神状態にあったのだよ」

由利先生はゆっくりと講義をするような調子で言葉をつづけた。

「しかし、エマ子が鎌倉でみさ子の血みどろの姿を幻想に見たということは非常に暗示的だよ。それはね、当時彼女のうちにわだかまり、潜在意識下におしこめられていた強い願望が、たまたま幻想となって現われたのだ。つまり、そのころからエマ子は、意識していたといなかったとにかかわらず、みさ子をズタズタに斬りさいなんでやりたいという、強い欲望を持っていたんだよ」

俊助は突然、はっと目がさめたような顔をした。そしてはげしく身顫いをすると、

「じゃ……じゃ……みさ子を殺したのはエマ子だったと、先生はおっしゃるのですか」

「なぜ？　エマ子じゃいけないのかい。エマ子以外にみさ子を殺しそうな人物があるというのか。怪外人？　はははは、怪外人なんていないことは君ももうよく知っているはずだ。怪外人に扮した井手江南は、なるほど猟奇の徒ではあったけれど、猟奇の徒というものは、人殺しなんかやらないものだよ」

「でも……でも……エマ子が浴槽の中で見た女の惨死体というのは……？」

「三津木君、もう一度そのフィルムをよく見たまえ。そこに写っている手や脚や首は本物かね。むろん本物であるはずはない。それは人形なんだ。人形の手や脚や首なんだ。それと同じようなことが、浴槽でも行なわれたと考えちゃいけないだろうか。つまりエマ子が見た浴槽の死美人というのは、江南が猟奇的な場合を、いよいよ猟奇的に扮飾するために用いたグロテスクな飾り人形だったんだよ」

由利先生の解説はいちいち肯綮(こうけい)にあたっているように思われる。それだけに俊助にはかえっていっそう恐ろしかった。浴槽にあった死体が人形であったということは、それがほんとうの惨死体であったというよりも、俊助にはかえって無気味なものに思われるのだ。

「ここで、井手江南のがわからこの事件を考えてみよう。江南はこういうフィルムでさんざんエマ子を苦しめていたが、それだけではしだいに満足できなくなった。阿片喫煙者がしだいに多量の阿片を要求するように、江南はもっと強い刺激を求め出したのだ。そこで彼が思い出したのは撮影所に残っている異人屋敷のセットと、かつて自分の扮したことのある外人のメーキャップだ。江南はきっとこの扮装には自信があったにちがいない。そこで一夜、外人に扮してエマ子をスタジオのセットに誘い出した。そしてああいう人形でエマ子を脅かしてみせたのだ。この事がどんなに恐ろしい結果をひき起こすかなんてことは、その時、江南はてんで考えなかったにちがいない。そこでどういうことがあったか……」

由利先生は不愉快そうに眉をしかめると、吐きすてるように言葉をついだ。

「猟奇の徒のこういう行き過ぎた悪ふざけというものは、どうかすると恐ろしい事件の導火線となるものだ。江南のほうではまったくそれは猟奇的な悪ふざけ、凝(こ)った遊戯のつもりだったのだろうが、エマ子にとってはその一夜こそ、宿命的な大きな契機になってしまった。夏以来、病的にふるえおののきながらもかろうじて平衡を保っていた彼女の神経は、その一夜の経験でとうとう爆発してしまったのだ。浴槽のなかに見た白い女の死体、それと同じような方法で、みさ子を殺してやったらどんなに愉快だろうと考えた。と、同時に、そういう方法でみさ子を殺せば、罪を怪外人にきせる事ができる……と、そういうふうに考えたにちがいない」

俊助はあまりの恐ろしさに、はげしい身ぶるいをおさえる事ができなかった。いかに不良性をおびているとはいえ、そしていかに不健全な環境に育ったとはいえ、わずか十七や十八の娘が。……新聞記者という職業柄、俊助は社会の裏面を知りつくしているつもりだった。病的な事件や不健全な性癖について知りつくし、どんな異常な出来事にも驚かぬ修練はつんでいるつもりだったが、この事件の真相ばかりは、彼の理解の埒を越えていた。

俊助はまだ残暑のほとぼりの立ちこめているアパートの一室で、われにもなくガタガタと身ぶるいをしたのである。

「エマ子という女は一種の毒草だった。いや、エマ子が毒草なら、殺されたみさ子も、井手江南という男も、それから五月という不良の団長も、みんなみんな巷に咲く毒草なのだ。膿みくずれた社会の腫物に根をおろす、病的な不健全な毒草なのだ。ところでエマ子が江南扮するところの怪外人に、はじめて連れ出されたのは八月二十二日の晩だったが、みさ子の死体の発見されたのは、八月二十七日の晩であり、その時のみさ子の死体の状態によって、殺人は八月二十六日の晩に行なわれたものと推定されている。つまりエマ子の性癖に決定的な殺人嗜好癖が加わった晩からかぞえて、四日目の晩に、とうとう、エマ子は事を決行している。なぜ四日かかったか。すなわちエマ子があの異人屋敷を捜しあてるのに、それだけの日数がかかったのだ。エマ子もまた、江南が警察で申し立てたように、あの自動電話と羽田という歯科医の看板を目当てにして、異人屋敷を捜しあてたにちがいない」

「しかし、先生、それは変ですぜ。エマ子が八月二十二日の晩連れこまれたのは、撮影所のなかのセットでしょう。そこへ行くのにやっぱり自動電話や歯医者の看板があったのでしょうか」

「あったのだ。いや、江南がこさえておいたのだ。江南はおそらくそれでまた一芝居打つつもりだったのだろう。後日探偵気取りで、その自動電話と歯科医の看板目当てに、麻布六本木の異人屋敷を捜しあてる。そしてそこへエマ子を連れこむ。それが江南の計画で、事実あの男はそのとおりのことをやっている。つまり麻布六本木のほんものの異人屋敷へエマ子を連れこみ、そこに死体はおろか、そんな恐ろしい犯罪が行なわれたような痕跡すらないことをエマ子に見せて、こういうつもりだったのだ。

『エマ子さんあんたの病気はまだちっともよくなっていないのですね。ごらんなさい。

ここにはあんたの言うような事があったらしい形跡は微塵もない。あんたはまだ夢を見ているのだ。あんたの神経はいま狂い出す一歩手前にあるのだ……』と」

「なるほど、ところがそれを逆にエマ子に先手をとられたのですね。そこにほんとうの死体、みさ子の死体があるのを見た時には、さぞ江南のやつ、驚いたでしょう」

「猟奇の報い、猟奇の果てだね。しかし江南はまさか撮影所の存在や、怪外人の正体が暴露するような気遣いはあるまいとたかをくっていた。そして、第一の事件のほとぼりのさめたころ、すなわち九月十日の晩、またぞろエマ子をスタジオ内のセットへ連れこんだのだ」

「ああ、そうそう、そしてその翌晩、アザミのマダムの死体が発見されているのですが、これもやっぱりエマ子が殺したのでしょうか。エマ子が殺したとすればなぜ……？」

「わかっているじゃないか。あの耳飾りのためだよ」

「耳飾り……？」

「エマ子がその耳飾りをアザミのマダムに見せたのは八月二十七日の晩、すなわちみさ子が殺された翌日だ。むろん、エマ子はみさ子を殺しておいて、耳飾りをうばったのだが、それを八月二十二日の晩に拾ったとマダムに言っている。ところが二十三日の晩には、みさ子がその耳飾りをつけてアザミへやって来ているのだ。マダムはこの事を日記によって気がついた。そして九月十日の晩、エマ子がアザミへやって来た時、その矛盾を打ち明けている。この時マダムは、この矛盾についてべつの解釈を下し、エマ子はいちおう疑いをまぬがれたものの、放っておいてはいつか自分の嘘がばれやしないか、そしてひいては自分の犯行が暴露しやしないか……と、それを懼れたものだから、撮影所内の怪奇な遊戯がおわって、おそらくまた目隠しかなんかされて送りかえされたのだろうが、すぐその後でアザミのマダムを六本木の異人屋敷へひっぱり出して殺してしまったのだ。そして、自分は強い催眠剤を飲んで、翌晩発見されるまで、昏睡していたんだよ」

俊助はエマ子の、あの乾いた、ガラスのような瞳を思い出した。今にして思えばそれは狂気の一歩手前にある表情だった。そうだ。エマ子は気が狂っていたのだ。それでなければ、どうしてこんな恐ろしい、血みどろの犯罪が行なわれよう。

「先生……先生……」

俊助はゾクゾクするように肩をふるわせながら、額にねばつく汗をぬぐった。

「エマ子はそれにしても、自分がつれこまれたのがその六本木の異人屋敷ではなく、スタジオ内のセットであることに気がついたでしょうか。いなかったでしょうか」

「さあ、そこまでは私にもわからない。しかし、気がついていたにしろいなかったにしろ、きっと同じことだったろうよ。エマ子の体内にはそういう殺人鬼の血が流れていたのだ。そしてその血を刺激し、兇暴な発作を起こさせたのはすなわち井手江南の猟奇癖なのだ」

由利先生はじっと俊助の持っているフィルムに目をやったが、やがて深いため息をもらすと、

「さあ、それでは今度は大森の撮影所というのへ行ってみようじゃないか」

猟奇の果て

由利先生と三津木俊助が大森の撮影所へついたのは、その夜の十時過ぎのことだった。

筆者はいつも思うのだが、近代怪奇劇の場面として、打ち捨てられた撮影所の内部ほど恰好(かっこう)なものはない。そこには人造の池があり藪(やぶ)があり、また汽車さえある。この妙にチグハグな事物の取りあわせは、怪奇劇にはもってこいの場面である。しかし、筆者はいまそういう撮影所の描写にひまどって、この予想よりはるかに長くなった物語を、さらに間びかすことをつつしもう。

由利先生が予期していたとおり、そこには果たして自動電話のセットがあった。そしてまた、自動電話のそばには、羽田歯科医の看板もあった。この自動電話をとりま

く撮影所内のがらんとした空気は、目隠しされた人間にとっては、いかさま六本木へんの静かなお屋敷町に似ていたことだろう。

この自動電話のそばを過ぎて、ゴタゴタした道を二丁ほどいったところに、大きな撮影所が建っていた。このスタジオはずいぶん広いので、その入口へ達するためには、建物の角を曲がってから、さらに二丁ほど歩かなければならなかった。

この撮影所の角を曲がった時分から、由利先生も三津木俊助も、妙に不安な胸騒ぎをおぼえはじめた。それは、撮影所のなかにひとところ、灯がついているのが見えたからである。二人は思わず歩調をはやめていた。

撮影所の大きな広い入口を入ると、一番奥まったあたりに、その灯は見えた。それを目当てに小走りに走っていくと、やがて鉄の門があり、鉄の門を入ると玄関があったが、その玄関のまえまで来たとき、俊助はなんともいえぬ妙な気がした。それは麻布六本木の異人屋敷と寸分ちがわぬ造りなのだ。

三段になっている木製の階段、半月型の角の刳りかた。そして唐草模様。

この玄関を入ると、広い廊下が走っており、その廊下の左手から、一筋の光の糸がもれているのだが、そのドアのまえまで来たときである。由利先生と三津木俊助は思わずぎょっとして立ちすくんだ。

部屋のなかをゴトゴトと歩きまわる音がする。そして、低い、しゃがれた声でブッブツと呟くのが聞こえる。その声の、なんともいえぬ異様な気味悪さに、由利先生と俊助は全身にゾッと鳥肌の立つのを感じた。

思い切ってドアをひらくと、その物音にこちらを振り返ったのはまぎれもなく井手江南である。江南は煖炉のまえに立って、じっとこちらを見ていたが、しかし、おおその表情！

なんの驚きも、なんの恐怖も示さずに、うつろの瞳をみはって、ぼんやり二人をながめていたがやがてまたゴトゴトと部屋のなかを歩きまわる。手をうしろに組んで、背中を曲げて、何かブツブツ呟きながら、……大きな井手江南がそうして前屈みに歩いているところを見ると、どこかゴリラを思わせた。

「先生、気が狂っているのですよ」

「ふうむ。だが、江南のやつ、どうしてここへやって来たのだろう」

そのとたん、江南はくるりとこちらを振り返ると、のろのろとした、不明瞭な声でこんなことを言った。

「死んじまった。死んじゃったよ。二人とも……」

それから、咽喉の奥でゴロゴロというような音を立てて笑い、そしてまた、ゴトゴトと部屋のなかを歩きまわった。

由利先生と俊助は思わず顔を見合わせた。

「死んだ……？　誰が……？」

由利先生はそのとたん、はっとある事に思い当たった。先生はつかつかと部屋を横切ると、浴場へ通ずるドアをひらいたが、すると果たして、あの呪われた浴槽の中に、二人の男女が打ち重なって倒れていた。

その一人がエマ子であったことはいうまでもない。エマ子は乳の下を抉(えぐ)られて死んでいたが、その表情には少しも苦痛のいろはなくかえっていかにも嬉しそうな微笑のかげが刻まれていた。

そのエマ子のうえに折り重なって倒れているのは、二十八、九の逞(たくま)しいからだつきをした青年だったが、この青年の身許は、すぐその後で発見された遺書によって明らかになった。それは五月で、彼はエマ子を殺し、自ら心臓を抉って死んだのである。

その遺書というのは浴槽のすぐ側にある、大理石の台のうえにおいてあったが、二通あって、一通は五月の手記、そして他の一通はエマ子の告白書であった。

この五月の遺書によって、その夜のいきさつははっきりわかった。それによるとだいたい次のとおりである。

五月は以前からエマ子を疑っていたのである。そして身をかくしてからも、しじゅうエマ子の行動を監視する一方、不可解なこの事件の謎を解こうと努力した。そして彼もまた、由利先生と同様のいとぐちから、この撮影所の秘密、ひいては井手江南の秘密を探り当てたのである。

——今夜私は江南をこの撮影所へひっぱり出し、エマ子と対面させました。思えば江南は憎いやつです。エマ子をしてこの兇暴な犯罪をやらせたもとはすべて江南の不健全な猟奇癖なのです。だから、対面の後、私は江南を殺すつもりでした。しかし、そのまえに江南は完全に発狂してしまったのです。気違いになったやつを殺してなにになるでしょう。むしろそれを生かしておいて、猟奇の徒のみじめな醜骸をさらさせてやったほうが、はるかによい制裁ではありませんか。猟奇の徒よ！　戒しむべし、慎しむべし。江南こそは諸君にとってはもっともよい手本となるだろう。

——エマ子は連れていきます。この女は生かしておいても結局死刑はまぬがれぬ女ですから。エマ子も、喜んで死ぬといいます。そのまえにエマ子に詳しい告白書を書かせましたから、これによって、今度の一連の悪夢のような、事件の真相を知って下さい。——終わりにのぞんでわれわれ仲間の不健全な生活が、こういう惨事をひき起こした事について、世間一般ならびに警察の諸公にたいして、深くお詫び申し上げます。

さすがに一方の首領と立てられた男だけあって、五月の最後の心事は立派であった。由利先生はその手記を読み終ると、今度はエマ子の告白書をとりあげた。そこに書かれていたことは、あらまし由利先生の知っている事ばかりであったが、いくらか不明であった点も、それによって明らかにされた。その点だけをここに書き抜いて、そしてこの恐ろしい物語を終ることにしよう。

——夏のはじめごろから私を悩ませていたあの恐ろしい幻想が、井手江南先生のいたずらであることに気がついたのは、八月二十三日の朝、渋谷のアパートのちかくの草っ原で目をさました時からでした。あの時のへんてこな気持を、いまだに私ははっきりおぼえています。私を抱いているのは井手先生でした。そして周囲は朝露に濡れた草っ原でした。それだのに、私にはどうしてもそれが、前夜のあの異人屋敷の出来事のつづきとしか思えなかったのです。なぜだろう？　なぜ、そんなふうな感じが抜けないのだろう。……

——私はその事を考えつづけているうちに、はっとある事に気がついたのでした。それは私を抱いていた井手先生のからだから、あの異人屋敷の強い香の匂いがしていたからだと。……すると私は、私を抱いていた井手先生のからだの感触が、前夜の外人のからだの感触と、まったく同じであったことにも気がつきました。すなわち、前夜の外人は井手先生であったのです。

その日私は井手先生の外出を見はからって、先生の部屋へしのびこみました。あの外人に扮装するための眼鏡やつけ髯がありはしないかと思ったからです。眼鏡やつけ髯はありませんでした。しかし、私はそれよりももっと大切なものを発見しました。奇妙な、なんともいえぬ恐ろしいフィルム……女の手や脚や首がバラバラになって躍っているフィルム……あっ、それこそ、夏のはじめごろから私を悩ませ、私を脅かしていた幻想の正体ではありませんか。

――これを発見したときの私の驚き！　私の怒り！　それがどんなに深いものであったか、どうぞご想像下さいませ。私は井手先生に対してはげしい憎しみをかんじました。私をおもちゃにし、私の神経をめちゃくちゃにした井手先生に、限りない怨みをかんじました。

――私がみさ子さんをああいう方法で殺したのは、もちろんみさ子さんに深い怨みがあったせいですが、もうひとつには、それによって井手先生に思い知らせてやろうと思ったからです。私は今夜までこの撮影所のことは少しも知りませんでしたが、浴槽にころがっていた死体というのが、人形であったことははじめから知っていました。ですから、その人形がほんとうの死体にかわっていたら、井手先生はどんなに驚くだろう……そう考えると私はどうしても殺人の誘惑を退けることができ

なかったのです。つまり私はこの方法によって、みさ子さんを殺すと同時に、井手先生に復讐してやったのです。……以下略

由利先生と三津木俊助は顔を見合わせると、ホーッと深いため息をもらした。そして浴場の隅にころがっている、白い、まがまがしい裸体の人形から、向こうの部屋でブツブツととりとめのないひとりごとをもらしながら、ゴリラのように歩きまわっている井手江南のほうに目をうつした。エマ子の復讐は完全になしとげられたのである。

由利先生はそれを見ると、思わず はげしい身顫いをし、深い深いため息とともに、こう呟いたのであった。

「猟奇の果て……猟奇の果て……」

首吊り船

立聴きする女

現代には怪談がないというが真実だろうか。

発達した二十世紀の科学文明は、あの荒唐無稽な怪談を、古い幻のなかに追いこんでしまった。あのナンセンスなお化けや幽霊は、一種懐古的な情緒をわれわれに与えてくれるものの、もはやそんなものが、この世に存在すると信ずる人間は一人もいないであろうと、科学万能論者はわれわれに教えてくれる。

なるほど昔の人が信じていたようなお化けや幽霊はいなくなったかもしれない。だが、それだけで、現代には怪談がないと言いきることができるだろうか。

いや、いや、人間が恐怖心を失わない限り、この世から怪談の種がなくなるということはあり得ないのだ。あの馬鹿馬鹿しい、間の抜けたお化けや幽霊はいなくなったかもしれないけれど、その代わり、もっと気味の悪い、なんとも得体の知れぬ怪物が、ネオンライトに彩られた、この近代都市の一角にひょいとして顔を出すことがある。

三津木俊助があの晩、隅田川で見た恐ろしい首吊り船などがちょうどそれなのだ。ああ、あの不可思議な首吊り船と、世にも異様な風態をした絞刑吏の恐ろしさ、さすが豪胆をもって鳴る三津木俊助も、その夜の出来事を思い出すたびにいまだにゾーッと背筋の冷たくなるような恐怖を覚えるというのだが、まことにむりもない話だ。

しかし筆者はその出来事をお話する前に、いちおう、三津木俊助がどうしてこの事件に巻きこまれていったか、その事についてまずお話しておかねばならない。

新日報社の花形記者三津木俊助、彼の勲功についてはこれまでいろいろな物語の中でお話してきたが、その俊助があの晩、是非にという招きをうけてやって来たのが隅田川ぶちにある、五十嵐磐人という、政府のかなり高い地位にあるお役人の邸宅。五十嵐夫人の絹子さんが、是非とも俊助に依頼したい事件があるというのだ。

俊助はたいへん忙しいからだだった。現にその時も、二、三ほかの事件に関わりあっていて、からだが二つあってもたりないくらいだったのだが、日ごろから尊敬する先輩の言葉添えもあり、それに事件そのものにも、なんとなく彼の興味を唆るものがあったので、忙しい中をさいて、その夜、川沿いにある五十嵐邸を訪問したのだ。

「よくいらして下さいました。こんな晩に、さぞご迷惑だったでしょう。ほんとうにご無理ばかり申し上げて」

川に面した広い応接間なのである。絹子は初対面の挨拶をすますと、そういって俊助に、ぜいたくな絹張りの椅子をすすめるのだ。年齢は二十七、八だったろう。美しい、落ち着きをもった婦人だが、なんとなく浮かぬ顔色が、内心の大きな屈託を訴えているようで、俊助はひとめ見て惻隠の情を催したものである。

「いや、そんなこと、なんでもないのです。それより奥さん、さっそくですが用件というのにとりかかろうじゃありませんか」

新聞記者というものは、むだな会話を何よりも厭うのである。俊助はすすめられた椅子に、遠慮なくどっかと腰をおろすと、早くも手帳を取り出して身構える。

「ええ、それではさっそくお話しましょう。だいたいのことは昨日もお電話でお話したとおりですけれど……」

「なんでも人を捜していらっしゃるという話でしたね」

「ええ、そうなんですの。是非あなたのお力で捜していただきたい人がございますの。もっともその人、生きているのか死んでいるのか、それすらよくわからないのですけれど」

「生死不明というわけですね。名前はたしか瀬下亮、そうでしたね」

「ええ、そう、じつはその人が。……」

と言いかけて絹子は、突然、

「あら」

口をつぐむと、ハッとしたように入口の方を見た。その時、カタリと何か、床に落ちるような物音が聞こえたからである。俊助も思わずその方へ目をやった。

見るとドアの側に、二十ばかりの美人が、途方に暮れたような顔をして立っている。手に銀盆を持っていて、銀盆のうえにはコーヒー茶碗が二つ。赤いスリッパをはいた足下に、銀のスプーンが一つ転がっていた。このはしたない粗相に、美人は真っ蒼になって、いくらか顫えているようにさえ見えるのだ。

絹子はそれを見るとほっとしたように、

「おや、千夜さんだったの、コーヒーならこちらへ戴きましょうか」

「すみません。とんだ粗相をしまして」

「いいのよ。あたしの分は後から持って来てちょうだい。それ、こちらへ先に上げたらどう」

「はい」

千夜は言葉少なにコーヒー茶碗をおくと、すぐ引き返して代わりのスプーンを持ってきたが、彼女の出ていく後ろ姿を、無言のままじっと見送っていた俊助、なんとなく腑に落ちぬ面持ちで、

「あの人、お宅の女中さんですか」

「いいえ、そうね。なんと言ったらいいのかしら。言ってみればあたしのお話相手み

たいなものですわね。尾崎千夜さんといいますの、半年ほどまえ、あるところで知合いになって、聴いてみると、親戚もなにもない、それは頼りないからだだとおっしゃるので、わがままをいって宅へきていただいておりますの。でも、あの方どうかしまして」

「いやなんでもないのですが、今あの人がスプーンを落としたのは、瀬下亮という名を聞いたせいじゃないかと思ったものですから」

「まさか、そんなこと。あのひと、ほんとうにおとなしいいい方ですわ」

絹子は一言のもとに打ち消したが、しかしこの五十嵐家では『おとなしいいい方』に人の話を立ち聴くように躾てあるのだろうか。

千夜はドアをしめると軽い足音をさせて五、六歩廊下を歩いていったが、ふと立ち止まると急にきびしい顔をして、そっと引き返してくると、じっと鍵穴に耳をこすりつけたのである。

部屋の中ではむろんそんな事とは知る由もない。いったん切れた話が、その時ふたたび続けられていた。

「その瀬下亮という人ですが、それはいったいどういう人物ですか」

「それをお話するには、どうしても古い昔話からしていかねばなりませんの」

絹子はなんとなく安からぬ面持ちで逡巡しているふうであったが、やっと思いきっ

たように、

「なにもかもお話しなければなりませんわね。どんな厭なことだって」

そういってそっと軽いため息をもらすと、

「今からかれこれ八年ほど前のことですわ。その時分、あたし満州にいましたの。父が事業に失敗したりして。……それはそれは悲しい思い出なんですの。瀬下亮という人に会ったのは、ちょうどその時分のことでした」

だが、ためらいがちな絹子の話を、その通り写していたのではとても際限がないから、ここにはできるだけ簡単に要約してお目にかけることにしよう。退屈でも諸君は、しばらくこの昔話に耳を傾けねばならない。なぜなれば、この物語の中にこそ、これからお話しようとする、世にも怪奇な事件の謎が隠されているのだから。

幽霊の指環

瀬下亮というのはその時分二十五、六の、若い旅行者だった。満州の地質学とやらに興味をもって、単身渡ってきていたのだが、ふとした機会に絹子と相知ると、二人の仲は急速に進んでいった。そして間もなく、父には内緒で、互いの指環を、愛の印として交換するまでになっていたのである。

絹子の父が事業に失敗したのはちょうどそのころのことだった。父は苦しまぎれに、ある性質の悪い支那人から多額の金を借り入れた。しかもその金の抵当として、絹子のからだがあてられたのである。

驚いたのは絹子だ。いやそれよりもさらに驚いたのは瀬下だった。恋人をこの窮地から救い出そうとして、彼は必死となって金策に奔走したが、なにしろその金額は、瀬下のような若い学徒にとってはいささか大きすぎたのである。

あらゆる金策の途はつきた。絹子のからだが好色な支那人のいけにえとなる日は、刻一刻と近づいて来た。

そのころになって乗り出して来たのが、五十嵐磐人氏なのである。

五十嵐氏はその時分土地の鉄道局に勤めていた、かなり高い地位のお役人だったが、これが絹子に思いをかけて、例の借金のことを承知のうえで、絹子を妻にと懇望してきたのである。

絹子の父にとっては渡りに舟だった。彼は一も二もなくこの縁談に承諾をあたえたばかりか、絹子にも相談せず、五十嵐氏から多額の金を受け取ってしまったのである。おさまらないのは絹子だ。彼女はべつに五十嵐氏が好きでも嫌いでもなかったが、瀬下という意中の人があるのだから、なかなかこの縁談を承知しようとはしない。こうして、すったもんだとやっているうちに、突然瀬下の行方がわからなくなったのである。

絹子は狂気のようになって瀬下の行方を捜し求めたが、なにしろ警察制度の完備しない辺境の土地のことだから、捜索はなかなかうまく捗らなかった。結局、匪賊に拉致されて、殺害されたのだろうということになった。事実、その時分、その辺ではいつもそういう危険があったのだ。絹子はしかし、まだ断念してしまうことができなかった。彼女は五十嵐氏の執拗な求婚と闘いながら一月待った。二月待った。三月待った。――ところがそこへ第二の不幸が突発したのである。

ある夜。酒に酔った絹子の父が、付近の大きな川に落ちて溺死しているのが発見されたのだ。絹子はひとりぼっちになった。

父の葬式やその後始末に際して、五十嵐氏の示してくれた親切の数々は、さすが頑な絹子の胸にもしみ通った。彼女はまだ瀬下の事を忘れてしまったわけではなかったが、それでも自分の心がしだいに五十嵐氏の方へ傾いていくのを感じていた。

そこへとうとう、あの恐ろしい事実が発見されたのである。絹子の住んでいた町から数キロ離れた山陰に、血に染まった瀬下の背嚢や帽子が発見されたのだ。瀬下は匪賊のために殺害されたのにちがいないと人々は想像した。

絹子は涙ながらにこの帽子や背嚢を葬むると、五十嵐氏のもとへやって来て、はじめて結婚承諾の旨を述べたのであった。

「あたしたちはそれから間もなく結婚しました。媒酌人は倉石伍六さんといって、その土地でも幅利きのご用商人でした。それから一年ほどのち、五十嵐は帰国命令をうけて帰朝すると、現在の職についたのです。それから数年、あたしたちはついぞ、瀬下さんの噂を聞いたことはありませんでしたが、それが近ごろになって、突然、妙なことが起こって――」

　語りつかれた絹子の面には、その時ものに怯えたような表情が浮かぶのである。俊助は痛ましそうに、黙ってその顔をながめている。

「でも、それをお話する前に、いちおう、ちかごろの夫の妙な素振りについてお話ししておかねばなりませんが……」

と、絹子の語ったところによると。

　五十嵐氏と絹子のために媒酌の労をとったご用商人の倉石伍六というのは、そのころから、五十嵐氏とひとかたならぬ因縁があったらしい。五十嵐氏が内地へ引きあげると、それから間もなく倉石も帰国して来たが、二人の間には依然として、しつこい因縁が絡んでいるらしいのだ。

「ところが一月ほど前のことでした。倉石さんが真っ蒼になって訪ねてこられると、夫と二人二階の書斎に閉じこもって、長いこと何やら密談をしていたようすでしたが、それからというもの、夫の態度がすっかり変わってしまいましたの」

何か非常に気になることがあるらしい、五十嵐氏は始終ソワソワとしていて、どうかすると、恐ろしい目つきをして、じっと考えこんでいることがある。それでいて、絹子にはその理由を語って聞かせようともしないのだ。

「あの奇妙な小包みがとどいたのは、ちょうどその時分のことでした」

「小包みですって？」

「ええ、そうなのです。あれはたしか前の日曜日のことでした。おそい朝ご飯を夫と一緒にいただいているところへ、千夜さんが配達されたばかりの小包みをもってきたのです。差出人を見ると、まるであたしたちの知らない人なのです。あたしなんだか気味が悪かったのですけれども、夫が開けてみたらよかろうというので開いてみると……」

そう言いながら絹子は、いまさらのようにゾッと肩をすくめるのだ。

「開いて見ると？」

「開いてみると、それが……いえ、これはあたしの口からお話し申し上げるより、いっそ実物をお目にかけたほうが早うございますわ」

絹子は立ち上がって、傍の戸棚の中から小さな木の箱を取り出すと、そら恐ろしさに顔をそ向けながら、それを俊助のまえに置いた。

「これですの」

「なるほど」

見ると、それはべつに変わったところもない普通の木の箱だった。蜜柑箱を少し大きくしたくらいの、木地の荒いザラザラとした箱で、薄い蓋の間から油紙のようなものが覗いている。

「開けて見てもいいですか」

「ええ、どうぞ」

俊助はきっと唇を嚙みながら蓋を開いた。油紙を取り除けると、その下にはおが屑がいっぱい詰っている。そのおが屑を少しずつ除けていくうちに、突然、俊助の頬にさっと血の色がのぼった。

「こ、これは――」

さすがの俊助も思わずそう叫ぶのだ。むりもない。中から出て来たのは白い人間の骨なのだ。指のぐあいから見ると左腕に違いない。肱のところから切断された、見るも無気味な人間の骨。しかもその薬指の根元には、細い金の指環がはまっていて、その指環のうえに鏤められた紅玉が、ちょうど白い骨のうえに垂らした一滴の血のように、冷たく、人を刺すように光っている気味悪さ。

「その指環ですの……」

と息を弾ませ、歯をガタガタと鳴らせながら、絹子が囁いたのは。——

「いつかあたしが、瀬下さんに差し上げたのが、その指環なんですの」

首吊り蠟人形

「ふうん」

と、俊助は思わずひくい唸り声をあげると、

「すると奥さんは、この腕を瀬下君のものだとお考えになるのですかね」

「そうとしか考えられませんわ。だってその指環をそういうふうに左の薬指にはめている者は、瀬下さんよりほかにないはずなんですもの」

「だが、いったい誰がこんなものを送ってきたのだろう」

「誰だか存じません。でもその人が、瀬下さんと何か深い関係のある人間だということだけはわかりますわね」

「ひょっとすると、瀬下君自身じゃないでしょうか」

「まあ、それじゃ、やっぱりあなたもそうお考えになりますのね。瀬下さんが生きていて、何かしらあたしたちに対して、恐ろしいことを企んでいるというふうに——」

「いや、そう結論するのはまだ少し早いかもしれませんが。……時に、この贈物を見

られた時、五十嵐氏の態度はどういうふうでしたか」

「あの時の夫の驚きようったらありませんでしたわ。まるで毒蛇にでも咬まれたように、ピクッとして飛びあがると、

『あ、とうとう来た』

とそう叫んで……」

「とうとう来た。――とそう言われたのですね」

「ええ、そうなんです。そして逃げるように二階の書斎へあがっていくと内部からピッタリと錠をおろしてしまって、あたしがどんなに頼んでも開けてくれようとは致しません。でも、しばらくすると急に思いついたように電話で倉石さんを呼び、長いこと何かヒソヒソ話をしているようすでした」

「そのことについて、何か後に説明なさりはしませんでしたか」

「いいえ、何も言ってくれません。でも、それから後、夫は目に見えて邸の出入に気をつけるようになりました。まるでいつ何時、兇漢に襲われるかもしれないというふうに……」

「いや、よくわかりました」

俊助はバッタリ音をさせて手帳を伏せると、

「ときに奥さん、お宅に瀬下君の写真はありませんか」

「はい、たぶん、そうおっしゃるだろうと思って用意しておいたのですが」

言下に絹子が取り出した写真を見ると、たぶん満州ででも撮影したのであろう。旅行姿をした二十七、八の青年が、小高い丘のうえに立っているところだったが、長い房々した髪の毛といい、くっきりとした目もといい、引き緊(しま)った唇といい、いかにも誠実そうに見える美貌の青年だった。

「奥さん、この写真はしばらく借用しておいてもいいでしょうね」

「ええ、どうぞ」

「それじゃ奥さん、今夜はこれで失礼する事にしましょう」

俊助は立ち上がって、

「いずれ二、三日のうちに、何かまとまった報告をすることができるだろうと思いますが、まあ、あまりご心配なさらないほうがいいでしょう」

「ありがとうございます。あたしもこれで、いくらか胸の閊(つか)えがおりたような気がいたします」

絹子もそう言いながら立ち上がった。

あの奇妙な出来事が起こったのは、じつにその瞬間だったのである。

絹子に送られた俊助がドアの側までいった時だ。突然、川の方からけたたましい警笛(サイレン)の音が聞こえた。唯の警笛(サイレン)ではなかった。何かしら、注意をうながすような、異様

に鋭い汽笛の響きなのだ、それを聞くと、二人は思わず窓の方を振り向いたが、そのとたん、

「あ」

とばかりに絹子は思わず息をのみこんだのである。

カーテンをおろした大きなフランス窓の上に、その時、くっきりと異様な姿がうつっているのが見えたからだ。それはじつに、なんとも言いようのないほど妙な影法師だった。

四角い、長方型の窓枠のうえの方から、太い二本の脚がぶらんとブラ下がっていて、それが風に吹かれるへちまのように、ブラブラと左右に揺れている気味悪さ。生きている人間なら、とてもそんなふうに揺れはしない。死人なのだ。おそらく首を吊っているのだろう。……

俊助はやにわに窓の側までとんでいって、さっとカーテンをまくりあげた。その間に絹子が大きなガラス扉をひらく。二人は肩をぶっつけるようにして川に面した露台(バルコニー)へとび出た。

川のうえはいっぱいの夜霧だ。その夜霧の中に一艘ランチが止まっているのが見える。そのランチの上から、強い白光がさっと川のうえを横ぎって、この応接室の大きなフランス窓のうえに、あの恐ろしい映像をつくっているのである。

「あれだ」

とつぜん、俊助が叫んだ。

ランチの中央にある太いポールのうえに、首を吊った黒い影がブラブラと風に吹かれて左右に揺れているのである。さすがの俊助も一時はぎょっとしたが、しかし、よくよく考えてみると、その揺れ方というのが少し妙なのだ。これしきの風に、人間のからだがあんなにユサユサと揺れるだろうか。たとえランチの動揺を勘定に入れるとしても、その揺れかたはあまり激しすぎる。——

「ナーンだ」

突然そう呟くと、俊助はほっとしたように絹子を振り返って、

「奥さん、あれは人形ですよ」

「人形ですって？」

「そうです。ほら、あの白い頰をごらんなさい。夜霧に濡れて艶々光っているじゃありませんか。あんな人間てあるはずがない。あれは蠟でこさえた人形。——つまり蠟人形ですよ。だが、おや、あれはなんだ」

二人の話声が耳に入ったのにちがいない。その時まで、ポールの根元にうずくまっていた黒い影が、ひょいと顔をあげると、こちらを向いてすっくと立ち上がったのである。そのとたん、絹子は思わず、

「あれ!」

と叫んで俊助の胸にしがみついた。

絹子が驚いたのもむりではない。ああ、その男の風態のなんという異様さ! 黒い二重回しに三角型のトンガリ頭巾、しかもその頭巾の下から覗いている顔の世の常ならぬ恐ろしさ。そいつには鼻もなければ眉毛もない。唇もなければ耳もないのだ、象牙のような真っ白な顔には、落ちくぼんだ眼窩と、黒い鼻の穴が二つ、それから喰いしばった二列の醜い歯並み。——ちょうど絵に書いたしゃれこうべそっくりの顔をした怪物なのだ。

絹子の悲鳴をきくと、怪物は嘲笑するように、カチカチと二列の歯を鳴らして笑った。それから黒い二重回しの袖をハタハタと風に鳴らせながら、威嚇するように右手をあげると、傍に首を吊っている蠟人形を指さした。そしてもう一度、あの醜い歯並みを鳴らすと、なんともいえないほど気味の悪い声をあげて笑ったのである。

その時まで、夢中になって俊助のからだにしがみついていた絹子は、この笑い声をきくと、はっとしたように、俊助のからだから離れた。そして、なんともいえないほど妙な顔をすると、ふいに露台の欄干につかまって、ぐっとからだを前に乗りだしたのである。

「危い、どうしたのです」

「いえ、いえ、なんでもありません。ああ、恐ろしい。あなた、あいつを摑まえて、あいつを摑まえて――」

だが、その時、突然、ダダダダダと、激しく水をきる推進機の音が聞こえたかと思うと、この恐ろしい首吊り幽霊船は、まるで凱旋将軍のようにからだを左右に揺ぶりながら、濃い夜霧をついて、静々と川下のほうへ消えていったのである。あの奇妙な蠟人形と、世にも無気味な絞刑吏をそのうえにのせたまま。――

頬に傷のある男

この時、俊助がいちはやく、奇怪な首吊り船の後を追わなかったからといって、みだりに彼を責めるのはあたらない。

なにしろそれは、あまりに唐突の出来事だったのだ。それにあの暗示的な首吊り蠟人形といい、奇怪な絞刑吏の風態といい、さすがの豪胆な三津木俊助も、思わず呆然としてそこに立ちすくんでしまったのもむりではなかった。

彼がようやく気がついたころには、怪汽艇はすでに、はるか川下の霧の中にかくれてしまっていた。あたりを見回したところ、追跡の手助けになりそうな船も通らない。なにしろ土のうえと違って、川の上なのだから、無鉄砲に駆け出すわけにもいかないのである。

こうして三津木俊助は、怪物を目のまえに見ながら、みすみす取り遁してしまったのだが、それではこの奇妙な首吊り船は、誰の目にもとまらずに、無事に霧の中を逃げおおせることができたかというと、事実はそうではなかった。

怪汽艇が五十嵐邸から、一丁ほど下って来た時である。ふいに薄暗い物陰から一艘のモーター・ボートが飛び出して来た。

ハンドルを握っているのは、垢じみた菜っ葉服を着た男で、くちゃくちゃに形のくずれたお釜帽の下からは、櫛の目を知らぬ髪の毛が、もじゃもじゃとはみ出している。痩せこけた頰、とがった顎、鋭い眼光、――それに頰から顎へかけて、蚯蚓のような大きな傷痕が、紫色に這っているのが、この男の容貌をいっそう悽惨なものに印象づけている。

男は前こごみになって、右手でハンドルを握っている。左手はどういうわけか、ポケットに突っこんだままなのである。

怪汽艇が白い波を蹴立てて通り過ぎた。

それをやり過ごしておいて、モーター・ボートは静かにその後を追い出した。べつに追いつこうというつもりはないらしいのである。一定の間隔を保って、どこまでも、どこまでもくっついていく。

霧はしだいに深くなっていく。やがて両岸の灯も見えないほど、あたりは真っ白な夜霧に包まれてしまった。しかし、このことは追跡していくモーター・ボートにとっては、不便どころか、かえって好都合だった。相手に尾行をさとられる可能性が、それだけ少なくなったのだ。それに怪汽艇がひっきりなしに鳴らす警笛が、追跡者にとっては、なによりも都合のいい標的となるのである。

不思議な男は依然として前こごみになったまま、右手でハンドルを握っている。星のように輝く二つの目が、しっかりと霧の中ににじんでいる。怪汽艇の赤い信号灯にくっついたまま離れないのである。

やがて二艘の船は永代橋の下を通り過ぎ、石川島造船所の黒い煙突を左に見ながら、佃島（つくだじま）から月島の埋立地へとさしかかる。聖路加（せいろか）病院、水上署、そういう建物が濃い霧の中に黒ずんで見えている。怪汽艇はそういう建物を尻目にかけ、隅田川からとうとう東京湾へ出てしまった。

ダダダダ、ダダダダ。――と単調な機関の音を夜霧の中に響かせながら、どこまでも、進んでいく。波がしだいに荒くなった。赤い信号灯が蛍火のように揺れている。

「おや」

と、その時、モーター・ボートの中で不思議な男が小首をかしげた。

ふいに怪汽艇がぐるっと大きく左へ迂回したからである。そのとたん、防波堤の向こうから押し寄せてくる大きな波のうねりをくらって、モーター・ボートは危く左にひっくりかえりそうになった。

東京湾はまっくらだ。はるか向こうの方で明滅している灯台の灯が、霧に滲んで星のように見えていた。

左へ迂回した怪汽艇は、しばらく埋立地に沿って進んでいたが、やがてまたもや左へ大きく迂回した。

隅田川のべつの河口へと入っていくのである。

やがて向こうのほうに、商船学校の練習船のマストが、ぼんやり霧の中から浮き出て来た。汽艇は越中島を目ざしてまっすぐに進んでいるのだ。

つまり、この不思議な幽霊船は、埋立地を一周しただけで、ふたたびもとの隅田川へかえって来たのである。

間もなく向こうに、東京湾汽船発着所と書いたイルミネーションが、霧の中にぼっと滲んでいるのが見えてきた。すると、汽艇は急にスピードを落として、しずかにその方に近づいていく。

桟橋の灯がしだいに明るくなってきた。霧の中に往来する人の姿が、スイスイと水中の魚を見るように、白い夜霧のなかに浮き出している。

桟橋のそばで、汽艇はぴったりと横着けになった。

これを見ると、後から追っかけて来たモーター・ボートは急にスピードを増して、汽艇がまだ横着けにならないまえに、すぐ後へ来てとまると、小鳥のような身軽さで、ひらりと桟橋へとびあがったのは、例の頬に大きな傷痕のある男だった。

男は帽子をいっそう眉深にかぶりなおすと、すばやく傍の木陰に潜りこんで、じっと怪汽艇のほうをうかがっている、帽子の下には、豹のような目が鋭く光っているのである。

見るといつの間にとりはずしたのか、汽艇のうえには、もうあの気味の悪い蠟人形の姿は見えなかった。おそらくさっきの巡回の途中、東京湾のどこかへ流して来たのであろう。いまごろはあわて者の魚どもが、ほんとうの人間と間違えて、コツコツとそのからだをつついているかもしれない。

ふいに菜っ葉服の男の目がギロリと光った。

今しも怪汽艇のなかから、洋服姿の紳士が出て来たからである。帽子の縁を深く下ろし、外套の襟に顎を埋めるようにしているので、顔はよく見えなかったが、どっしりとした体格の、背の高い紳士だった。紳士は桟橋へあがるまえに、すばやくあたりを見回したが、すぐ安心したようにゆっくりと霧の中を歩いていく。

いままで物陰にかくれていた男が、ふいに闇の中からとび出したのはちょうどその時だった。酔っ払いのような歩調で、よろよろと紳士の方へ近付いていくと、相手に避けるひまもあたえず、いきなりドシンとぶつかった。

「なんでえ、なんでえ。他人に突き当たりゃがって、どこのどいつだ、面を見せろ」

どなりながら、ひょっと紳士の顔を覗きこんだ男、どうしたのか、ぎょっとして目をみはると、そのまま、そこに立ちすくんでしまったのである。

「馬鹿、何をする！」

太い声が鞭のように鳴った。と思うと、紳士の姿はまるで鉄砲玉のように、深い夜霧の中に消えてしまったのである。

その後ろ姿を見送った菜っ葉服の男、もう後を追っかける勇気もないらしい。あまりの驚きのために、茫然として霧の中に突っ立っている。見ると、この男は左腕の肱から先がないのである。

ああ、左腕のない男。――読者諸君はそれについて、何事か思い出しはしないだろうか。いつか五十嵐氏のもとへ送って来たのは、左肱の骨だった。ひょっとするとこの男こそ、瀬下亮ではないだろうか。

白昼の誘拐

そういう奇怪な小事件があった翌日のこと。

俊助は朝から新聞社の調査部へ潜りこんで五十嵐磐人や倉石伍六についての覚書きを収集していたが、そこへ給仕が面会人を報らせてきたのである。名刺を見ると倉石伍六とある。

これにはさすがの俊助もはっと驚いた。いま身許調査中の本人が、向こうからわざわざやって来たのである。いったい、どんな用件があるのだろう。――そう考えると俊助は、はや好奇心で胸がワクワクするのを覚えるのだ。

待たせておいた三階の応接室へ、しばらくして入って行くと、

「三津木俊助というのは君かい？」

と、こちらの挨拶も待たずに、嚙みつくようにどなりつけたのは、年のころは四十五、六の、脂ぎった顔をした男だ。横柄に懐手をしたまま、傲然として応接室の中央に突っ立っているのである。鼻の頭が柘榴のように赤くなって、いやにテラテラと光っているのは、たぶん酒毒のせいであろう。帯に巻きついた太い金鎖、赤ん坊のような指にはめた太い金指環。――倉石伍六というのはおよそこういう男なのである。

「三津木は僕ですが、何かご用ですか」

「用件はおれが言うまでもあるまい。貴様の胸にたずねてみろ」

「妙ですな」

俊助はにやりと笑いながら、

「あなたの用件を僕の胸にたずねたところで、わかるはずがないじゃありませんか。まあ、お掛けになったらいかがです」

「小僧、なめるな！」

と、ドシンと卓子を拳固（げんこ）で叩いて、

「満州三界を股にかけてきたこのおれだ。貴様のような小僧っ児に馬鹿にされてたまるもんか」

「倉石さん、あなた何か誤解していらっしゃりはしませんか。なぜそんなに憤慨していらっしゃるのか、その理由がききたいものですね」

「畜生、いやに落ち着いてやがる」

「倉石さん、ご参考のために一言いっておきますがね、脅迫や暴力沙汰で新聞記者をへこますことができると思っていたら大違いですよ。そんなことでビクビクしていた日にゃ、新聞記者という職業は一日だって勤まりゃしませんからね。ときにご用件というのは？」

倉石伍六は真っ赤な顔をして、しばらくじっと俊助の顔をながめていたが、急に気をかえたように豪傑（ごうけつ）笑いをすると、

「いや、これは大きにおれが悪かった。今おれの言ったことが気にさわったら、まあ勘弁してもらおう」

と、どっかりと前の椅子に腰をおろして、

「率直にいうとね、三津木君、君にこの事件から手を引いてもらいたいのだ」

「この事件というと」

「おいおい、お互いにしらばくれるのはよすことにしようぜ。昨夜君が、五十嵐邸に招かれて絹子さんから、つまらない調査を頼まれたということはちゃんとわかっているのだ」

「あ、あのことですか。それならべつに隠す必要はありません。たしかに奥さんから妙な調査を依頼されましたよ。それがどうかしたのですか」

「つまりだね、その調査をうちきってもらいたいのだ」

「理由は？」

「理由は、つまりなんだ、君が手を出さなければならないような事はなにもないのだ。あの細君はね、少しヒステリー気味で、つまらないことに騒ぎ立てるのが癖で、いつもそれには五十嵐もこのおれも手古摺（てこず）っているんだ」

「なるほど」

と、俊助は煙草に火をつけながら、じっと相手の顔をながめている。その時ふと、昨夜見た、あの奇妙な絞刑吏（くびりやくにん）はこの男ではなかったろうかと考えたからである。

しかし、俊助はさあらぬ態で、

「ときに、それはあなた自身の意見ですか。それとも五十嵐さんのご意見なんですか」

「両方だ。五十嵐もおれも同じ意見なんだよ。ねえ、三津木君、君も忙しいからだなんだろ、つまらないじゃないか。こんな家庭的なゴタゴタに首をつっこんでさ。結局、獲るところろって何もありゃしないのさ」

「ご忠告はありがとうございます。しかし、倉石さん、残念ながら僕は、あなたのご要求に応じかねるのですがね」

「ナニ」

と、倉石は血圧の高そうな顔に、ピクリと稲妻を走らせると、

「それじゃ、どうしてもおれのいうことが聞かれないというのかい」

「まあ、悪く思わないで下さい。元来この事件は五十嵐氏に依頼されたのではなく、夫人の絹子さんに頼まれたのですからね。その依頼人から直接取り消しでもあればとにかく――」

「なるほど、するとあの細君が取り消すといえば、君は手を引くかい」

「それは随分、手を引かないものでもありません」

「よし、そいつはおもしろい」

倉石はなんと思ったのか、いきなり卓上の電話を取りあげた。

「どうなさるんですか」

「なに、五十嵐の細君を呼び出してもらうんだ」

絹子はすぐに電話口へ出たらしい。

「あ、奥さんですか、ちょっと待って下さい」

倉石は俊助の方を振り返って、

「五十嵐の細君だよ。よくきいてみたまえ」

俊助は受話器を受け取った。そしてしばらく押し問答を重ねていたが、急に困ったように渋面をつくって、

「はあ、なるほど、すると昨夜のことは全部取り消すとおっしゃるのですね。なに、はあ、はあ、何もかもあなたの思い違いだった、なるほど、それで昨夜言ったことは全部取り消す。僕の調査をうちきってもらいたい？　いやよくわかりました。しかし、奥さん、念のためにおたずねしますが、それは奥さんのご本心なんでしょうね。ひょっとすると、誰かの圧迫が——つまり誰かに脅迫されて、そんなことをおっしゃるのじゃありませんか。そうじゃない？　なるほど、そんなことは絶対にないとおっしゃるのですね。いや、よくわかりました。依頼人であるあなたが取り消すというのに、余計な手出しをするようなことは絶対にありませんよ。潔く手を引きましょう、では——」

俊助はガチャンと受話器をかけた。見るとすでに帰り仕度をした倉石伍六が、にやにやと笑いながらドアのところに立っているのである。

「どうだ、三津木君、五十嵐の細君はなんと言ったね」

「あなたのおっしゃるとおりです。僕に手を引いてくれということでした」

「よし、それじゃ三津木君、君はさっきの言葉を忘れやしないだろうな。細君の要求さえあれば潔く手を引くといったあの言葉さ。はははは、その約束さえまもってくれりゃ何もいうことはないのだ。ではさようなら」

肩を小山のようにゆるがせながら出ていく倉石伍六の後ろ姿を、俊助はしばらく呆然(ぼうぜん)として見送っていた。

なんだかわけがわからない。よって集(たか)って馬鹿にされたような気がするのである。俊助はやり場のない憤懣(ふんまん)に、ムカムカと胸をもやしながら、チェッと舌打ちをして、煙草を灰皿のなかに叩きこんだ。

その時、正面の玄関口で自動車を呼びとめている倉石伍六の姿が、ふと三階の窓越しに見えたのである。それを見ると、俊助は何を考えたのか、いきなり自分の部屋から帽子をつかんで来て脱兎(だっと)のように三階から駆けおりていった。

「三津木さん、どうしたのです。ひどく泡(あわ)をくってるじゃありませんか」

危くぶつかりそうになった給仕が、びっくりしてそう言うのを耳にもかけず、正面玄関へとび出した三津木俊助の目のまえに、その時お誂えむきに一台の自動車がとまった。

これ幸いとばかりに三津木俊助、

「おい、君、向こうへいく自動車のあとを大急ぎで尾行してくれたまえ」

「どの自動車ですか」

運転手がなんとなく胡散臭そうに顔をそむけるのを、しかし俊助は気がつかなかった。

「灰色のセダンだ。ほら、いま向こうの角を曲がったやつ……」

「へえ、承知しました」

俊助が乗りこむと、自動車はすぐ走りだした。その瞬間、俊助は何かなしに身に迫る危険を感じて、思わずハッと身構えたのだが、すでに遅かったのである。

助手台に乗りこんでいた屈強の男がくるりと振り返ると、いきなり拳固をかためて、発止とばかり俊助の顎を突きあげたのだ。いわゆるアッパーカットというやつである。

なにしろあまり唐突だったのだ。さすがの俊助も防ぎようがなかったのである。

「何をする！」

と、絶叫するところへ、さらに第二の拳がとんできた。俊助の目から百千の火花が一時に散ってきな臭い匂いがツーンと鼻から目へ抜けたかと思うと、やがてあたりはまっくらになってしまった。

俊助は気絶してしまったのである。

すると、今までハンドルを握ったまま、前方を見つづけていた運転手が、はじめてうしろを振り向いた。

「まあ、死んじまったんじゃない？」

意外！　そういう声は女なのである。

「なあに、大丈夫。ただちょっと眠っているだけですよ」

「随分、ひどいことをするじゃないの。島木さん」

「だって、こうしろというのが、君の命令じゃなかったのですか」

「ええ、それはそうだけど、でも、こんなに手荒なことをして下さいってお願いしやしなかったわ、可哀そうに、顎があんなに脹れあがっているじゃないか。島木さん、あなたもずいぶん野蛮ね」

「はははは、野蛮はおそれいる。なにしろ今夜の仕事に、この男がいては少し邪魔だから、なんとかしてくれって、千夜ちゃん、君の頼みだろ。だから、ついハリ切ってしまったんだよ。まあ勘弁してくれたまえ。なに、すぐ気がつくさ。気をもむことなんかありゃしないさ」

無造作にそういうと、島木はいかにも屈託のなさそうに口笛を吹いている。若い、健康そうな童顔の青年だった。

その側でハンドルにしがみついている男装の麗人は、言わずと知れた尾崎千夜。自動車は気絶した俊助を乗せたまま、白昼の新聞街を通りぬけ、やがていずこともなく走り去っていったのである。

島木耕作の冒険

世の中には妙な偶然がある。

島木耕作と尾崎千夜との邂逅がそうであった。二人は子ども時代の友だちなのだ。彼らの郷里は中国の田舎町で、家も近所なら学校のクラスも同じだった。つまり二人は振分髪の友だちというわけであった。

しかしそういう交情も、小学校を出るまでのこと。学校を出ると同時に、あまり家の豊かでなかった耕作は、自ら運命を開拓すべく、志をいだいて赤手空拳上京する。千夜は千夜で遠くの女学校へ入る。かくして相見ざること十年、それがはからずもこの大東京の真ん中で邂逅したのだから世間は広いようで狭いものだ。

あの時、千夜は急ぎの使いの途中通りがかりの円タクを呼びとめた。それが耕作の自動車だったというわけである。むろん十年も会わなかった二人だから、互いに顔を覚えているはずがない。何も知らずに乗りこんだ千夜が、ぼんやり車内に掲げてある運転手の名前を見ているうちに、ふと昔を思い出したのである。

「おや、島木耕作ってあの人じゃないかしら」

そこで言葉をかけてみると果たしてそのとおり、これはこれはということで、爾来、旧交を温めることになったのである。

島木耕作の半生は苦闘そのものだった。小学校を出たばかりで社会へ放り出された彼は、あらゆる経験をしなければならなかった。死ぬような苦しみを味わったのも一度や二度ではない。

「でもね千夜ちゃん、喜んでおくれ。この自動車はこれでも借りものじゃないんだぜ。僕が苦労して蓄めた金で買ったのさ。こいつでうんと稼いでね、僕は今に自動車会社をはじめるのさ」

耕作は誇らしげに童顔を紅潮させながら言うのである。苦労をしたという割にちょっとも摺れていないのが、千夜には頼もしく思えた。

それから後、二人はちょくちょく会った。耕作の自動車で郊外へドライブとしゃれることもあった。耕作はいつも元気で朗かだった。彼のように逞しいからだと、強い意志と、善良な魂をもっている人間には、世の中に不幸なんかないのかしらと思われるくらいだった。

それに反して千夜の生活には翳(かげ)があった。彼女のように美しく聡明な女が、どうして女中みたいな生活をしなければならないのか、耕作には不思議でならないのである。

不思議はそればかりではない。千夜はどういうものか、自身の身の上を語ることを好まなかった。千夜の一家はどうしたのだろう。彼女にはたしか一人の兄があったはずだが……そうだ、とても仲のいい兄妹だったのに。

「そうそう、亮さんといったね。亮さんはどうした？　元気かい？」

「死んだわ」

「死んだ？　いつ？」

「もうずっと先よ、だけど島木さん、そのことなら言わないでちょうだい。兄さんのことを言われるとあたし胸が苦しくなるのよ、あたしいま本当に不幸なの、だけど、だけど、今に忘れることができるようになるわ」

二人の心はしだいに結びついていった。千夜はこの単純で思案の影の少ない青年にやがて好意以上のものを感じるようになった。耕作ときたら、このごろはまるでもう夢中だ。今まで漠然と励んでいた人生に、突如として素晴らしい目的ができたのである。

その千夜が、あの日突然、耕作のもとへやって来て頼みこんだのが、三津木俊助の誘拐(ゆうかい)という仕事であった。そしてその後へ、それよりももっと恐ろしい仕事を付け加

えた。驚いたのは耕作だ。しばらくあっけにとられたように目を丸くして千夜の顔を見つめていたが、

「いいよ、わかったよ。千夜ちゃん。何もたずねやしない。君は上官で、僕は忠実な部下だ、さあ、なんでも命令しておくれ」

こうして白昼、あの世にも大胆な誘拐が決行されたのであった。

だが耕作の仕事というのは、まだそれだけですんだわけではない。さらに彼は千夜と協力して、五十嵐邸へ忍びこんで、ある品物を捜さなければならないのである。その品物というのがなんであるか、そしてまた、千夜がなぜそのような物を捜しているのか、それはもう少し後まで話すことを控えよう。

とにかく、場合によっては暴力を揮わなければならないかもしれないという千夜の言葉に、あらかじめ覚悟の臍を定めて、その晩耕作が五十嵐邸へ忍びこんだのは、真夜中の二時過ぎごろのことだった。

邸の中はむろん真っ暗で、みんな寝静まっているようす。浴場の窓を開いておくからという千夜の言葉を思い出して、いったい、浴場というのはどれだろうと、庭に立ってきょろきょろ見回している時、突然二階の窓にボーッと灯がついた。

「おや、まだ誰か起きているのかしら」

そんなことを考えていると、その時、窓に奇妙な影が映ったのである。妙に頭の尖

ったからだのダブダブした大入道なのだ。場合が場合だから、耕作はなんともいえぬほど変梃な気がしたが、それも一瞬のこと。再びスーッと窓の灯が消えて、あたりはまた元の闇である。耕作はしばらくあたりのようすをうかがっていたが、べつに変わったこともなさそうなので、そろそろと庭を這っていくと、やっと目についた湯殿の窓から中へ潜りこんだ。

家の中はまっくらだ。勝手知らぬ他人の邸、耕作はさっぱり方角がわからないのである。

それにしても千夜はどうしたのだろう。浴場の側で待っているといったのに、彼女の姿はどこにも見当たらないのである。耕作はふと、さっき見た怪しい影を思い出した。千夜の身に、何か間違いが起こったのではなかろうか。

浴場を出ると広い廊下だ。耕作は手探りでその暗い廊下を歩いていった。とその時、誰か階段を下りて来る足音が聞こえる。何かしら重いものでもひきずっているらしく、妙にドタドタとした足音なのだ。

耕作ははっとして闇の中で息をのむ。

足音はやっと階段をおりきった。と、どこかでガチャリとドアの把手をひねる音。するとその廊下の右のほうからスーッと薄白い光が流れこんで来た。応接室のドアが開いたのである。二階からおりて来た人物は、相変わらず何か床のうえにひきずりながら、ある。

ドアの中へ入っていく。ちらとその姿が薄白い光のなかに浮き出した。尖った三角頭巾にダブダブの二重回し。——あいつだ。さっき二階の窓にうつったあの怪人なのである。

耕作はわれを忘れてドアのところまで飛んでいった。覗いてみると応接室の中はまっくらだったが、その向こうに、川に面したフランス窓が、映画のスクリーンのように白く光っている。例の怪人は今しもその露台を越えて、何やら重そうな物を川のうえにおろそうとしているところだった。耕作はその時はじめて、怪人が二階から引きずってきたものが何であるかを知った。それはじつに人間のからだなのであった。

耕作は思わずゾッと身ぶるいをした。ひょっとすると、あれは千夜のからだではなかろうか。——そう考えると耕作はもうこれ以上辛抱していることができないのだ。われを忘れて部屋の中へ躍りこんだのだが、その時彼は、非常に大きな失策をやらかしたのである。行手に大きな安楽椅子があるのも知らずに、そいつへモロにぶつかったものだからたまらない。はずみを喰ってすってんころりと床のうえに投げだされた。

だが、その時耕作は非常に妙な気がした。というのは、今彼がぶつかった安楽椅子の中には、確かに人がすわっているらしいのである。ぐにゃりとした温い感触。——耕作だが、それにしても、そいつが一言も口を利かないのはどういうわけだろう。——耕作は大急ぎで部屋の中を見まわすと、壁ぎわにあるスイッチを見つけた。思いきってそれをひねった。

そのとたん、耕作はびっくりして思わずそこに立ちすくんでしまったのだ。

安楽椅子の上には女がひとり、ぐるぐる巻きにされて縛りつけられている、口には猿轡をはめられ、ぐったりと気を失っているのである。千夜ではないかと耕作はハッと胸を轟かせたが、それは千夜ではなかった。耕作は知らなかったけれど、それはこの家の主婦絹子だったのである。ぐったりと首うなだれた絹子の顔は、死人のように蒼かった。

だが、耕作をあのように驚かしたのは、そういう絹子の姿ではなかった。

今しも露台を越えて川へ下りようとしている例の影が、ひょいとこちらを振り向いたのである。ああ、その顔！　目も鼻も唇もない、骸骨のようなあの無気味な顔！　そいつが大きな歯をカチカチと鳴らせて、嘲るように笑うその声の恐ろしさ。さすがの耕作もそのとたん、ゾーッと骨の髄まで冷たくなるような恐怖をかんじたのである。

耕作のひるむ隙をみて、この時ばかりと怪物はひらりと川の中に身を躍らせた。いや、事実はその欄干の下に繋いであった、汽艇のうえに跳びおりたのである。

「待て！」

その時になってはじめて気がついた島木耕作、われを忘れて露台へとび出したが、時すでに遅し、怪汽艇は波を蹴立て、はるか川下を疾走している。後尾甲板に無造作に投げだされた人の形が、波の間に動揺しているのがおりからの星明かりで、ハッキリと見えた。

隅田の川口にある水上署員が、世にも怪奇な事件を発見したのはその翌朝のことであった。

早朝のことである。Sという水上署署員が、屋上の展望台から望遠鏡で、港内を視察していたのである。空は美しく晴れて、波も穏やかであった。太陽はちょうど、向こうの埋立地のあちら側から昇ろうとしているところらしく、空は刻々と明るさを増していく。

その時S署員はふと不思議なものを波間に発見したのである。それはまるで主のない捨小舟のように、ブカブカと波間に漂う一艘の汽艇だった。しかもその汽艇の周囲に、おびただしく鷗(かもめ)の群れているのが、S署員になんとなく不吉な予感をいだかせた。

「妙だぞ。どうしたのだろう」

S署員はそこで念入りに望遠鏡の焦点をあわせたが、そのとたん、あっと叫んで思わず真っ蒼になってしまった。

なんということだ。汽艇の中央に立っているポールの上に、見るも無残な首吊り男の死体がブラ下がっているではないか。S署員は自分の目を疑って見違いではないかと思った。そこでもう一度望遠鏡を取りなおしたのだが、どうしてどうして見違いどころか、それは世にも恐ろしい現実だったのだ。しかも、それが普通の首吊りでない証拠に、白いパジャマようの着物を着た胸から腹へかけて、真っ赤な血がこびりついていて、そいつがおりからの朝日の中でギラギラと光っている物凄さ！

この驚くべき報告によって、時を移さず水上署の汽艇が派遣されたことはいうまでもない。そして、この世にも奇怪な首吊り男の正体が、政府のお役人、五十嵐磐人氏であることが発見されたのは、それから間もなくの事であった。

五十嵐氏は首を吊るまえに、心臓を抉（えぐ）られて死んでいたのである。

さあ、五十嵐殺しの犯人は誰だろう？

謎の蠟人形

隅田川の川口に浮かぶ怪汽艇のなかに、五十嵐磐人氏の、世にも怪奇な首吊り死体が発見されたのと同じころ、いっぽう当の五十嵐邸においても、次のような変事が発見されて大騒ぎになっていた。

その朝の七時ごろである。

五十嵐家に長く仕える老女のお直（なお）さんというのが、いつものように応接室の掃除をしようと、なにげなくドアを開けてあっと驚いたのである。部屋の中は散々だった。

一昨夜たしかに閉めておいたはずの、フランス窓があけっぱなしになっていて、冷たい朝の川風が、さやさやと重いカーテンを揺さぶっているのからして、唯事ではないと思われるのに、その部屋の中央に、猿轡をはめられた絹子が、ぐったりとして首うなだれているのだから、お直婆さんが腰を抜かさんばかりに、びっくり仰天したのも、まことにむりではなかった。

「奥さん、奥さん、しっかりして下さい。まあま、いったい、どこのどいつがこんな酷いことをしたのだろう」

お直婆さんがおろおろしながら、それでも手早く猿轡や、縛めの縄を解いてやると、絹子はやっと気がついたように、

「婆や、ありがとう。ここは大丈夫だから、それより、一刻も早く、お二階の旦那さまを見てあげてちょうだい」

「え、旦那様がどうかなさいまして」

と、言いかけて、突然、婆やは怯えたような声をあげた。

「あ、奥さま、こりゃ血じゃございませんか」

なるほど、泥靴で踏み躙られた絨毯のうえに、点々として滴っているのは、たしかに血にちがいない。すでに赤黒く凝固しかけて、応接室から露台のほうまで続いているのである。絹子はそれを見るとハッと顔色をかえた。

「あ、たいへんよ。婆や、旦那さまがどうかなすったのじゃないかしら。お前、早くお二階へいってみて」

「はい」

と、言ったものの婆やは、ガタガタと顫(ふる)えていて、腰が立たないのである。

「なんだね、婆やは意気地のない。それじゃ、あたしも行くから、おまえも一緒に来ておくれ」

と、勝気な絹子が立ち上がろうとした時、ちょうど幸い、騒ぎをききつけて、ひょっこり顔を出したのが忠造(ちゅうぞう)という爺やである。

爺やは手短にことのいきさつを承ると、合点承知とばかり二階へあがっていったが、やがて聞こえてきたのは、わっというような叫び声だ。すわこそと、絹子と婆やの二人が顔色をかえるところへ、転げるようにして階段を降りてきた爺や。

「タ、大変です。旦那が……」

「え、旦那さまがどうかなすって？」

「いえ、なに、旦那のお姿は見えませんが、なにしろ書斎のなかは血だらけです」

「まあ」

と、絹子は息をのんだが、すぐ気を取りなおしたように、

「ともかく爺や、すぐこのことを警察へとどけておくれ」

と、こういうわけで、この変事が警察から警視庁へとどけられたのは、ちょうど水上署からあの恐ろしい報告がとどいたのと、ほとんど同じころであった。

警視庁からはただちに、有名な等々力警部をはじめとして、大勢の係官が駆けつけてくる。新聞記者が続々としてやってくる。写真班が遠慮会釈もなくフラッシュを焚く。噂を聞き伝えた野次馬がわいわいと押しかけてくるというわけで、こればかりはどんな事件の際も同じである。

さて、こういう騒ぎのなかにあって、等々力警部はさっそく、尋問を開始したが、この時の警部と絹子との一問一答を、そのまま書いていては際限がないから、できるだけかいつまんでお話をすると。――

前夜おそく、虫歯の痛みにふと目をさました絹子は、たしか薬がこの応接間にあったことを思い出して、二階の寝室から降りてきたのである。一時過ぎのことであった。

「むろん、部屋のなかはまっくらでした。それであたし、なにげなくスイッチをひねったのですが、するとそのとたん。……」

彼女は恐ろしいものを見たのである。

目も鼻も唇もない、髑髏のような顔をしたあの怪物なのだ。怪物はその時、フランス窓を破って応接室へ侵入してきたところだったが、絹子の姿を見ると、やにわに躍りかかってきた――

「あたし夢中になって抵抗しました。声をあげて救いを求めようと、必死となってもがきました。しかし、なにしろ恐ろしい力でぐいぐいと咽喉をしめつけられるのですから声も出ません。そのうちにしだいに気が遠くなって……」

それから後のことは何も知らないというのである。なるほど、そういう彼女の咽喉を見ると、紫色の指の跡が痛々しくついているのである。

「なるほど」

等々力警部は、じっと絹子の面に目を注ぎながら、

「時に尾崎千夜という女中が、今朝から姿が見えないそうですが、それについて奥さんは何かお考えはありませんか」

「まあ、千夜さんが……」

と、絹子はぎくりとしたようすで、

「いいえ、いっこう、……でも、あの方がこの事件に関係があるなんて、とても思えませんわ。だって、ほんとうにおとなしい方なんですもの……」

絹子の尋問はこれで一時うちきりになった。

等々力警部はそこで、部下の刑事をしたがえて二階へとあがっていったが、ひとめ書斎のなかを見ると、

「これはひどい!」

と、思わずそこに立ちすくんでしまったのである。

むりもない。書斎の惨状ときたら、とてもお話にならないのである。

椅子がひっくり返っている。卓子（テーブル）の脚が折れている。電気スタンドがこわれて、ガラスの破片が木っ端微塵（こっぱみじん）となって散乱している。紙片が一面に散らかっている。そのうえをむごたらしく彩色（いろど）っているのは、どろどろの血潮なのだ。ひとめ見て、恐ろしい惨劇がここで行なわれたことが明瞭だった。

「こいつは大変だ。これだけの騒ぎがあったのに、誰も気がつかなかったというのは、どうも変な話だね」

警部は顔をしかめて、

「ともかく、その辺を調べてみてくれたまえ。何か証拠になるようなものが遺っているかもしれない」

警部の命令にしたがって、ただちに捜索が開始された。二、三の刑事が手分けをして、そこの隅、かしこの隅と覗き回っていたが、そのうちに、一人の刑事がわっと叫んで跳びあがったので、

「どうした、どうした」

「あれ——あれはなんです」

見ると、隅のほうに積みかさねてある毛布の下から、ニョッキリと二本の脚が覗い

ているのである。

「あっ」

と、叫んだ等々力警部、やにわにその方へとんでいくと、さっと毛布をとりのけたが、そのとたん、

「や、や、こりゃ、どうじゃ」

と、開いた口がふさがらない。

それも道理、毛布の下に隠されていたのは、人間の死体と思いきや、これは一個の、等身大の蠟人形なのである。

蠟人形はおりからの朝日の光を斜めにうけて、にんまりと白い微笑を浮かべている。それがこの場合、なんとも言えぬほど、不自然な凄さで迫ってくるのだ。

「それにしても妙ですね。人間と同じようにちゃんと着物を着ているじゃありませんか」

後でわかったことだが、この着物というのが、たしか昨夜まで、五十嵐氏の着ていた平常着にちがいないというのであった。

「どうも気味の悪い事件だね。髑髏のような顔をした怪物といい、この蠟人形といい、何かよほど妙なところがある。いやな事件だね。ゾッとするような事件だね」

と、等々力警部は吐き捨てるように言ったが、それにしてもこの奇怪な蠟人形には、

いったいどういう意味があるのだろうか。

千夜の冒険

だが、筆者はここで筆を転じて、千夜の身の上について語らなければならないだろう。行方不明を伝えられた千夜はいったいどうしたのか。湯殿のそばで耕作を待っているはずの千夜は、不思議にも姿を見せなかったが、彼女の身の上には、いったいどのようなことが起こったのであろうか。

それをお話するためには、ぜひとも物語を数時間あとへ引き戻さなければならない。島木耕作の手をかりて、三津木俊助をまんまと誘拐してしまった千夜は、その晩、長い間苦労して来た目的を達するために、最後の非常手段をとる決心を定めていた。彼女の目的。――それはいうまでもない。兄瀬下亮の死の秘密を探ることであった。千夜にとって、亮はどんなにやさしい兄であったろう。父ともなり、母ともなって自分をいつくしんでくれた兄、その兄が満州の曠野(こうや)の果てに、非業の最期を遂げたと聞いたとき、千夜は気も狂わんばかりに嘆き悲しんだ。

その時分千夜は、遠い親戚筋にあたる尾崎家へ、養女として貰われ、何不自由なく暮らしていたのだが、兄のこの悲惨な最期を聞くと、矢も楯もたまらなかった。せめて兄の終焉の地を弔おうと、それから間もなく、わざわざ満州へ渡っていったのだが、そこでいろいろと、兄の最期について人々の話をきいているうちに、ふとある恐ろしい疑いが彼女の胸にきざしてきたのである。

兄はほんとうに匪賊のために殺されたのだろうか。なるほど、外観はいかにもそうらしくできている。しかし、その裏面に、何かもっと恐ろしいカラクリがあるのじゃなかろうか。兄のために、終生の愛を誓ったという絹子。それから、恐ろしい執拗さで、その絹子を妻とした五十嵐磬人氏。兄のあの悲惨な最期については、この二人がなんらかの意味で関係を持っているのではなかろうか。――この疑いは日を経るにしたがって、しだいに千夜の胸に成長していく。

とうとう千夜は恐ろしい決心を定めた。

事件の真相をあくまでも究めよう。そしてもし、五十嵐夫妻にその責任があるのだったら、なんとかして復讐をしなければならぬ。そうでもしなかったら、兄の霊魂は永遠に鎮まらないであろう。――

こういう秘密の目的をいだいて、五十嵐家へ住みこんだ千夜だった。もし、五十嵐夫妻が兄の死に関係しているのだとしたら、何かの証拠がつかめるかもしれないと思ったからである。

しかし、このような恐ろしい証拠が、そう容易に発見されようはずがない。千夜はしだいにあせってきた。もうこれ以上、待っていられなくなった。

そこでとうとう、島木耕作をかたらって、最後の非常手段にうったえようと決心したのである。非常手段。――それはほかでもない。五十嵐磐人氏から、直接告白をきくのだ。むろん、尋常のことでは、こんな恐ろしい告白が得られようとは思えない。そんな場合にはやむを得ない。暴力にうったえてでも、ほんとうのことを言わさなければならぬ。

そういう恐ろしい決心を定めて、あの晩千夜は、静かに夜のふけるのを待っていたのである。二時には島木耕作が湯殿の窓から忍んでくるはずだ。そうしたら、二人一緒に、五十嵐氏の書斎へ押しこもう――

ところが、ここに恐ろしい出来事が起こって、千夜のこの計画はすっかり狂ってしまったのである。

その恐ろしい出来事というのはこうだ。

一時ごろ、千夜はひそかに五十嵐氏の書斎を鍵穴から覗(のぞ)いていた。絹子はすでに寝室へ退いて、家のなかはしいんと鎮まりかえっている。それだのに、五十嵐氏だけは、まだ起きていて、書斎のなかで何かやっているのだ。

いったい、この夜ふけに何をしているのだろう。――そう思って千夜はそっと、鍵穴から覗いてみたが、そのとたん、彼女はハッとするような事実を目撃したのである。部屋の中はまるで、狂人でもあばれ回ったように乱雑を極めているのだ。椅子がひっくりかえっている。卓子の脚が折れている。電気スタンドがこわれて、ガラスの破片が一面に散乱している。

「まあ?」

千夜は思わずゴクリと咽喉を鳴らした。

「いったい、何事が起こったのだろう」

千夜が思わずからだをまえにのり出したとき、五十嵐氏の姿がひょいと鍵穴の正面に現われた。見るとまだ寝間着(パジャマ)にも着替えないで、平常着(ふだんぎ)のまま、ジロジロとあたりのようすを見回しているのだが、その顔には、なんとも言えないほど恐ろしい表情が現われていた。

五十嵐氏はそうやって、しばらくあたりのようすをながめていたが、やがて、テーブルの上から大きな瓶を取り上げると、何やらドロドロとした液体を床のうえにこぼしはじめたのである。はじめのうち千夜にも、それが何であるかよくわからなかったが、そのうち、何ともいえぬいやな匂いが、プーンと鼻をついたので、千夜は思わずハッと顔色をかえたのである。

それは血だった。

五十嵐氏は瓶のなかの血を、床のうえ一面に撒き散らしているのである。

さあ、わからない。部屋のなかをこんなに掻き回して、そのうえに血までベタベタと塗りつけて五十嵐氏はいったい、どうしようというのだろう。千夜は恐ろしさと好奇心とで、思わず膝頭がガクガクと顫えだした。

しかし、当の五十嵐氏は、むろんそんなこととは知る由もない。瓶の中にある血を、すっかり床の上に撒き散らしてしまうと、窓をひらいて、ポーンとその瓶を川の中に投げ捨てた。それから、画家が今書きあげたばかりの絵をながめるような恰好で、と見こう見、書斎のなかを見回していたが、やがてニヤリと北叟笑むと、部屋の隅からズルズルと引き出したのが、例の等身大の蠟人形なのである。

しばらくじっとこの蠟人形をながめていた五十嵐氏は、ふいに、

「フフフフ」

と、気味の悪い笑い声をもらすと、

「さあ、これでよし。あとはこの人形をおれの身替りに仕立てるばっかりだ」

そんなことを言いながら、五十嵐氏はスルスルと帯を解いて着物を脱いだ。着物の下には、白っぽい寝間着を着ているのである。五十嵐氏は脱いだ着物を蠟人形に着せはじめた。

いよいよ理由がわからない。いったい何を企んでいるのだろう。

やがて蠟人形に着物を着せてしまうと、五十嵐氏はまた、部屋の隅からなにやら大きな風呂敷包みを取り出した。包みをひらくと中から出て来たのは、古ぼけた二重回し。五十嵐氏はそれを寝間着の上から着ると、肩のところについていた三角頭巾をスッポリと頭からかぶった。

それから、向こうを向いたまま、しばらくゴソゴソとやっていたが、やがてひょいとこちらを振り向いたその顔を見たとき、さすが勝気な千夜もあまりの恐ろしさに、危く声を立てるところだった。

目も鼻も唇もない、髑髏のような顔をした怪物がそこに立っているのだ。ダブダブの二重回しに、尖端（さき）のとがった三角頭巾の気味悪さ。——ああ、いつかの夜、絹子と俊助の二人を脅かした怪物というのは、じつに五十嵐氏自身だったのだ！

あまりのことに千夜はしばらく呆然として、この奇妙なお面をながめている。なんという忌（いま）わしい、なんという無気味な仮面であろう！　千夜は一瞬間、ゾーッと全身に鳥肌の立つような恐ろしさを感じた。

五十嵐氏はしばらく、きょろきょろと身の周囲をながめていたが、やがて満足がいったのか、静かにこちらへやってくる。見つけられたら大変だ。千夜は飛鳥の如く身をひるがえすと、大急ぎで階段をかけおりた。自分の部屋へかえってきて、頭から蒲団をひっかぶった。それでもまだ、心臓がゴトゴトと鳴っているのである。いかに勝気なようでも、女はやはり女だ。あまりの恐ろしさに、千夜はすっかり今夜の計画のことも、島木耕作のことも忘れてしまったのである。

いったい、どのくらいの間、千夜はそうして蒲団をひっかぶっていたことだろうか。後から考えると、多分半時間ぐらいだったろう。

しだいに驚きがおさまってくるにつれて、千夜は再びもとの落ち着きをとりかえしてきた。蒲団の間から、ふと頭をもたげてみる。邸の中は相変わらずシーンと鎮まりかえっている。

千夜はそろそろと蒲団から這い出した。

しばらく彼女はためらうように、虚空にじっと瞳をすえていたが、やがて決心したように、きっと奥歯を噛むと、もう一度そろそろと部屋から外へ出ていった。

どうしても彼女は、もう一度五十嵐氏のようすを見とどけなければ、腹の虫が承知しないのだ。五十嵐氏はなぜあんな妙な真似をするのだろう。わざと部屋のなかを掻き回したり、血を撒き散らしたり、蠟人形に着物を着せたり、それからあの奇妙な仮面だ。さっぱり理由がわからない。いったい、何を企んでいるのだろう。

千夜はもう一度階段をのぼっていく。

書斎のまえまで来ると、ドアが細目にあいていて、相変わらず電灯の光がもれている。

千夜はそっとその隙間から覗いてみたが、そのとたん、くらくらと眩暈がするような恐ろしさに打たれた。からだじゅうがシーンと痺れて、下顎がガクガクと顫えた。部屋のなかには五十嵐氏が仰向けに倒れているのだ。いつの間にやら仮面も二重回しも剝ぎとられて、白い寝間着の胸のあたり、真っ赤な血が滲んでいる。白い電灯の光の中で、かっと見開いた二つの眼が、貝の剝身のように光っている恐ろしさ。

その時ふと千夜の頭には、ひょっとするとこれも五十嵐氏の狂言ではないかしら、というような考えが浮かんだ。そこでそっとドアを開くと、大胆にも書斎の中へ入っていって、五十嵐氏のからだに触ってみたが、すぐ、

「あっ」

と、叫んでその手を引っこめた。指先からゾーッとするような寒さがしみこんできたからである。五十嵐氏は間違いもなく死んでいる。誰かに胸をえぐられて殺されたのだ。

千夜は急に、なんとも形容のできない恐怖に駆り立てられた。耳の中がジーンと鳴って、薄暗い部屋の隅々から、恐ろしい物の怪が、うわッと鯨波の声をつくって、押し寄せてくるような怖さをかんじた。

もはや一刻もこの恐ろしい悪魔の棲家にぐずぐずしていることはできぬ。千夜は前後の分別もなく五十嵐家を飛び出すと、狂気のように深夜の町へ彷徨い出たのである。

由利先生登場

「妙な話ですな。僕にもどう考えていいのかわかりませんねえ」

吐き出すように言ったのは三津木俊助である。腫れぼったい瞼、真っ赤に充血した眼、くしゃくしゃに乱れた頭髪、顎のあたりにジャリジャリと髯の伸びた俊助は、昨夜一睡もしなかったらしいのである。

「こんな話、とても真実にしていただけないかもしれませんけれど、でも、けっして嘘じゃありませんのよ。たしかにあたしのこの目で見たのでございますもの」

千夜は声を顫わせ、両眼には恐怖の表情をいっぱいうかべている。その側には、島木耕作が、これまた憑かれたような顔をして、きょとんと控えているのである。

時刻はあの恐ろしい事件が発見されてから数時間の後、場所は島木耕作の経営しているガレージの二階なのである。

今やすっかり主客顚倒してしまった。

昨日、囚われの身として、このガレージの二階に幽閉された俊助は、今では千夜と耕作から平身低頭して救いを乞われているのだ。さすがの俊助もこの不思議な運命の変転に驚かずにはいられなかった。

昨夜、五十嵐邸をとび出した千夜が、深夜の町を狂気のように彷徨い歩いてあげくの果てに、やっと辿りついたのがこのガレージである。一足おくれて、島木耕作も、これまた五十嵐家をとび出してガレージへ帰って来た。ここでゆくりなくも邂逅した二人は、すぐ善後策の協議にとりかかったが、結局、彼らの到達した結論というのは、すべてのことを三津木俊助に打ち開けて彼の助力を乞おうということであった。

これははなはだ虫のいい考えであったかもしれない。昨日あんなにひどい目に会わせ、現にその時も高手小手に縛りあげて二階に押し籠めてある俊助が、快く彼らを許し、彼らの頼みをきいてくれるかどうか、はなはだ疑問だったが、結局、それよりほかに彼らのとるべき方法はなかったのだ。

ところが俊助は案外淡泊に彼らの罪を赦してくれた、いや、赦してくれたばかりか、彼らの打ち明け話をきくと、すっかりその立場に同情してくれたのである。

「ナニ、これしきの事、思いあがっている僕には、たまにはいいみせしめですよ。それにしても最初からあなたが瀬下君の妹さんだということがわかっていれば、もっと都合がよかったかもしれませんがねえ」

そう言って俊助は、手首に喰い入っている縄目のあとをなでていた。千夜も耕作もこれにはすっかり恐縮してしまったのである。

「それにしても考えれば考えるほど妙ですね。あの奇怪な髑髏のような顔をした男が、五十嵐氏自身だったとすると、僕の考えはすっかり間違っていたことになる。すると五十嵐氏は自分で自分を脅迫していたことになりますね」

「そういうことになりますね」

と、島木耕作も狐にでもつままれたような表情をして、

「しかし、そうすると僕の見たやつはどういうことになるのでしょう。時間的に見て、僕が五十嵐邸へ忍びこんだ時は、すでに五十嵐氏の死んだ後だったと思われるのに、僕もやはり、あの奇妙な髑髏のような顔をした男を目撃したのですからね」

「その点ですよ。この事件の中で一番奇怪なのは。……五十嵐氏は何かの理由で、あういう仮装をして、自分で自分を脅迫していた。ひょっとすると、あの気味の悪い片腕を送ってきたのも五十嵐氏自身だったかもしれない。昨夜も五十嵐氏はそういう扮装で何か一芝居を打とうとしていた。そこへ五十嵐氏のほんとうの敵が現われて、とうとう五十嵐氏を殺してしまった。と、ここまではわれわれの考えでも辻褄があっているようだが、その後で犯人自身が、五十嵐氏の扮装を奪って、自ら髑髏男に化けたらしく見える。なぜだろう。なぜ、そんな馬鹿な真似をしなければならなかったのだろう」

俊助はそこまで言ってから、急に気がついたように、

「しかし、五十嵐氏はほんとうに死んでいるのだろうか。ひょっとすると……」

「ひょっとすると？」

「殺されたとみえたのも、五十嵐氏のお芝居で、そのじつ、まだ生きているのじゃないかしら」

「いいえ、そんな馬鹿なことはございませんわ。あたしが現に、この目で見たのですもの。いいえいいえ、見たばかりではございません。あたし、この手で触ってみたのですから」

「いや、それならすぐわかる。ひとつ警視庁へ電話をかけて、等々力警部にたずねてみましょう。ほんとうに殺人事件があったのなら、今ごろは警視庁のほうにもわかっているはずですから。確かガレージに電話がありましたね」

俊助は電話をかけるために階下へ降りていったが、すぐ、興奮の表情をいっぱいに浮かべながらあがってくると、

「やっぱりほんとうでした。五十嵐氏の死体は今朝、月島沖に浮かぶ汽艇のなかに、首を吊ってブラ下がっているのが発見されたそうです」

「まあ！」

千夜はきくなり激しく身顫いをした。耕作も無言のまま息をのんでいる。

「どうもこの事件はよほど難物らしいですね。僕の手に負えないかもしれませんよ」

「まあ、あなたにそんな事をおっしゃられちゃ」

と、千夜が心細そうに言うのを俊助は制(おさ)えて、

「なに、大丈夫ですよ。僕の手に負えなくとも、こういう事件を解決するのに、すぐれた手腕を持っている人を知っていますから、これからさっそくその人のところへ行きましょう」

「その人、なんという人ですか」

「由利先生というのです。ご存じじゃありませんか。まえの捜査課長ですが、今では民間にあって、もっぱら難事件にだけ手を出すという、いわば一種の私立探偵です。さあ、これからさっそく由利先生を訪問してみましょう」

快刀乱麻

麴町(こうじまち)区三番町。

お濠端の柳を目の下に見る、瀟洒(しょうしゃ)たる二階の応接室で、俊助から一伍一什(いちぶしじゅう)の物語をきいた由利先生は額に深い八の字を寄せて、難しそうな顔をして考えこんでいる。

由利先生はまだ四十そこそこの、いかにも精力的なからだをした壮者だったが、不思議なことにはその頭だけが六十の老爺のように真っ白なのが、初対面の者には一種奇異な感じをいだかせるのである。

「なるほど、妙な事件だね」

由利先生はひととおり俊助の話を聞き終わると、今配達されたばかりの夕刊に目を落とした。

そこには五十嵐磐人氏殺害事件の顚末が、デカデカの標題で報道されているのだ。隅田川口に浮かぶ幽霊汽艇。――マストにブラ下がった首吊り惨死体。――行方不明の美人女中――そういった文字が、いかにも扇情的な大活字でゴテゴテと印刷されている。

由利先生が注意ぶかく、これらの記事を読みながら、

「これで見ると尾崎さん、目下のところ、あなたが第一の容疑者として、その筋から捜索されているようですね」

「まあ」

千夜は思わず身を縮め、涙ぐみながら、

「あたしどうしましょう。やはり自分から警察へ出頭しなければいけないのでしょうか」

「むろん、当然そうしなければいけないでしょうね」

「だって、警察で、もしあたしの話が信用してもらえなかったら。……誰だってあんな妙な話、ほんとうにしてくれやしないわ。きっとあたしが五十嵐さんを殺したんだ

と思うにちがいないわ。ああ、怖い。あたしどうしましょう」

「大丈夫だよ。千夜ちゃん。そのためにこうして皆さんが心配して下さるんじゃないか」

耕作に慰められて、千夜はやっと涙ぐんだ目で微笑いながら、

「島木さん、あたし馬鹿だったのね。こんなことなら最初から三津木先生に何もかも打ち明けて、お願いすればよかったのだわ。あなたにまでこんなご迷惑をかけてしまって……」

「そんな事ならいいのです。それより、由利先生や三津木先生にお願いして、一日も早く犯人をつかまえていただかなくちゃ……」

「そうですとも。過ぎ去ったことをとやかく言っても始まらないのだから、これから先のことを考えねばなりません。それにはまず第一に、もう一度ゆっくりと、この事件を最初から考え直してみることです。三津木君、すまないが、もう一度、君の話をくり返してくれたまえ」

そこで俊助が再び、事件の最初に溯って話すのを、じっと瞑目して聞いていた由利先生、それが終わると、今度は千夜と耕作をうながして、かわるがわる昨夜の冒険の顚末を語らせた。

そしてしばらく無言のまま沈思黙考していた由利先生は、やがておもむろに口を開

くと、

「この事件で非常に興味があるのは、殺人事件そのものよりも、むしろ五十嵐磐人氏自身の得体の知れぬ行動にあるようだ。五十嵐氏はなんのために、髑髏の面なんかかぶって、自分で自分を脅迫していたのだろう。いや、それよりも五十嵐氏は何をあのように恐れていたのだろう。今、三津木君の話を聞くと、五十嵐氏が突然、理由のわからぬ不安に襲われはじめたのは、あの無気味な片腕――瀬下君の指環をはめたあの片腕の骨が送られてくるより、ずっと以前からのことなのだから、五十嵐氏の恐怖の原因というのが、それにあるとは思えない。それに、五十嵐氏のような地位もあり、常識も発達した社会人が、物語めいた脅迫をそのままうけいれて、子どものように恐れおののくなんてことは考えられないじゃないか。だから五十嵐氏の恐怖の原因というのは、むしろ瀬下君とはまったく無関係な、もっと現実的な危懼であったろうと思われる。つまりこの事件には二つの大きな要素が絡みあっているので、それで一見非常に不可解に、そして複雑に見えてきているのだ。二つの要素というのは、一つは五十嵐氏を襲った現実的な恐怖、それからもう一つは瀬下君に関するこの物語的な脅迫の一件だ。だからこの二つがどこで絡み合い、どこで岐れているか、それを截然と区別することさえできれば、この事件は案外、単純なものではないかと思われるのだ」

「なるほど、そういわれれば確かにそうであるように思われます、しかし、では五十嵐氏の恐れていたその現実的な恐怖というのはなんでしょう」

「それは僕にはわからない。しかしここに大胆な推測が許されるならば、近ごろ頻々(ひんぴん)として摘発される瀆職(とくしょく)事件、――そういうものに、五十嵐氏が関係してはいなかったろうか。君は新聞記者だから、よく知っているだろうが、五十嵐氏の勤めている某省においても、非常に性質(たち)の悪い瀆職の嫌疑があるとかで、目下秘密裡に司直の手が動いているという噂(うわさ)があるじゃないか。ひょっとすると、五十嵐氏はそれに連座しているのじゃなかろうか」

「あ」

俊助は突如、ひくい叫び声をあげた。

「そうです、そうです。そういえば確かにそんな話を聞きました。そしてその事件には倉石伍六という男が非常に大きな役割を演じているという話も聞いたことがあります」

「そうだろう」

由利先生はにっこりと会心の微笑をうかべながら、

「五十嵐氏はそれを恐れていたのだ。――と、こう考えるほうが、あんな子どもだましみたいな片腕の脅迫を恐れていたと解するより、より当然じゃないか。そこでこの仮定を、今かりに既定の事実として、そこからこの事件を考え直してみようじゃないか。五十嵐氏は今まさに摘発されようとする瀆職事件の瀬戸際に立っていた。こいつが摘発されてしまえば、あらゆる社会的地位を失ってしまうばかりか、囹圄の憂目を見なければならない。普通、こんな場合に人はどうするだろう」

「僕なら高とびをするでしょうね」

「高とび、むろん結構だ。しかし、現在のように法の組織が完備した時代に、五十嵐氏のような知名の士が、無事に逃げおおせるということはなかなか困難だ。そこで、もう一つ悪賢い人間なら自分を死んだものと見せかけるという術を考える」

「あ」

俊助も耕作も千夜も、思わず低い叫び声をあげた。なんという明察！　なるほどそういえば、あの奇怪な五十嵐氏の行動が、すべて合点がいくではないか。由利先生は一同の表情にはおかまいなく、さらに言葉をつぐと、

「おそらく、五十嵐氏の最初の計画では、自分を自殺したように見せかけようとしたのだろう。ところがそこへ思いがけないことが起こった。誰からか、あの無気味な片腕を送ってきたのだ。この恐ろしい贈物の主が誰だか、僕にもまだわからない。しかし、五十嵐氏はさっそくそれを利用しようとしたのだ。誰かが自分を狙っている、自分はいつ殺されるかもしれない。と、そういう印象を夫人に持たせようとしたのだ。この計画はまんまと成功した。夫人は夫の身を気づかって、三津木君の援助を求める。

それと知った悪賢い五十嵐氏は、自分の計画をいっそう真実らしく見せるために、自らあの気味の悪い髑髏の仮面をかぶって現われ、いかにも誰かが、自分を狙っているというふうに見せようとしたのだね」

「ああ、それでわかりましたわ。部屋の中をあんなに掻き回したり、血をべたべたとそこらへ塗りつけたりした理由が……」

「そう、おそらくあれはどこかで手に入れてきた血でしょうね。そしてあの人形は、いかにも自分の死体らしく仕立てて、持ち去ろうという計画だったのでしょう。つまり昨夜、髑髏の仮面をかぶった男が忍びこんで、五十嵐磐人を殺害し、その死骸を持ち去った。死体は発見されないけれど、五十嵐磐人は殺害されたものにちがいない、とこういう印象を世間に与えるために、万事は計画されたのです。敵を欺かんがためにはまず味方よりという譬えのとおり、五十嵐氏はまず夫人から欺いてかかろうとしたのですよ。ところが、その最後の土壇場になって何か起こった。おそらく五十嵐氏の夢にも予期しなかったようなことが起こったにちがいない。何だろう。何が起こったのだろう。そして、五十嵐氏を殺害した後、あの髑髏の仮面をかぶって、死体を持ち出したのは誰だろう。なにもわかっていない。つまり我々は、この事件を修飾している奇怪な雰囲気の正体はどうやら突き止めることができたものの、かんじんな点については何一つわかっていないことになる」

由利先生はそう言ってじっと虚空をながめていたが、突然、勢いよく椅子から立ち上がった。

「行こう」

「え？　どこへ行くのです」

「五十嵐邸へ行って、夫人の話を聞いてみるのです。何かつかめるかもしれない。さあ、みんなで一緒に行ってみよう」

髑髏男再生

快刀乱麻を断つが如き明察によって、由利先生が、一つ一つこの事件の謎をほごしているころ五十嵐邸においても大変なことが起こっていた。

主人を急変によって失った五十嵐邸は、宵のうち弔問客などによって、ひとかたならぬ混雑を見せていたが、夜も十時過ぎになると、客もみんなひきあげて、奥座敷にぽつ然と取り残されたのは、絹子と倉石伍六の唯二人。倉石は宵から飲みつづけた酒のために、脂ぎった顔をギラギラと光らせていた。

絹子は元来、この倉石伍六が嫌いだった。満州にいるころから、この男は絹子に対してちょくちょく厭な目つきを見せることがあった。しかし、それはまだ許せる。許せないのは絹子が五十嵐氏に嫁いでからも、この男はそういう態度を改めようとはしないのだ。

酒に酔っ払ったり、夫が不在の場合には、言語道断な冗談を口にする。夫が信頼している人物だからと思って、いいかげんにあしらっていると、ますます増長して、時には肚（はら）にすえかねるような淫（みだ）らな振る舞いに及ぶことがあった。

夫が生きていてさえそのとおりだったのだから、夫が亡くなった現実（いま）、この男とこうして差し向かいになっていると、絹子はゾーッと鳥肌が立つような恐怖を感じるのだが、まさか帰ってくれとも言えない。

辛抱してお相手をつとめているうちに、倉石はそろそろ地金を現わしてきた。宵から飲みつづけた酒のために、目がどろんとすわって、顔じゅうの毛穴がブツブツ膨れあがってきたかと思うと、やがて気味の悪い舌なめずりを始めるのである。

絹子はハッとして身を退くと、

「あの、失礼でございますが、あたし頭痛がしますから、これでごめん蒙りますわ」

と、立ち上がろうとする袖をやにわに捕えた倉石伍六。

「お、奥さん、なにもそう逃げなくてもいいじゃないですか。べつに取って食おうたあ言やしませんよ」

「いえ、そういうわけじゃありませんけれど、朝から、なんだか頭が痛くて……」

「いや、ごもっともですとも。ご心中はお察しします。が、まあ、そこにいて下さい。あなたに折り入って話があります。非常に重大な、——あなたにとって一大事の話があります」

「まあ、そんな大切な話なら、なおさらのことですわ。明日ゆっくりお伺いしますから、今夜はこれでごめん下さいまし」

絹子が立ち上がろうとするのを、

「おっ、と、と、まあ、そう言わずに、たまにはおれの話を聞くもんです。や、これは失礼……」

よろよろと立ち上がるはずみにお膳を蹴ったからたまらない。あたりは落花狼藉（ろうぜき）のありさま。

「あら、そんなことよろしいのです。婆やを呼びますから、そんなことなさらないで」

「いや、婆やを呼ぶのは待って下さい。奥さん、話というのはほかではない。おれは五十嵐氏を殺したのは誰だか、ちゃんと知っているのですよ」

「え？」

絹子は思わず畳を拭きかけた手を止めた。

「はははは、そんな妙な顔をなさらんでもいい。話はゆっくりできる。奥さん、一ついかがです」

「いえいえ、それより話というのを聞かせて下さい。五十嵐を殺した人間を知ってるって、それほんとうでございますか」

「ほんとうですとも。だが、まあいいじゃありませんか。一つくらい」

「聞かせて下さい、聞かせて下さい。誰が五十嵐を殺したのですか。それを言って下さい」

「そうですか。それじゃ言いましょう。五十嵐氏を殺害したのは……」

と、倉石は急に声をおとすと、

「奥さん、あなたです」

「え？」

絹子は弾かれたように身を退いた。顔が真っ蒼になって、からだじゅうブルブル顫えている。いまにも気を失うのではないかと思われたが、やっとそれを耐えた絹子は、

「まあ、何を——おっしゃるのです。冗談も——冗談も品によりけりですわ」

「わはははは、冗談か冗談でないか、それはあなたの胸に聞いてみればわかることだ。だが奥さん。心配なさることはありませんよ。誰にもしゃべりゃしませんよ。この倉石の胸一つにおさめておきます。その代わり奥さん……」

倉石が手を取ろうとするのを、つと払いのけた絹子は、全身で呼吸をしながら、

「あたしが五十嵐を殺したのですって。何を証拠に——何を証拠にそんなことをおっしゃるのです。そしてまた、あたしがなにゆえ、夫を殺さなければならなかったのです？」

「動機ですか。動機というのはほかでもない。あなたは恋人やお父さんの敵を討ったのだ」

「え？」

「そうですとも、瀬下君は匪賊に殺られたのじゃない。五十嵐氏に殺られたのです。あなたのお父さんは、誤まって川へはまったのじゃない。五十嵐氏に突き落とされたのです。あなたはそれを知って、五十嵐氏を殺したのでしょう。おれは何もかも知っている」

「ああ！」

絹子はとつぜん、畳のうえに突っ伏した。しばらくそうやってさめざめと泣いた。だが、やがて涙に泣き濡れた顔をあげると、ふいに、ハッとしたようにからだを顫わせた。しかし、すぐさり気ないようすを取り戻すと、

「倉石さん、ありがとうございました。あなたは大変いいことを聞かせてくれました。厚くお礼を申しますわ。だけど倉石さん、それだけではあたしが夫を殺したという証拠にはならないじゃありませんか。警察では現に、髑髏のような顔をした男を犯人と

して捜しているのですし……」

「はははは、奥さん、それが大べら棒というものです。髑髏のような顔をした男なんて、五十嵐氏が死んでしまった以上、この世に存在するはずがないからです。まあ、奥さん、よくお聞きなさい。おれはいま、五十嵐氏の計画というのをよく話してあげる」

この時、倉石伍六がベラベラとしゃべった五十嵐氏の計画というのは、だいたいにおいて、さきほど由利先生が下した推測と同じであったから、ここには改めてくり返すことは控えよう。

「そういうわけで、髑髏男とは五十嵐氏自身にほかならんのですが、しかし、警察のほうでそいつを捜しているならかってに捜させておきましょう。秘密を知っているのは、奥さん、おれとあんたばかりだ。だから奥さん、あんたの返事しだいでは、この秘密は永久に保たれる。しかし、あんたがもし厭だと言えば……」

「厭だと言えば……？」

「可愛さあまって、なんとやらという言葉を奥さん、あんたも知っていなさるはずだね」

「わかりました。倉石さん、あたしもよく考えてみますわ。しかし、倉石さん、五十嵐が死んだ以上、髑髏男はもうこの世にいないとおっしゃるのはほんとうでしょうか」

「ほんとですとも」

「ほほほほほ、それじゃ今、あなたの背後に立っているのは、それなんですの」

倉石伍六は、ふいにギョッとしてうしろを振り返った。が、そのとたん、彼はがくんと顎を垂れ、全身をはげしく顫わした。目がとび出して、血管が蚯蚓(みみず)のように膨れあがった。

ああ、なんたることぞ！

ダブダブの二重回しに、三角型のトンガリ頭巾、目も鼻も唇もない、あの髑髏男がそこに立っているではないか。

木っ端微塵

由利先生の一行が駆けつけてきたのは、ちょうどその時だった。

自動車をおりて門を入ると、恐ろしい悲鳴が聞こえてきたので、

「おや」

と、足をとめた由利先生。

「たしかに邸の中のようだったね」

と、言いも終わらぬうちに、玄関へ転がるようにして這い出して来たのは、お直婆やだ。

一同の姿を見ると、

「あ、大変です。助けて下さい。奥さまが……奥さまが……」

と、あとは激しい息使いのなかに消えてしまって聞こえない。

しかし、これだけ聞けば十分なのである。

由利先生を先頭に、一行四名がドヤドヤと奥座敷へなだれこむと、いましも絹子のからだを小脇にかかえた髑髏男が、庭の向こうの石崖から、下に繋いであるモーター・ボートに飛び移ろうとするところだった。

「待て！」

と、由利先生、座敷をつきぬけて、縁側から庭へとびおりようとするひょうしに、なにかにつまずいて思わずハッと立ちどまった。人が倒れているのである。あとから駆けつけた俊助が、ぐいとそのからだを起こしてみて、

「あ、倉石伍六だ」

「殺られているのかい」

「見事に一突き、心臓を抉られています」

「ふうむ」

髑髏男にとっては、つまりこれだけのあいだ、余裕ができたわけである。ぐったりと気絶したような絹子のからだを右手に抱き、ひらりとモーター・ボートに飛び乗ると、すぐ綱を解いて、スターターを入れた。

ガタガタガタ、――

と、激しくエンジンの廻転する響き。その音にはっと気がついた由利先生と俊助が、あわてて石崖のうえまで駆けつけてみると、モーター・ボートはすでに、月下の隅田川をはるか下流のほうへ驀進（ばくしん）しているところだった。

「三津木君、大急ぎで水上署へ電話をかけたまえ。そのあいだに僕が舟を捜しておこう」

俊助が電話をかけ終わってかえってくると、ちょうど幸い、通りかかった水上署の汽艇を呼びとめて、由利先生が手短にことのいきさつを話しているところだった。

「そうですか。じゃ、お乗り下さい」

「あの、先生、あたしたちも一緒にいっちゃいけません」

「ああ、いいですとも、尾崎さんも島木君も一緒に来たまえ」

四人を乗せた汽艇は、すぐ下流へ向かって出発する。

幸い今宵はうす月夜。満々と膨れあがった隅田川の、はるか下流を驀進していくモーター・ボートの姿が、豆粒ほどの大きさで見えている。

「あいつだ。あのモーター・ボートだ」

舳にたった由利先生が指示する。汽艇は白銀の波を蹴って驀進をはじめた。汽鑵（かま）がいっぱいにひらかれて、今にもはちきれそうな音を立てている。

しかし、汽艇がいかに全速力を出したからといって、たかがしれている。とうていモーター・ボートの敵ではないのだ。果たして二艘の舟のあいだはしだいに遠くなっていく。

「おい、なんとかならないのか。これより速く走れないのかね」

「そりゃむりですね。これ以上の速力を出したら、汽鑵が破裂してしまうばかりですよ」

事実、いっぱいにひらかれた汽鑵はまるで喘息（ぜんそく）やみのように、無気味な呻きをあげているのである。往来（いきか）う舟が、この狂気じみた汽艇の驀進に、びっくりして左右にけしとんだ。陸も、橋も舟も、みんなうしろへうしろへと飛んでいって、水が銀色の飛沫（しぶき）となって、汽艇のうえから降ってくる。

それでも、船室へ潜りこもうとする者は一人もいない。みんな舳につかまったまま、しだいに遠ざかっていくモーター・ボートの姿を、地団駄を踏みながら見送っているのである。

モーター・ボートは間もなく永代橋へ差しかかる。そのとき追跡する、汽艇にとって、大変ありがたいことが起こったのだ。モーター・ボートの行手にあたって、突然、悠々たる曳舟が現われたのである。砂利をいっぱい積んだ舟を、五、六艘もうしろに従えた汽艇なのだ。

モーター・ボートはいやが応でも、そこで速力を緩めなければならなかった。

「しめた、追いつけるかもしれないぞ」

と、躍りあがって喜んだのは三津木俊助。

二艘の舟の間隔は刻一刻とせばまっていく。間もなく、ひらひらとうしろにひるがえる、髑髏男の二重回しが見え出した。ボートの中に、ぐったりと倒れている絹子のすがたも見える。もう一息だ。もう一息で追いつける。

だがこのとき、ようやく曳舟をやり過ごした、モーター・ボートは、再び全速力で汽艇からはなれていった。

「畜生、畜生、もうひと息だというのに残念だなあ」

俊助が思わず呻き声をあげたとき、突然、一艘のモーター・ボートが横からとび出してこの追跡に加わった。

「しめた！　水上署のモーター・ボートだ。や、向こうに汽艇もやってきている。畜生、こうなりゃもう袋の中の鼠だ」

まったく俊助の言葉のとおり、いままで物陰にかくれていた数艘のモーター・ボートが、その時、わらわらと跳び出してきたかと思うと、さっと、髑髏男を取り巻いたのである。

それを見るや件の怪物、もうこれまでとばかりに、ボートの中に突っ立ちあがり、さっと仮面をかなぐり捨てた。折からの月光に、剪りたてたような峻烈な半面が浮かびあがった。頰から顎へかけて、恐ろしく大きな傷痕。――ああ、いつかの夜、首吊り船のあとを尾行していった、あの奇妙なルンペンなのだ。

しばらく、まじまじとその横顔をながめていた千夜、なにを思ったのか、

「あっ」

と、叫んで舷によろめいた。

「ど、どうしたのです」

と、驚いた耕作がそのからだを抱いてやると、

「兄さんですわ。ああ、恐ろしい。あれ、兄の瀬下亮ですわ」

と、わっとその場に泣き伏したのである。

その時、モーター・ボートの中に突っ立って、群がる警官どもを睥睨していた瀬下亮、突如さっと右手をあげたかと思うと、何やら梅の実ほどのものが、ボートの中に飛んだ。

と、同時に轟然たる音響。――

数丈もあろうという水の柱がさっとあがって、青白い炎が稲妻のようにひらめいたかと思うとボートは木っ端微塵と砕けてとんだのである。

永遠に変わらじ

「ああ！」

担ぎこまれた聖路加病院の一室で、絹子はふと息を吹きかえした。全身に無残な火傷を負うてとても生命は覚束なかろうと思われたのに、奇跡的に彼女は意識をとり戻したのである。

「あの人は、——あの人は——瀬下さんは——」

「静かに！　犯人を捕えましたよ。奥さん、安心して静かに寝ていらっしゃい」

「いいえ、いいえ」

絹子は激しく身動きをしながら、

「あの人に一度会わせて下さい。あの人に会って、あたし、よくお礼を申しあげなければなりません。あの人があんな恐ろしいことをしたのも、みんなみんなあたしのためなんですもの」

「いいや、いけません。あなたは今、絶対にからだを動かしちゃいけないのですよ」

「かまいません、あたしのからだはどうなってもかまいません。お願いです。瀬下さんにひと目会わせてそれとも、ああ！」

絹子はふいにギョッとしたように、

「それとも、瀬下さんは死んでしまったのですか」

「いや、そんなことはないが、あちらも今が一番大切な時なのです」

「ああ！」

絹子は激しく身を顫わせて、

「それじゃ、瀬下さんの生命も覚束ないのですね。お願いです。お願いです。ひと目会わせて！」

絹子の願いがあまり切であったので、立ち会いの医者は、由利先生や三津木俊助に相談して、どうせない生命なら、彼女の最後の願いをききとどけてやったらどうだろうということになった。

そこで彼女の傷ついたからだは、すぐさま担架にのせられて、瀬下の病室へ運ばれていった。

ちょうどその時、全身に痛々しい火傷を負うた瀬下は、千夜と耕作に手をとられて、今まさに、最後の息をひきとろうとしているところだった。絹子はそれを見ると、いきなり担架からとびおりると、それこそ常人とは思えないほどの力をふりしぼって、瀬下のからだに縋りついたのである。

「瀬下さん！　瀬下さん！」

その声が通じたのか、瀬下はうっすらと目をひらくと、絹子の顔をながめた。その目には心なしか、安らかな微笑の影が動いたように見えた。

「瀬下さん、瀬下さん、あなたばかりは殺しはしない。あたしもいきます。未来は――未来は必ず一緒に――」

瀬下にもその言葉の意味がわかったのか、かすかにうなずいたように見えたが、それが彼の最期だったのである。やがて、恐ろしい痙攣が、全身に這いのぼったかと思うと、間もなく彼は、ガックリとして息絶えた。瀬下は死んでしまったのである。

絹子はそれを見ると、瀬下のからだに縋りついて、ひとしきり泣いた。涙が涸れるばかり泣いた。だが、やがて泣くだけ泣いてしまうと、蒼白い顔をあげて、静かに並いる人々の顔をながめて、

「さあ、これで何もかもすんでしまいましたわ。みなさんはきっと、あたしにおたずねになりたいことがたくさんおありの事と思います。なんでも聞いて下さいまし。知っていることならなんでもお答えしますわ」

「奥さん」由利先生がすすみ出て、「五十嵐さんを殺したのは瀬下君でしたか」

「ええ」

絹子は力なくうなずきながら、

「それに違いございません。でも、瀬下さんは、あたしを救うために、――ただ、それだけのために、あんな恐ろしいことをなすったのですわ。何もかも申し上げてしまいましょう。三津木さん、いつかの晩、あたしがあの首吊り船の中にいる髑髏男を見て非常に驚いたことは、あなたも憶えていらっしゃるでしょう。あたし、あの時すぐに、あの髑髏男が夫であることに気がついたのです。夫がなぜあのようなことをするのか、それはあたしにもわかりませんでした。でも、あの身振り、あの笑い声。――それは確かに夫にちがいないのです。あたしは恐ろしくなりました。なんともいえない混迷をかんじました。夫が何を企んでいるのか、それはあたしにもわからない。しかし、あの髑髏男が夫である以上、この事件に、三津木さんのような敏腕の方に、関係していただくのはよくないと思いました。それで、あの翌日、電話で手を引いていただくようにお願いしたのです。それ以来、あたしは始終夫の態度に気をつけていました。ところが、昨夜、夫はまた、あの気味の悪い髑髏の仮面をつけて、あたしの寝室へ現われたのです」

絹子は、そこで息切れがしたように言葉を切ったので、千夜がすぐ側から水を飲ませてやった。絹子はうなずきながら、

「ありがとう。――千夜さん。――あなたも苦労したわね。さて、みなさん、その時、

あたしはそれが夫であることを知っていたので、少しも恐れるところなく、いきなり仮面を剝いでやると、なんのために、こんなことをするのか詰問してやりました。ああ、その時の夫の凄じい形相！　仮面を剝がれるや夫は、いきなりあたしの咽喉に手をかけて、あたしを絞め殺そうとしました。その時です。瀬下さんがいきなり窓を破って躍りこんでくると、たったひと突きで夫を殺してしまったのです」

絹子はそこで再び言葉を途切らせたが、すぐまた、非常な力をふりしぼって、

「ああ、その時のあたしの驚き！　あたしたちはじつに、数年ぶりで対面したのです。あたしたちは手をとって泣きました。瀬下さんは手短に、満州で起こった出来事を話してくれました。夫のために片腕斬り落とされて、匪賊の群に引き渡されてからの、恐ろしい冒険の数々を話してくれました。瀬下さんは、ちかごろになって、やっと、その匪賊の群から脱出すると、日本へ帰って来てひそかに夫のあとをつけねらっていました。あの片腕を送ってきたのは間違いなく瀬下さんだったのです。瀬下さんはあたしを救うと共に、自分の復讐をもなしとげたのですわ。それから後のことは、もうお話するまでもありますまい。瀬下さんは、あたしに疑いがかかってはならぬというので、わざとあたしを椅子にしばりつけ、夫の衣装をはぎとり、それを身につけ、夫のからだを外に運び出したのです。倉石伍六を殺したのもあの人です。ああ、あたしは夫を殺した犯人を身をもってかばっていたのです。その苦しみ、その悩み。――で

も、でも、今ではその悩みからも解放されましたわ。だって、だって、あの二人こそは、じつにあたしにとって、父の敵だったのですもの。——さあ、これで何もかも申し上げてしまいました。みなさんとも間もなくお別れですわ。でも、あたし嬉しいの。瀬下さんのお側にいけるのが嬉しいのですわ」

その言葉のとおり、彼女はそれから間もなく、千夜に死水をとってもらいながら、瀬下の後を追っていったのである。

安らかな臨終だったという話である。

幽霊騎手

幕間

帝都座の廊下は一杯だった。

呼び物の探偵劇「幽霊騎手」の第二幕目が終わったところで、観客席からあふれ出した男女たちが、みるみるうちに食堂だの喫茶室だのを埋めてしまった。

「ずいぶん、大した人気なのね」

と、いましも喫茶室の一隅に席を見つけた三人連れのモダン令嬢が、上気した目つきであたりを見回しながら、感嘆したように言った。

「あたし、風間辰之助という役者、今夜はじめて見たんだけど、なかなかいい役者じゃないの。ちょっと、死んだ沢正という感じね」

「沢正よりはモダンだわ。だけど、風間てえの、いったいどうした役者なの。このごろ、突然出現した役者らしいのね」

「S大学の出身なんですって。とても頭のいい役者で関西じゃ大した人気なんだそうだけど、東京へ来たのは今度がはじめてですって」

「それにしちゃすてきな人気ね」

「そうよ、だから、この新進劇団はいまに大物になるだろうという評判なのよ」

と、玉虫色の唇にソーダ水のストローを含みながら、中の一人がしきりに通がっている、その隣のテーブルには大学生らしいのが二人。

「そりゃ君、風間はうまいさ」

と、お隣の令嬢に聞こえよがしに、反り返って、

「男振りはいいし、頭はあるし、熱も十分だ。しかしこの興行が大入りだからって、それで己惚れちまっちゃおしまいだな」

「そうとも、僕も同感だな」

と、連れの学生も相づちを打った。

「今度の成功は、むろん風間の芸にもよるが、それより第一、なんといってもあの『幽霊騎手』が利いているんだからな」

「そうさ、『幽霊騎手』ときちゃ、いまんところ宣伝価値百パーセントだからね。大衆の好奇心をあおるにゃ、これくらい恰好な題目はありゃしない。今日来てる連中だって、みんな芝居を見に来てるのかどうかわかりゃしないさ。みんな幽霊騎手の模写を拝みに来てるようなもんさ」

「しかし、その点風間は頭がいいね。なんしろ彼の扮装が幽霊騎手にそっくりだなんて、ゴシップが飛んでるんだからね。すばらしいジャーナリストさ。幽霊騎手におそわれた富豪連を一人一人訪問して、扮装ならびに演出の研究をしたなんて宣伝が入っているのだから、こいつただの鼠じゃないよ」

ふいに一人のほうが低い声で注意を与えると、テーブルのうえに顔を伏せた。

「見たまえ、いま三人連れの女が入って来たろう」

「うん」

と、相手も入口の方へ目をやりながら、首をちぢめて、からだをテーブルのうえにのり出してくる。

「あの真ん中にいる、背の高い、金縁眼鏡をかけた女ね、ほら、いまカウンターの前に腰をおろした女さ、あれが君、問題の高木(たかぎ)理学博士の夫人さ」

「高木博士って？」

「君、知らないのか、半年ほどまえに幽霊騎手にやられたという女さ」

「ああ、あの、――なるほどね、あの女か、今夜のこの芝居にひどく力瘤(こぶ)を入れてるというのは――」

「そうだよ、じつに熱心なもんだってさ。幽霊騎手におそわれた連中のなかでも、あの女がほとんどひとりでお先棒に立って、この芝居の監督の役を買って出てるらしいんだ。あいつ、幽霊騎手にやられたのが、よっぽど自慢らしいって評判だぜ」

「ふふふふ、世の中にゃそんな女もあるもんさ、何か言ってるぜ。ひとつ聞いててやろうじゃないか」

　と二人の学生が、首をちぢめて耳をすましていると知ってか知らずにか、カウンターのまえでは問題の高木理学博士夫人が、度のつよい近眼鏡を光らせながら、二人の有閑夫人を相手にあたり憚らぬ高話である。

「本当にわたし怖いくらいでございましたわ」

　と彼女は鷹揚にホット・レモンをかきまわしながら、

「だってね、今の幕の、ほら、カーテンのかげからぬっと幽霊騎手が出てくるところがございましょう。あすこンとこなんか、まるで本物そっくりなんでございますもの。わたしがやられましたときもね、そうそう、あの晩わたしはダンスから帰ってきて、お化粧室で着替えをしようとしていたのですわ。するとどうでしょう。ふいにうしろのカーテンから、ぬっとあの男が出て来たかと思うと、いきなり私の首飾りに手をかけて『奥さん、これをいただいて行きますよ』と、そういうふくみ声まで、いまのあの風間の声とそっくりでございましたわ」

「まあ、さぞ怖かったでしょうね」

　と、さも恐ろしそうに肩をすくめてみせたのは、顔もからだも団子のように丸々とした夫人だ。今夜高木夫人のご馳走になった義理からでも、相手の言葉に同感を示さねばならない。

「ええ、そりゃもうとてもとても、……あたしあんな経験はじめてですわ。ですけれど、今から思えば、まあいい経験をしたとも言えますわね」

「ほんとうですわ。わたし奥さまがお羨ましいくらいですわ。幽霊騎手というのはなかなか好男子だという評判ですものね」

と、もう一人の、狐のような顔をした女が、音をたてて紅茶をすすりながら言った。

「ええ、まあね。言葉づかいにしろ態度にしろ、とても強盗とは思われませんわ。とても慇懃なものよ。あんなのをたぶん、紳士強盗とでもいうのでしょうね」

「ほほほほほ、たいしたご贔屓ね、だけどほんとうにお芝居のようなスタイルをしていますの。黒のフェルト帽に二重回し、それに細身のステッキを持ったりして、とてもロマンチックじゃないの」

「ええ、ええ、嘘も掛け値もない、あのとおりよ。ありゃわたしがとくに風間に注意したのでございますものね。きちんと折目のついた黒ずくめの洋服に、裏が白と黒とのダンダラ縞になった二重回し、それに紫色の覆面でございましょう。まあこれだけでもふつうの強盗とは違っておりますわ」

「すてきね、わたしも一度襲われてみたいわ」

「馬鹿をおっしゃい。あんたなんかいざとなったら気絶しちまいますわよ。ほほほほほ、まあまあ、このお芝居で我慢しておくのが安全第一よ、風間の幽霊騎手ときたら、何から何まで本物そっくりなんでございますものね」

「ほほほほほ、それもこれもみんな奥さまのご丹精の結果ですってね、ほほほほほ」

「まあ、そういうわけでもありませんけれども」

と高木夫人もさすがにいささか照れながら、

「やっぱり役者なんですわね。それにあの風間というひとが、とても感じのいい男なんですもの……」

「おや、まあこれはご馳走さま、いったい奥さまのご贔屓は幽霊騎手なの、それとも風間なの？　ほほほほほ」

「あら、いやだ。わたしどちらにも贔屓なんかありませんわ。だけどね、そういえば」

と、高木夫人は急に声を落として、

「あんたたち、黒沢（くろさわ）さんとこの家内をご存じでしょう、ほら、家へちょくちょく遊びに来る……」

「ええ、あの弓枝（ゆみえ）さんでございましょう」

と、話が急に意味ありげになってきたので、お団子夫人も狐夫人もぞくぞくとしてからだをのり出した。

「あの方、どうかあそばしたのでございますか」

「いえね、あれがどうも風間とおかしいのよ」

「まあ――おかしいって？」

「おかしいって、べつにどうのこうのってことはありませんけれど、風間がわたしンとこへ来るときには、きっと弓枝さんが遊びに来てるのよ。どうもそれが打ち合わせしてあるらしいんですわ。なんでもまえに一度、温泉なんかで会ったことがあるって言ってましたけれど」

「まあ――そりゃたいへん、奥さま、しっかりあそばせよ、気をつけなければいけませんわ」

「あら、わたしなんかなんでもありませんけれど、あの弓枝さんの父親というのが、夫とは親友でございましたでしょう。それでいままでも親類みたいに面倒をみてあげているんですけれど、ここでもし間違いでも起こしてくれると、あれの亭主の黒沢に対してもすまないと思いましてね」

「ほんとうでございますわ。だけど奥さま、風間はそんなにたびたびお宅へうかがいますの」

彼女たちにとっては、やはりそのほうが問題らしい。

「そりゃもう。……わたしこれでも舞台監督でございますものね、なんなら、あとでご紹介申し上げましょうか」

「まあ、ほんと！　そんなことしてお宅の旦那様に叱られやしませんこと！」

「あら、たくはとても寛大なんですもの。大丈夫よ。ほほほほほ」

「だけど、そういえばご主人はまだお見えになりませんのね」

「ちぇッ」

そのとき、ふいにガチャンと茶碗をぶっつける音がしたので、三人の有閑夫人がびっくりして振り返ると、さっきの学生が二人、肩をいからして足音もあらあらしく出て行くところだった。

「聞いちゃいられねえや」

モダン令嬢が三人、その後からくすくす笑いながら足早に出ていった。

「まあ、あの人たち妬いているのよ」

「ほほほほほほ、ほほほほほほ」

あくまでも厚顔無恥な三人の不良マダムが、顔を見合わせて朗らかな笑い声を立てているところへ、灰色の髪を長く伸ばした、山羊髯の老紳士が、度の強い老眼鏡の奥から、きょろきょろとあたりを見回しながらこの喫茶室へ入ってきた。痩せぎすの、ひどい猫背の老人だ。

「ああ、先生がいらした」

と、お団子夫人が立ち上がろうとするのをみとめた老紳士は、にこにこ笑いながらそばへ寄ってくる。

「少し遅れたかの、いや、そうでもあるまい、まだ八時半じゃからの。奈美や、咽喉が乾いた。紅茶を言っておくれ」

老紳士はそう言いながら、太いステッキのうえに両手を重ねて、高木夫人の隣に腰をおろした。これが有名な理学博士、高木慎吾だった。

風間と音丸

さてここで問題になった幽霊騎手についていささか説明しておこう。

幽霊騎手！　それは最近における新聞のもっとも大きな話題だった。言ってみれば一種の紳士強盗とでもいうのだろうか。富豪連中を片っぱしから襲いながら、まだ一度も尻尾を押えられたことがないという神出鬼没の怪盗なのだ。

黒いフェルト帽に真っ黒な洋服、それに裏が黒と白との横縞になった二重回し、白い手袋、細身のステッキ、紫の覆面、――新聞記者がかってにつけた「幽霊騎手」という名に、いかにもふさわしいシックないでたち。しかもそのずば抜けて大胆なやり口、諧謔味にとんだ犯行。それはいまや、刺激に麻痺した一般大衆の人気の焦点になっていた。

　朝起きると、誰でもまず第一番に社会面をひらいて、幽霊騎手という活字を捜そうとする。銀行会社の昼の食事時間、家庭における夜の団欒、そんな場合にこの名前が出ないことは近ごろ珍しい。誰も彼もこの名前を恐れながら、どっか心の隅で同感を持っている。

　警視庁ではむろん、躍起となって強盗捕縛に狂奔していた。しかし今にいたるまで、この怪盗の正体の片影だにつかむことはできない。洋行帰りの冒険家だろうというものもある。若手の社会学者だという説もある。有名な某貴族の次男坊だと、まことしやかに説をたてるものもあった。各人各説、意見はまちまちだったが、唯ひとつ、一致している点は、相当教養ある、社会的にもたかい地位を占めている人間にちがいないという意見だった。

　ともかく、幽霊騎手というのは、こんなふうな、現代における、偉大なドン・キホーテなのだ。

　これにうまくねらいをつけたのが、こんどの新進劇団のあたり狂言「幽霊騎手」だ。むろんこの芝居は、名前と扮装を、噂にたかい幽霊騎手に借りただけで、事実とはなんの関係もない探偵劇だったが、それでも風間辰之助の扮装が一般の好奇心をあおって、連日連夜の大入満員。その点では、さっきの学生の言葉はあたっていた。

「先生、お座敷ですぜ」

と、今夜もまた大喝采(かっさい)のうちに大詰めの幕をおろした風間辰之助が、汗をふきふき楽屋へかえって来ると、弟子の音丸新平(おとまるしんぺい)が胯火鉢(またひばち)をしながらにこにこと迎えた。

「お座敷？　誰からだい！」

と眉をひそめた風間辰之助、いかさま高木夫人の言葉に嘘はなかった。くっきりとほりの深い顔形、きびきびとした態度、黒く澄んだ瞳(ひとみ)、どこか人をひきつける魅力がある。としはさあ、三十四、五か、男盛りというところだ。

「高木夫人からですよ。今夜閉場したらぜひ会いたいという伝言なんですがね」

「ちぇっ！」

風間はもっていたステッキをやにわに床にたたきつけると、

「またかい、断わっておくれよ。あの婆さんはおれにゃ苦手だ」

「そんなわけにゃいきませんなあ。なにしろ大切なご贔屓だ。ちょっとでもいいから顔を出してやんなさいよ。喜びますよ」

「いやだ。おりゃああやまるよ」

「まあそうおっしゃらずに、なにも功徳だ」

「馬鹿、殴り倒すぜ」

「へへへへへ、いやにはにかみますね。柄にもない」

「こん畜生！」

風間は拳骨を固めてとびかかろうとするのを、ひらりとかわした音丸は、火鉢を楯にとってにやにやと笑っている。口の大きい、団子鼻の目尻のさがった小男で、この一座にはなくてはならぬ三枚目だった。風間とは学生時代からの仲間だという噂で、いまでも話を聞いていると、どちらが師匠だか、弟子だかわからない。

「おい、ほんとうだぜ。断わっておくれよ。おりゃあ今夜は疲れてるんだ」

風間が扮装を解きにかかっているところへ、電話のベルがけたたましく鳴り出した。またかと眉をしかめながら風間は振り向くと、受話器を持った音丸が、にやにやと薄笑いを浮かべながら、

「電話」

「おい、断われったら、今夜はとても……」

「へへへへ、ようがすかい？　黒沢さんの奥さんですがね。よろしい、断わっちまいましょう」

と電話の方へ向きかかるのを、風間がとびかかって、受話器を奪いとった。

「ああ、弓枝さんですか、こちら風間——風間辰之助、先日はどうも、あ、もしもし、電話が遠いのですが、ええ、なんです。はあ、芝居はおわりましたよ。いいえ、べつ

もしもし、もしもし、ええ？　なんですか？　畜生？　混線しやがった。ああ、もしもし、もしもし」

ジジジー、ジジーという雑音にまじって、低い、不明瞭な声が聞こえてくる。

「ああ、風間さんですね、電話が遠くて……聞こえますか、はあ、弓枝ですの。すぐ来て下さい。佐賀町の家で待っています。すぐ……、大至急、ああ、大変なことができましたの。たすけて下さい。たすけてちょうだい……、自動車をお迎えにあげました。……その扮装のままで、一刻を争うのです。ああ、来て下さいますね」

ふいに電話ががちゃりと切れた。

「ああ、もしもし、もしもし、弓枝さん、もしもし……」

風間は必死となって電話にしがみついたが、相手は受話器をかけてしまったとみえて、うんともすんとも言わない。風間は諦めたように電話からはなれると、大急ぎで帽子を取り上げた。目が血走って、顔は不安に引きつっている。

「お出かけですか」

「うん、弓枝さんの身になにか間違いがあったらしい。おい、ステッキを取ってくれ。いいか、行き先は佐賀町の黒沢邸だ」

「お止しなさい」

音丸がいきなり風間のまえに立ちはだかった。

「この夜ふけに……その扮装で……およしなさい。なんだか気になる。尋常じゃない」

「馬鹿！　一刻を争うというのだ。そこをどけ。おい、音丸……大丈夫だ。退いておくれ。さあいい子だからどいてくれ。おい！　退かないか！」

風間はステッキを拾いあげると、いきなり音丸のからだを突きとばして、風のように楽屋からとび出していった。

階段の怪人

舞台衣装のまま来てくれというような招待は、誰が聞いてもいささか妙だ。音丸が気をもむのもむりではなかった。それもただの扮装ではない。近ごろ有名な紳士強盗の扮装だ。どこでどんな間違いが起こらないともかぎらない。

しかし、迎えの自動車に飛びのった風間はそれとはべつの不安に心を掻き立てられていた。あのせっかちな、日ごろに似合わない狼狽した口調、不明瞭な早口、こちらの返事も聞かずに電話を切ってしまった彼女の態度、深夜のこの呼び出し。なにもかもが常軌を逸している。日ごろの彼女らしくない。

なにかあったのだ！　なにかとんでもないことが彼女の身に降って湧いたのだ！

風間は、ふと弓枝の大きな、憂わしげな瞳を思い出した。

知り合ってからまだ三月とはならない。さいしょ、伊豆の温泉で心安くなって、さて今度の芝居のことから、高木夫人の宅へしばしば出入りをしているうちに、彼女と再会した。

そしてだんだん親しくなっていった。友情はいつの間にやら、もっと深い突っこんだ感情に変わっていた。

彼女が人妻であることも間もなくわかったが、今はもうそんなことはどうでもよかった。そんなことで諦めるには、風間の感情はあまり深入りしすぎていた。それに彼女の結婚生活が、けっして幸福でないらしいことも、風間にとっては自己弁解の種になっていた。

弓枝の夫の黒沢剛三という男とも、風間は二、三度顔を合わしたことがある。弓枝とは親子ほどとしの違う、色の黒い、胡麻塩の毛のこわい、指の節くれ立った、どうみても坑夫あがりといった恰好、弓枝を見る目にも夫らしい愛情の閃きはみられなかった。それかあらぬか、弓枝は始終物におびえているような女で、じっと見つめている目に、ともすれば涙が浮かんでいるようなことがあった。

自動車は間もなく清洲橋を渡ると右へ曲がった。暗い空に浅野セメントの煙突が林立しているのが見えた。黒沢の大きな邸宅はその工場地帯の中心にあって、裏は隅田川に面しているのだ。書斎の窓をふさぐように、時々帆前船が横切ってゆく風景を、二、三度訪問したことのある風間はおぼえていた。

　自動車はまもなく黒沢家の大きな鉄門の前に停まった。

「ご苦労さま」

　いくらかのチップを握らせて、自動車から飛びおりてみると、黒沢家は真っ暗な夜のしじまの中に沈んで、どの窓からも灯の色は見えなかった。風間の不安はいよいよ昂じて来る。

　正門のわきの耳門をくぐると、磨ぎすました花崗石の車道がゆるいスロープをつくって、玄関のポーチまでつづいている。玄関の扉はひらいて、なかは真っ暗だった。

　風間は靴のまま玄関へあがると、正面の大階段を静かに登って行った。弓枝の居間と寝室が二階にあることは風間はよく知っていた。階段の途中まで来たときである。ふいに、どっかで低い女のすすり泣きが聞こえた。つづいてことりとなにか取り落としたような物音。——たしかに二階の、黒沢の居間からだ。

　風間はもうちゅうちょするところなく、真っ暗な階段を手探りで登っていったが、するとなかからふいに温かい人の息がふっと頬をかすめた。風間はどきりとした。

「だれ？」

　と、声をかけて、じっと待っていたが返事はない。しかし、たしかにだれかが暗闇さえ聞こえる。

のなかに蹲っているのがわかる。荒い息使い、ドドドドドと小刻みに打つ心臓の鼓動

「誰だ！」

風間はステッキを握りなおした時、するりと黒い影が彼の側をすり抜けて上へあがった。風間が手を伸ばして捕えようとすると、なにかしらぬるぬるしたものがべっとりと掌に触れた。そのとたん、ふいに飛んできた拳固が風間の顎をいやというほど突きあげた。

このふいの襲撃に、はっとひるむその隙に、足音はどどどどどと三階へ登っていったが、間もなくばたんとどこかでドアのしまるような物音。それきりあとはもとの静けさだ。風間はすぐその後から追っかけてゆこうとしたが、それよりもさっき聞いた女のすすり泣きが気になる。彼はひとまず三階のほうは諦めて、階段を登ると左側にある部屋のドアを開いた。そのとたん彼は、目のあたり奇怪な光景を見て、思わずはっとその場に立ちすくんでしまったのだった。

部屋は十二畳敷くらいもあろうか、中央のシャンデリアの灯は消えて、右手の壁よりに緑色のシェードをかぶった陶器の電気スタンドが唯一つ、わびしく光の輪を投げかけている。その光の輪の中に弓枝の顔が、まるで生き人形のように浮き出しているのだ。

はでな長襦袢に黒絽の羽織。いま寝室から抜け出してきたところにちがいない。蠟のように白い首筋に、おくれ毛が二、三本乱れているのが、この場合異様に艶めかしかった。なにをしているのか、片手を椅子の背において、片手で長襦袢の襟をおさえた彼女は、大きく見開いた目でじっと床のうえを見つめている。その瞳のなかには、限りなき憎悪と呪詛が、炬火を燃やすようにまたたいていた。風間はぞっとするような冷気に襲われて、思わず声をかけた。

「奥さん」

弓枝はその声を聞くとぴくりとからだを顫わせて、怯えたような眼をあげたが、黒水晶のようなその瞳のなかには、蛇の鱗のような光がさっと動いた。

「奥さん、僕です。風間ですよ」

弓枝にはそれがわからなかったのだろうか、逃げるように身を引くと、絶望的なまなざしでじっとこちらを見ていたが、ふいに額に手をやるとくらくらと倒れそうになった。風間はあわてて駆け寄った。

「ど、どうしたのです。奥さん、お電話をいただいたので……」

と、そう言いかけた風間は、なに気なく床のうえへ目をやったが、そのとたん、思わずあっと叫んでうしろへ跳びのいた。

床のうえには大きな男のからだが蝦のように腰を曲げて倒れているのだ。うつ伏せになった顔のしたには、大きな血溜りができて、厚い茶色の絨毯(じゅうたん)が、しずかにその血を吸っているのだった。

犯人製造

風間の介抱でまもなく正気づいた弓枝は、相手の姿を一目見るとどうしたのか、あれと叫んでうしろへ身をひいた。

「ど、どうしたのですか」

「ゆ、幽霊騎手――」

「馬鹿な！　冗談じゃありませんよ、しっかりしてください。奥さん、僕ですよ。風間ですよ」

「風間さん？」

弓枝はうつろな眼(まなこ)で風間の顔を見なおしていたがやがて泣き笑いのような表情を浮かべると、

「ほんとうだわ。風間さんだわ。しかし、そのなりは――」

「え？　だってこりゃ奥さんの注文じゃありませんか。舞台姿のままで飛んで来たのですよ」

「あたしの注文――？」

「そうですよ。さっきの電話で――」

「いいえ」

弓枝はきっぱりと首をふった。

「あたし電話なんかかけた覚えはありませんわ」

「なに？　じゃさっきの電話は――」

「知りません、あたしじゃありませんわ」

弓枝はふいに風間の指をしっかりと握りしめた。

「わかったわ。だれかがあたしたちを罠にかけたのだわ。ああ、恐ろしい！　夫を殺しておいて、そのあとであなたを呼びよせ、あたしたち二人に罪をなすりつけようというのですわ」

「じゃ、こりゃご主人ですか」

風間はとびのいて、床のうえに身をかがめると、なに気なく死体の顔を覗きこんだが、ふいにわっと叫んでうしろへとびのいた。

「ど、どうしたのです。こ、この顔は――」

「ストーブのなかに顔を突っこんで倒れていたのですわ。顔ばかりじゃありません。ごらんなさいその手足を――」

なるほど、手も足も原形を止めないほど焼けただれていたが、その顔はもっとひどかった。まるで熟れてくさった果物のように、ちょっと触ってもぬるぬると皮のはがれそうな目も鼻も口もあったものじゃない、粘土細工の悪戯にむちゃくちゃに血をこびりつけたような、異様な醜い、異様に恐ろしい、相好というよりも一個の肉塊だった。

「ずんぶん、ひどいことをしたものですね」

「胸を見てちょうだい。胸を——それからあの短刀、——主人は最初、胸を抉られたのですわ。あの短刀で——それから、……ああ恐ろしい」

弓枝は両手で顔を覆って、はげしく身慄いをした。

風間は血溜りのなかからズブ濡れになった短刀を拾いあげた。白木の柄のついた日本流の懐剣だった。

「奥さん、これに見覚えがありますか」

「あたしの短刀ですわ」

弓枝はきっぱりと言い切ると、ふいに両手で顳顬を押えてヒステリックな早口でそのあとにつけ加えた。

「いいえ、でも、あたしじゃありませんわ。あたしが殺したのじゃありませんわ。あたしはなにも知りません。あたしはいままで寝ていたのです。——ああ、頭が痛い！

——今夜は宵から頭が痛くて、ついさっきまでぐっすり眠っていたのです。目が覚めたのはほんの十分ほどまえ——いいえ、五分ほどまえ……いったい今何時なんですの。……ねえ、あたしじゃありませんよ。あたしが殺したのじゃありませんよ。——目がさめて、ここへ来てみると、こんな恐ろしい出来事——ああ、でも、誰も信じちゃくれませんわ。日ごろから夫と仲の悪かったことはみんな知っていますし、今日のお昼過ぎ、夫とひどく喧嘩をしたことも、召使いはみんな知っていますわ。……ええあたしほんとうに夫を殺してやりたいと思っていたのです。今日大声でそんなことを言ってやりましたわ。だけど、だけど、あたしじゃない、……あたしは何も知らないのです」

しどろもどろにしゃべっている弓枝の目からは、ふいに涙が泉のように溢れ出した。彼女は言うだけのことを言ってしまうと、ぐったりと肩を落として真正面から死体をながめていた。その目にはもうなんの感情も現われていなかった。

風間はとほうにくれたように彼女の顔をじっとながめていたが、言い知れぬ不安がむらむらとこみあげてくる。女の狭い心から、もしや彼女が。……

「奥さん、今日あなたがご主人と喧嘩をなすったというのはほんとうですか」

風間は恐ろしそうにたずねた。

「ほんとうです」

「殺してやるとおっしゃったのですね」

「言いました。ほんとうに殺してやりたいと思っていたのです」

「誰かそれを聞いていた者がありますか」

「召使いはみんな聞いておりましたわ。ずいぶんひどい喧嘩だったのですもの」

「この短刀はあなたのですね」

「ええ」

弓枝は力なくうなずく。

「そして、あなたは同じこの二階に寝ていながら、この兇行にすこしも気がつかなかったとおっしゃる――」

「ええ、そうよ、ああ、ああ、誰がみたってあたしが犯人としか思えませんわね」

「奥さん」

風間はふいに立ち上がって彼女の肩に手をかけた。

「まだ絶望することはありませんよ。僕に電話をかけた人物がある。そいつはきっとこの兇行を知っていたのにちがいありません。そいつを捜し出せば……」

「でも見つかるでしょうか。――それに警察のほうで、電話の主があたしだと思ったら」

風間はぎょっとして、怖い目で弓枝の白い首をながめながら、低い声で言った。

「奥さん、まさかあなたが――」

「いいえ、あたしじゃありません。だってあたしはいままで寝ていたのですもの。とても、電話なんかかける暇はありませんわ。ああ、ああ、あなたも疑っていらっしゃるのね。むりもありませんわ。だれがみてもそうとしか思えませんわね。ああ恐ろしい。夫殺しの大罪人……恐ろしい罠ですわ……」

弓枝は絶望したようにブルブルと肩を慄わせた。

なるほど、恐ろしい立場だった。日ごろから憎み合っている夫婦、殺してやると極言したその夜の兇行、兇器は夫人のものだ。しかも、これだけの兇行が演ぜられた間、すぐ近所の部屋にいたにもかかわらず、なにも知らずに眠っていたという。――明らかに不自然だ。なにもかもが彼女にとって不利にできあがっている。馬鹿な！　この女に限って――と、打ち消すことのできるのは自分だけで警察官はそう思ってくれまい。自分だって彼らを納得させるだけの反証をあげることはできないのだ。

風間は腕をくんで、こまのように部屋のなかを歩き回った。頭のなかが嵐のように混乱して、名状すべからざる苦悶のために、全身が火網にかけられたように痛む。峻烈な尋問、法廷、同情のない冷たい判決、牢獄――そして、そのさきに見えるのは恐ろしい死の影だ。その幻のなかに、のたうち回っている弓枝の悲惨な姿が見える。風間の頭は火箭のように渦巻いた。

「奥さん！」

ふいに風間が立ち止った。眼が雲母のように輝いているのは、何か名案を考えついたとみえる。

「いま、このお邸のなかには何人いますか」

「小間使いのお君をのぞいて召使いが三人、それから中風で身動きのできぬお祖父さま。でも、みんな遠くのほうに寝ているのですから、気がつかないのもむりじゃありませんわ」

「しかし、いまここで、わざと大声を立てれば皆に聞こえるでしょうね」

「ええ、そりゃ――」

弓枝は怪訝そうな目をあげて彼の顔を見た。

「うまい、すてきだ。奥さん大丈夫。だれもあなたをうたがうものはありませんよ」

「どうしてですの」

「ほかに犯人を作るのです」

「誰を――、誰を犯人にしますの」

「この僕です。僕が犯人になる、そうすりゃ誰もあなたをうたがうことはできますまい」

「あなたが」

弓枝はぎょっとしたように激しく首を振った。

「いいえ、それはいけません、そんなことはできません。そんなことをするくらいなら、いっそあたしが疑われたほうがましですわ」

「まあ、おききなさい奥さん。僕だって真実犯人になりたかあありませんよ。だけど、ここにいい方法がある。奥さん、僕の姿をごらんなさい」

弓枝は言葉の意味を計りかねて、ぼんやりと不思議そうに相手の姿を見守っていた。

「ね、わかりましたか、僕はいま、あの有名な幽霊騎手の扮装をしているでしょう。扮装ばかりじゃない。僕は幽霊騎手そっくりの声色だって使うことができる」

「それで……」

「ははははは、ナーニ、気の毒だが幽霊騎手の先生にしばらく濡衣を着てもらおうというのです」

「まあ、そんなことが――」

弓枝の頰は恐怖のために真っ白になった。

「まあ、黙ってみていてごらんなさい。細工はりゅうりゅうというところ。ああ、ここにご主人の机がある。なにか重要書類が入っているらしいですね。鍵がかかっているが、こんな錠前なんかこわすのは朝飯前です。ほうら、引出しがあきましたよ。なかをかき回しておきましょう。こういうふうに……、おっと、ついでに、この手紙らしいのを二、三通失敬しておきましょうかね。いいですか、わかりましたか、今夜ここへ幽霊騎手が忍び込んだということにするのですよ。なんのために？——秘密の重要書類を盗みに——ね。ところが仕事の最中にご主人が入って来られた。そこでなにが起こったか、すなわち格闘、惨殺です。こうっと。この花瓶をこういうふうに転がしておきますかな。もうひとつおまけにこの椅子と、それからこのインキ・スタンド。——どうです、乱暴狼藉、いかにも格闘のあとらしくなったじゃありませんか。それでと、そうだ、そこへあなたが妙な物音を聞いて何気なく入って来られた。そこで幽霊騎手はいきなり跳びかかって、こういうふうに——」

と、言いながら風間は、やにわに弓枝のからだをソファのうえに捻じ伏せると、白い咽喉に手をかけた。

「さあ、声を立てなさい。助けを呼ぶのです。召使いの部屋に聞こえるように——」

「いけません、いけません、そんなことをしてもしあなたが捕まったら……」

「大丈夫、捕まりっこありません、僕はそんなへぼはやらない。奥さん、これよりほかにあなたの逃れるみちはないのですぞ。さあ叫んだ、大声で……、誰か来てエ、……人殺しイ……と」

弓枝の白い咽喉をつかんだ風間は、思わず指先に力をこめて、ぐいぐいと絞めつけていった。

屋根裏の怪老人

小間使いのお君が帰って来たのはちょうどそのときだった。

十二時までにはかならず帰ってくるという約束のもとに、一晩の暇をもらった彼女は、約束の時間をすでに半時間も過ぎていたので、耳門をくぐると、走るように勝手口の方へ回ろうとしていたが、そのときふいに彼女は恐ろしい叫び声を聞いたのであった。

「人殺しィ……、誰か来てエ……」

お君は一瞬間、棒のように立ちすくんだが、根が気丈者のこととて、すぐ気を取りなおすと、大急ぎで勝手口から家のなかへ飛びこんだ。それとほとんど同時に、裏門の方から、巡回の警官が、佩剣(はいけん)をガチャガチャいわせながら駆けつけてきた。

家のなかではちょうど、これも同じく弓枝の声をききつけたとみえ、若い自動車運転手の工藤と、弥作爺(やさくじい)やと、下働きのお峰の三人が、めいめい部屋から飛び出して来たままの恰好で、怯えたような目を見合わせていた。

「どうした、どうした。あの声はなんだ」

「奥さまの声です。二階でなにかあるようです」

「よし、案内しろ！」

再び弓枝の声が邸内の静寂を破った。息も絶え絶えな、いまにも絶え入りそうな声。お巡りさんは佩剣を握りしめると、先頭に立って走り出した。他の四人も、それに勢いを得て一団となって二階へあがって行く。

「その部屋です」

「よし！」

警官が靴で、さっとドアをひらいた瞬間、お君が思わず大声で叫んだ。

「あっ、幽霊騎手！」

その一言は、魔術のような恐怖を他の四人に植えつけた。一同は思わずはっとしてドアのそばで立ちすくんでしまった。いかさま、いましもソファのうえに弓枝夫人を捻(ね)じ伏せて、ぐいぐい咽喉(のど)をしめつけている怪漢の姿――疑うかたなき幽霊騎手ではないか。

黒いフェルト帽、黒と白とのだんだら縞(じま)の裏がついた二重回し、紫の覆面、細身のステッキ。――一同の目にははっきりとそれが映った。風間の計画はみごとに的中したのだ。

弓枝夫人はほんとうに絶息していた。しかし、手当てさえ早ければまもなく息を吹き返すことを、風間はよく心得ているのだ。白い咽喉にははっきりと紫色の指跡が残っているし、それにこの五人の目撃者。――大丈夫、もう誰だって弓枝夫人を疑うことはできない。

風間はあらあらしく夫人のからだをソファのうえにたたきつけると、つつつつつと窓のそばへ走り寄った。

「待て！　畜生！」

お巡りさんはやっとわれに返った。こいつを逃がしちゃ大失態だとばかりに、あわてて窓のそばへかけよったが、そのときすでに風間のからだはするりと窓の外へすべり出ていた。ところがここで彼は、思いがけない行動をとったのである。窓からしたへ飛びおりるのかと思ったら、反対に彼は雨樋に手をかけて、するすると三階の方へあがって行ったのだ。

「三階へのぼった。三階だ！」

あわをくったお巡りさんの声とともに、男三人がどっと部屋を飛び出して行ったところ、三階の窓をこわして廊下へ飛びおりた風間は、すばやくあたりを見回すと、廊下を縦に走って、つと右側にある部屋に飛びこんでいた。

読めた！

風間はさっき闇の階段で出会った奇怪な曲者の正体を突き止めようとしているのだ。あのとき聞こえたドアの音はたしかにこの部屋の方向だった。

しかし、なんという無謀な考えだろう。一歩誤れば警官に捕えられなければならないではないか。現に風間がこの部屋に飛びこむと、ほとんど間一髪、警官たちはドアの外へ駆けつけてきていた。

「この部屋へ飛びこんだぞ」

「あけろ！　あけんか、畜生！」

乱打、叫声、足踏みをする音。――風間はしかしそれを聞きながら、内部からガチャリとドアに鍵をおろすと、すばやく部屋のなかを見回した。

そのとたん彼はなにを見つけたのか、髪の毛まで白くなるような恐怖に打たれて、思わず二、三歩うしろへよろめいたのである。窓より射しこむ月光のなかに、猫のような二つの目がじっとこちらを睨んでいるのだ。燃えるような憎悪のまなざし、荒い息づかい。歪んだ唇。――しかも、この奇怪な人物は、ベッドのうえに横になったまま身動きもしない。くい入るような瞳でじっとこちらを睨んでいるばかりだ。しだいに闇になれてくるにしたがって風間は、ようやく相手の全身を見ることができた。耳のうえまで伸び放題に伸びた雪白の頭髪、もじゃもじゃとした顎髭、口髭、黄色いかさかさとした皮膚、アイヌのような面構えをしたよぼよぼの老人だ。

しかしそれにしてもこの老人、なぜ身動きをしないのだろう。なぜ叫ばないのだろう。恐怖のために舌がこわばってしまったのだろうか。風間はその視線のくい入るような無気味さに思わずぞっとした。

「こら、あけんか、畜生！　なにをしてやがるのだろう」

「ご隠居さまを――ご隠居さまをどうかしているのではございますまいか」

風間はそれを聞くとはっとした。一時になにもかも明瞭になった。

「そうだ、これは弓枝のお祖父さんなのだ！　いつか弓枝からきいたことがある。老人は中風でからだを動かすことはもちろん、口をきくことすらできないのだ。なるほど、この老人がそうか。それなら、身動きをしないのも口を利かないのも不思議ではない。しかし、それならさっきの曲者はどこへ行ったのだ？」

風間はすばやく部屋のなかを見回したが、べつに変わったこともないようすだ。おそらく部屋を間違えたのだろう。――風間はそんなことをしているあいだに、一方ドアを乱打する音はますます激しくなってきた。怒声。叫声。どしん、どしんとからだをぶっつける音。そのたびに部屋じゅうがみりみりと震動する。もう一刻も猶予はならない。彼は、大胆に部屋を横切ると窓をひらいて露台へ出た。したを見れば遥か数十丈、隅田川の水がひたひたと黒いうねりを作りながら、石崖に打ち寄せている。とつぜんがらがらとドアが破れる音とともに、三人の男がどっとばかりに部屋のなかへなだれこんできた。退路はたたれた。

逃げ道は唯一つ！

風間は大きく深呼吸をすると、さっとばかりに露台から飛んだ。二重回しの羽根をひろげた姿が蝙蝠（こうもり）のように虚空に弧を描いて落下する。

「畜生！　逃げた！」

警官がどなりながら露台へかけつけたときには、さっと白い飛沫（ひまつ）をあげた真っ黒な川水が、ぶくぶくと泡（あわ）を立てながら風間のからだをのみこんでいくところだった。

幽霊騎手の手紙

「どうです。からだのぐあいは？」

弟子の音丸が心配そうに顔を覗（のぞ）きこんだのは、翌日の正午近くのことだった。風間は厚い毛布にくるまってうんうん唸（うな）っている。

「うん、だいぶいいよ、畜生、風邪をひいたらしい」

「フン、風邪もひきますさア。この寒空に水泳ぎもねえもんだ。だからあっしが言わねえこっちゃねえ。もしあのときあっしが舟を出していなかったら、いったいどうなったと思いなさる」

「なあに、泳いで逃げるまでのことさ」

風間はこともなげに言って寝返りを打つと、

「しかし貴様が舟を出してくれていようとは思いがけなかったよ。てっきり捕まったと観念したね」

「ヘン、この音丸だってたまにゃ役に立つこともありまさあね。お前さんのように女に夢中になっちゃいねえから、ちゃんと目先きが読めるんでさあ」

「コン畜生！　しかし、なんと言われても今度だけは頭があがらないよ。あやまる。じっさい貴様があとをつけて来てくれなかったら、今ごろどうなっているかわかったもんじゃない。ブルブルだ。危い瀬戸際だったな」

　風間は毛布にくるまったまま、まずそうに煙草をくゆらしながら、

「ときに、音丸、衣装のほうは大丈夫だろうな。今晩の芝居に間に合わなきゃたいへんだ」

「へえ、ほかの物はちゃんと乾かして手入れをしておきましたが、手袋と二重回しだけは駄目なんで、ごらんなさい、このとおりでさあ」

　見ればなるほど、手袋にも二重回しにもべっとりと血がついている。

「フウン、こいつは困ったな。なにか代わりはないのかい」

「それにぬかりはありませんや、ちゃんと手配はしときましたがね。しかし、いったいこりゃどうしたというんです」

「おや、まだ新聞にゃ出ていないのかい。そうか。……なアに、とんだ悪戯さ。今夜

の夕刊は大騒ぎだぜ。ちょっとこのおれが幽霊騎手の物真似をしてみたのさ。このおれがよ」

「へ、お前さんが幽霊騎手の物真似をね？」

しばらく二人は薄笑いを浮かべてじっと顔を見合わせていた。

「大丈夫ですかい、そんなことをして……」

「大丈夫さ。わかるもんか。しっ！　誰か来たぜ。追っ払ってくれ。風邪をひいてどなたにもおめにかかれませんて――」

音丸は二重回しと手袋をくるくるとひとまとめにすると、ぽんと洋服だんすのなかに放りこみ急ぎ足で次の部屋へ出て行った。

駿台アパートの二部屋つづきの貸間。――

これが風間辰之助と音丸新平の住居だった。音丸はここでは、女房兼女中兼コック兼執事、なんでも兼ねている。彼はまるで忠実な奴隷が主人に仕えるように、あるいはまた心利いた細君が夫にかしずくがごとく、かゆいところへ手がとどくまでに風間の身のまわりのせわをやいている。だから、口ではいろんな悪口を言いながらも、風間にとってはこの男は、一日もなくてはかなわぬ存在だった。

音丸が出て行くとまもなく、元気な男の声が隣室から聞こえてきた。

「やあ、ちび、いやに難しい面をしてるじゃないか。どうしたい、大将は――」

「先生はまだお寝みです」

「なに、寝てる？　おい、もうかれこれ十二時だぜ。役者になったと思ってそう怠けちゃいかんと貴様から申し上げろ。ははははは、それとも昨夜、お楽しみの筋でもあったのか」

「いえなに、しょうしょう風邪気味なんで」

「風邪だと？　そいつはいかん。風間辰之助先生は当時人気役者だ。風邪なんかひかれると女の子がうるさくてかなわん、どれひとつ見舞ってやろう」

「いけません。先生は今日誰にもおめにかかりません」

「いいよ、いいから貴様は引っこんどれよ、風間とおれの仲だ。誰に遠慮がいるもんか」

　つかつかと絨毯を踏む足音がしたかと思うと、勢いよく間の扉をひらいて三十二、三の男が風のように飛びこんできた。

　眉目秀麗——と、この男を形容するわけにはいかぬ。その反対に、鬼瓦のような逞しい面構え、赤銅色の肌、平べったい鼻。——と、どこに取柄もないが、それでいてこの男を見ているとそんなに醜いという感じがしない。眉目秀麗というわけにはいかぬが、いかにも感じがいい。第一目がいい。涼しい、よく動く目、それに小作りながらも、健康にはちきれそうな肉体、精悍な眉宇。動作物言いがすべてきびきびとしていて小気味がいい。南条三郎といって東都新聞社きっての敏腕記者である。

「よう！　大将、不景気な面アしてるじゃないか。恋患いというわけでもあるまいに」

これがまず彼の最初の挨拶だった。

風間辰之助と南条三郎、それに音丸新平の三人は、学生時代から三人組と綽名されたほど、仲のいい相棒だった。今、一人は劇団に、一人は新聞界に、押しも押されもせぬ地位を占めているが、会えば昔の悪童時代に立ち返るとみえる。

「貴様こそどうしたい？　今ごろからぼやぼやさぼってると馘になるぜ」

「ヘン、大きなおせわだ。今日来たなア、これでも社用だ。新聞記者としてやって来たのさ」

風間は毛布にくるまったまま、大儀そうに起き上がりながら、すばやく部屋のなかを見回した。幸い音丸が手早く始末したとみえて、昨夜の仕事の証拠になるようなものはどこにも見当たらぬ。風間はほっと安心した。

「ほほう、おれみたいな者にでも、なにか新聞社のご用がおありというのかい」

「大ありさ。風間ときちゃ、なんしろ当時日の出の人気役者、記事がなかったら先生の談話ででも紙面を埋めることができる」

「ほほう、きみはいつ演芸記者に早変わりをしたのだい」

「まあさ、話さ。いまこうやって汗を出しているところだ。貴様こそ新聞記者らしくもっと神妙にしたらどうだね」

「はっ、これは失礼しました。風間大先生、まことに無作法千万、平に——平に」

南条はわざと行儀よくすわりなおしながら、ついでに机のうえのウエストミンスターを五、六本ちょろまかした。

「じつはね、風間、今日はほんとうに真面目な用件で来たのだよ。じつは昨夜ね、貴様の兄弟がまた出現したんだ。ほら、れいの幽霊騎手の先生さ」

南条は、そこで言葉を切ると、じっと相手の表情を注視していたが、風間は眉毛一本動かさない。南条はすぐ視線をそらせると、

「隅田川ぶちの大きな邸宅へね、この幽霊騎手先生が御降りましましたというわけだが、先生、なにを血迷ったのか、人殺しをして行きやがった。そこの主人を殺しやがったのさ。おまけに夫人まで危く絞め殺されるところだったという。幸いこのほうは助かったが、なあおい、風間、貴様これをどう思う」

「そんなこと、おれにきいてどうするのさ」

「なにね、君ゃ幽霊騎手の研究家じゃないか。君の舞台姿はじっさいあいつにそっくりだというぜ。だからさ。君の意見もこのさいおおいに参考になろうというものさ」

「馬鹿にしてるじゃないか。おりゃあ役者だよ。役者とあらばどんな役でも舞台でや

らねばならん。幽霊騎手であろうが、大臣であろうが、乞食であろうが、それに扮する場合には、できるだけうまくやろうというのがおれの苦心さ、なにも不思議なことはあるまい」

「わかった、わかった、君の芸術論はわかったよ」

「わかったかい、わかったらおれにも一本煙草をつけてくれ」

「なんだ、貴様風邪をひいているくせに煙草を吸うのか」

南条はそれでも煙草をつけてやりながら、

「ところがね、風間、君の意見をききに来たというのにゃもう一つ理由があるのさ。君ゃ被害者の細君とたいへん懇意だというじゃないか」

風間はどきりとして相手を見た。しかし南条はそっぽを向いて煙の輪を吹いている。

「なに、懇意というほどじゃないが、二、三度会ったことはある。高木夫人――ほら君も知ってるだろう。今度の芝居の臨時舞台監督さ。あの女のところで会ったことはあるが……」

「フフン、いったいそれは誰のことだね」

「弓枝さんのことさ。君の言ってるのはそれで……」

言いかけて風間ははっとした。くわえていた煙草がぽろりと落ちた。かっと見開いた目が、噛みつきそうに相手を睨んでいる。南条はにやにや笑いながら椅子から立ち上がった。

「ははははは！　とうとう吐き出しやがった。なあ、おい風間、おりゃあいま隅田川ぶちの家と言っただけだぜ。佐賀町とも黒沢とも言わなかったはずだ。それだのに貴様はちゃんとその被害者の名を知っている。新聞にはまだ一行だってこの事件は出ていないはずだがなア」

風間はなにか言おうとしたが舌がこわばって言葉が出ない。額からはじりじりと油のような汗が滲み出してくる。南条はにやにや笑いながら、気になるように床を蹴っていたが、つと身を屈めて、

「おい、気をつけろよ。ラブレターが落ちてるぜ」

風間はその封筒を見るとふたたびぎょっとして、あわてて目をそらしてしまった。昨夜、黒沢の居間でテーブルの引出しをかき回したついでに、なんの気もなく二重回しのポケットに入れてきた手紙だ。さっき音丸が二重回しをひろげてみせたとき、ポケットから滑り落ちたものにちがいない。南条がその宛名を読んだら――。宛名のほうがしたになっているのと水に濡れて文字が不明瞭になっているのが、せめてものしあわせだったが、もし南条が仔細にそれを検めたら。

恐ろしい数秒間だ。額からじりじりと汗が浮かんでくる。握りしめた拳がブルブルと慄える。風間は心臓の鼓動を一つ二つと数えていた。まもなく南条がフラフラとド

アの方へ歩いて行った。

「ははは、いやに考えこみやがったな。なあおい風間、色事もいいが火遊びはよせよ」

助かった。南条はそれだけ言うと、つとドアを開いて、入って来たときと同様、風のように出て行った。風間は思わずほっとため息をつくと、がっくりと肩を落とした。

「先生！　おい、親方」

野獣のように目を光らせながら、音丸が忍び足で入ってきた。

「帰ったかい、あいつア」

「帰りましたよ」

「すばしっこい野郎さ。まんまとペテンにかけやがった」

風間は毛布をはねのけると、うんと手足を伸ばしながら、

「ぞっとしたぞ。たしかに三年ぐらいは寿命が縮まったね」

「野郎、あと追っかけて……」

「よせよせ。今さらおそいよ。それよりこの手紙さ。こいつに気づかれなかったのがまだしもしあわせさ」

風間は机の上から手紙をつまみあげた。

「なんです。その手紙は――？」

「昨夜黒沢の家から持って帰ったんだよ。どれ、ついでに中身を調べてやろうか」

まだなま乾きの封筒から破れぬように用心して、中身の手紙を抜き取った風間は、それを読んでいくうちに、ぎょっとして息をうちへ吸いこんだ。みるみるうちに顔色が変わってくる。

「おい、音丸、こいつは不思議だ。読んでみろ！」

音丸の渡された手紙の文面というのはこうであった。

黒沢剛三。――これが最後の警告だ。貴様があくまであれを独占しようというならこちらにも覚悟がある。貴様はわれわれに捜し出せないと思ってたかをくっているのだろうが、それは大違いだ。弓枝の親爺が邸内に隠した事は明白な事実だ。われわれはきっと捜し出してみせる。三月十二日の晩、最後の談判に参上するからそれまでによく思案をしておけ。

「幽霊騎手！」

音丸が頓狂な声をあげた。

ああ、昨夜の風間のちょっとした思いつきは、偶然にも事実の一部と一致したのだ。この奇怪な事件の裏には、思いがけなくも幽霊騎手が糸を引いているのだった。奇怪なる暗号、神秘なる一致。

「おい、三月十二日の晩といや昨夜だな」

「そうです」

「畜生！　幽霊騎手のやつめ——」

音丸の腕をつかんだ風間は、激しく相手のからだをゆすぶりながら、じっとその目を見つめていた。

俄然、怪盗幽霊騎手の出現だ。かくて事件は急角度に転回したのである。

黒沢家の秘密

黒沢剛三殺害事件ははたしてごうごうたる世論を巻き起こした。幽霊騎手の出現、しかも思いがけなくも、血塗られたる殺人鬼として姿を現わしたる幽霊騎手。——世人はしばらく呆然として自失した。しかし、まもなく驚愕の夢から覚めると、今度は激しい非難と慢罵を幽霊騎手にあびせかけた。彼の今までの犯罪にはどこか愛嬌があった。包みきれぬユーモアがあった。さればこそ世人は幽霊騎手に同情を持っていたのだ。

ところが今度の事件はどうだ。たとえいかなる理由があるにせよ、殺人ということは許さるべきではない。あまつさえ彼は抵抗力なき、繊弱き女の咽喉を絞めようとさえしたではないか。世人は自分たちの期待に対して幻滅を感ずると同時に、ごうごうたる非難をこの裏切者に対してあびせかけた。新聞紙も筆を揃えて、いつになく峻烈な筆法をもって幽霊騎手のやり口をこきおろしていた。

するとそれから三日目の東都新聞の紙上に突如、次のごとき幽霊騎手の声明書が発表されたのである。


親愛なる紳士ならびに淑女諸君よ。

余は余の関知せざる殺人事件のために、嫁されたる不当なる非難に対して敢て抗議せざる可からず。三月十二日の夜黒沢剛三邸に行なわれたる惨劇は毫も余の関知するところに非ず。惟うに是れは余の名声を嫉妬せる不逞漢の模倣的行為か或いは又余に含むところある鼠輩の復讐的犯罪ならんか。さもあればあれ、余は斯くの如き破廉恥的犯罪に対して寸毫も仮借する事能わず。余は社会並びに人道の為に必ずやこの不逞漢を白日下に拉致し来り、おおかた諸君の期待に添わんと同時に、あわせて余の無辜を証明せんと欲す。乞う。余に仮するに数日の時日を以てせよ。

幽霊騎手敬白

これを読んで世論はふたたびけんけんごうごうと湧き返った。ある者はこれを幽霊騎手のぺてんだと言い、ある者はこれを彼の真情だろうと受け入れた。

警察では狼狽してふたたび証人の尋問をやりなおした。しかし五人の目撃者はいちように幽霊騎手の姿を見たと頑強に言い張って譲らない。もし幽霊騎手の声明書が真実なりとすれば、彼の指摘したごとく、巧みに幽霊騎手を模倣した犯人があるわけである。警察は極度に混迷した。捜査は根本からやりなおされた。しかし得た結果はといえば、深いいたずらに刑事たちの疲労と困憊のみだった。

かくして数日は経過した。ようやく警察の活躍に希望を失った民衆は、幽霊騎手の積極的行動を翹望しはじめた。さきに彼の声明書に疑いをはさんだ者までが、この事件の真相を究明しうる者は、幽霊騎手をおいてほかにあるまいと思いだしていた。

これが事件発生以来一週間における経過である。

さて一方風間辰之助はそのあいだどうしていたかというと、帝都座を打ち上げると、話のあった次の興行も断わった彼は、病気と称してもっぱらアパートに引き籠っていた。彼は終日ベッドにもぐりこんで、煙突のように煙草の煙を吐きながら、もくもくとして思案にふけっている。それに引きかえ弟子の音丸は、一日じゅう独楽のように走り回っては、ときどき帰って来て報告するのが仕事だった。

「どうだい、経過は――?」

いましも忙しそうに外から帰ってきた音丸の姿を見ると、待ちかねていたように風間が報告をうながした。音丸は忙しそうに額の汗をふきながら、

「すこぶる良好です。もう誰一人弓枝さんを疑っているものはありません。からだのほうもおいおい快方に向かっているらしく、今日から起き出しました」

「そうか、それで安心した」

風間はほっとしたように、

「すこし咽喉を絞めすぎやしなかったかと思って心配したのだが。……弓枝さんのほうはそれでよしとして、なにか目星がついたかい？」

「それです。お前さんのおっしゃるように家人のやつらは厳重に監視していますが、二、三訝しいと思われる点があります。まず第一に、庭番の弥作爺さんの甥と称して、芳蔵という若い男が住みこんだことです」

風間はそれを聞くと、眉根に皺を寄せて、

「なに、新しく住みこんだやつがあるって？ いったいどうしたんだ。なんだってまた今ごろ、新しい召使いなんか雇い入れたんだろう」

「男手が少なくて無用心だという口実だそうです。しかしこいつはひとつ洗ってみる必要がありますね。それからもう一人、小間使いのお君、これが少々臭いのです」

「臭いというと――？」

「事件のあった夜、あの女は親戚へ行くと称して七時から十二時まで暇をもらっているのです。それにはちゃんとアリバイもあります。ところがそのアリバイの証明というのが誰だと思召す。高木博士邸の召使いなんですぜ。つまりお君の親戚というのは高木博士なんです」

これには風間も多少驚いた。小間使いのお君の親戚とはすこぶる意外な報告である。

「フーム、するとありゃ博士の親戚かい？」

「そうなんです。あの家へ住みこんだのも高木夫人の口添えなんだそうですがね。あなたは白石信二という男をご存じじゃありませんかね」

「白石信二？　知らないね。そいつがどうかしたのかい？」

「いや、高木博士の甥とか従弟とかに当たる男なんだそうですがね。その白石信二という男とお君とはだいぶん懇ろな仲らしい、ところがその白石が近ごろ急に姿を見せなくなったので、お君のやつひどく気をもんでいるという話です」

「いったいその白石という男はなにをしてる男だね」

「それがよくわかりません。どこに住んでいるのか、それさえわからないのです。ときどき高木博士のところへやって来るが、それもどうやら無心にくるらしい。あまり性質のよくない男らしいのですが、それ以上のことは、召使いも誰も知らないのです」

風間は呟くように、

「そいつが近ごろ、姿を見せないというのだね、こいつはひとつよく調べてみなきゃならんが……ときにあの高木博士と黒沢家とはいったいどんな関係があるのだね？」

「それがどうも訝しいのです。なんでも弓枝さんの亡父と親友だったというのですがね。しかし、それが妙なんですよ。弓枝さんの一家にゃよほどこみ入った事情があるらしいですね」

「ウン、おれもまえにちょっとそんな話をきいたことがあるが、詳しいことは知らないんだ」

「なんでも弓枝さんの亡父田代倫造という人は、弓枝さんが子どもの時分に家出をしてしまったのだそうです。じらい弓枝さんは祖父の熊吉老人の手で育てられ、すこし大きくなってから喫茶店の女給をしたり、百貨店の売子をしたりして、かなり苦労したらしいのですが、一昨年の秋ですか、突然父親の田代倫造が大金持ちになって帰ってきたのです。そして貧困のどん底にあった弓枝さんたち二人を捜し出すと同時に、あの隅田川ぶちの邸宅を買い入れたものだそうです」

「フウン、するとありゃ黒沢の邸宅じゃないのだね」

風間ははじめてきいた恋人一家の事情に、しだいに興味をもよおしてきたらしく、ベッドのうえからのり出してくる。

「そうです。ありゃ立派に弓枝さんのものですよ。……さて、田代倫造はあの邸宅を買い入れると、自分の気にいったように造作をなおし、十何年ぶりかで父親の熊吉老人、娘の弓枝さんとともに、親子水入らずで落ち着いたのですが、そこへ突然、去年のはじめごろ舞いこんできたのが、あの黒沢剛三です。黒沢と弓枝さんの父親田代倫造とは、なんでも古い友だちだそうで否応なしに同居することになったのですが、そのうちに黒沢のやつ、あの美しい弓枝さんに目をつけやがったのですね。そして、どう説き伏せたものか、田代倫造に二人の結婚を承諾させてしまった。この縁談にゃ弓枝さんはもちろんのこと、祖父の熊吉老人も大反対だったのですが、かんじんの田代倫造がなぜか黒沢に対して頭があがらない。むりやりに娘を説き伏せて、親娘ほどとしの違う二人を結婚させてしまった。ところがどうです。それから三月目に田代倫造がポックリと死んでしまったのです」

「フーム、そいつはしょうしょう怪しいな。いったい病名はなんだね」

「脳溢血というのですが怪しいもんです。怪しいのはそればかりじゃありません。田代倫造が亡くなると、それからまもなく、今度は熊吉老人が卒中とかで倒れた。幸いこのほうは一命をとり止めましたが、以来あのとおり中風で身動きもできません。いまじゃ廃人も同様です。どうです、こいつしょうしょう臭いとは思いませんか」

「しょうしょうどころじゃないぜ。どう考えても黒沢のやつが一服盛ったとしか思えないね」

「そうです。しかし、二人とも医者は脳溢血と診断してるんです」

「むろん、医者は買収されてるんだ」

「そうです。ところがその主治医というのが誰だと思召す。あの高木博士なんですぜ」

ここに至って風間は愕然として色を失った。

「おい、それじゃ高木博士が……」

「そうです。あっしゃ高木博士を理学博士ばかりかと思っていたら、医者の免状も持っているんですよ」

風間辰之助はふいに深い沈黙の底に落ちこんだ。渦(うず)巻く疑惑のなかからなにかしら漠然とした恐怖が頭をもたげてくる。その恐怖の中心には博士のひとをくったようなとぼけた表情がはっきりと浮かびあがってくる。風間はむちゃくちゃに煙の輪を吹きながら、そのとぼけた表情の裏に隠れている、得体の知れぬ秘密をつきとめようとあせっていた。

「それでなにかい。博士はこのごろでも黒沢家に出入りをしているようすかい」

しばらくしてから風間がたずねた。

「ええ、毎日のようにやって来ますよ。なにしろ弓枝さんにゃ、ほかに相談相手が一人もないのですからね」

「ウム、危険な相談相手だ。まるで爆弾を抱いて、噴火口へ飛びこむようなものじゃないか。おい、音丸」

風間は吸いかけの煙草を捨てると、きっと相手の顔を見すえた。

「もう一刻も猶予はならんぞ。なにかしら、弓枝さんの身に恐ろしい危険が切迫しつつある。それがなんだかおれにもわからん。わからんがおれにゃはっきりそんな気がするんだ。貴様は今までどおり弓枝さんの身辺を見張ってろ！　下男の芳蔵、小間使いのお君、それからなんとか言ったな、白石信二か——そいつらに関してなにかわかったことがあったら、さっそくおれに報告するんだ」

「そして、お前さんは？」

「おれか？　おれは高木博士を洗ってみる。なんといってもこいつが一番大物さ。音丸、こりゃなかなか一筋縄じゃいかぬ大事件だぜ」

「大事件結構、じゃいよいよ本舞台へかかりますかね」

「本舞台——？　そうよ、幽霊騎手と一騎打ちさ。フフフ、大立ち回りがあるぜ」

「そして、最後はハッピー・エンド。ラブ・シーンで終わりますか。こいつばかりは恐れるね」

音丸新平はおどけた目をくりくりとさせて首を縮める。ベッドを蹴って起き上がった風間は、早くも忙しそうに身支度にかかっていた。

彼らの行手は雨か風か。——

無気味な老博士

午後四時ごろだった。

黒沢家の表玄関へ高木老博士が、ことことと太いステッキをついてやって来た。相変わらず度の強い眼鏡に、胡麻塩の長い山羊髯、服は羊羹色に色褪せて、垢じんだネクタイが横っちょに曲がっている。どう見ても風采のあがらない、村役場の老書記といった恰好、いや今では田舎でもこんな見すぼらしい書記はめったに見当たらぬ。

呼鈴を押すと小間使いのお君が出て来た。

「奥さんはいるかの」

「はあ、いらっしゃいます。どうぞ……」

博士はなかへ入ろうとしたが、なにを思ったのか、もう一度玄関の外へ出て来た。

「あら、どうか遊ばしたのですか」

「いや、なんでもないが……」

博士は庭の方を見ながら、

「お君や、あすこで芝の手入れをしているのは誰だね」

「あれでございますか。あれは芳蔵さんといって、昨日新しくやって来た下男でございます」

「芳蔵――フーム」

　なにを思ったのか博士は、ことことステッキをついて、芳蔵の方へ近づいて行った。大きな鋏（はさみ）でスイスイ芝を刈っていた芳蔵は博士が近づいて行くと、くるりと背を向けた。脂じんだ帽子を目深にかぶり、黒い日除け眼鏡をかけた、赤ら顔の男で、頬にも顎（あご）にももじゃもじゃと無精髯をはやしていた。

　博士はステッキのうえに両手を重ね、猫背のからだをまえにつき出して、しばらく芳蔵の仕事ぶりをながめていたがやがてにやりと意地悪そうに笑った。

「えろう精が出ますのう」

　芳蔵はその言葉が耳に入らぬのか、相変わらず鋏をガチャガチャ鳴らしている。博士は薄笑いを浮かべながら、

「ほほう、精が出るのはええがお前さんは素人（しろうと）じゃの。そんな鋏の使い方じゃ芝は刈れんね」

　芳蔵は帽子のしたからチラと相手を見たが、相変わらず黙りこんでいる。

「それにお前さんのその手はなんじゃ。白い、すべすべとした手、労働者の手じゃないの。そんなことじゃ庭番は勤まらんわい。それにの、いかに庭番じゃとて、たまにゃ無精髯を剃（そ）らんといかんぞな。ほほほほほ。それじゃまるで変装をしてるように見

えるで」

俯向いている芳蔵の額から、ポトリと汗が一滴落ちた。芳蔵はあわてて手の甲で額をこすった。

「はははは、暑かろうの。そう精を出して働いたら汗も出るはずじゃ。ほら、このハンカチを貸してあげようか。なに、要らん？　そうか、遠慮はいらんがのう。まあええ、精出して働きなされ」

高木博士はそう言い捨てると、くるりと向きを変えて、またことことと歩き出した。

弓枝は二階の居間の、大きなフランス窓の側に籐椅子を持ち出して、疲れたからだを憩めていたが、博士の姿を見ると思わず顔をそむけた。どういうわけか彼女は、博士の姿を見ると、いつも全身にぞっとするような冷気を感ずるのだ。べつに博士が恐ろしいというわけではない。博士はいつも親切で、まるで父親のように面倒をみてくれる。彼女は満腔の感謝を捧げなければならぬはずだったが、事実は反対に名状すべからざる恐怖と苦痛とを感ずるのだった。

「どうじゃの、からだのぐあいは？」

「ええ、おかげさまで」

「おお、だいぶ顔色も快うなったの。これなら大丈夫だ。これで二、三か月転地をすれば、すっかりもとのからだになる」

博士は椅子に腰をおろしもせずに、せかせかと部屋のなかを歩き回っていた。

「あの——先生」

弓枝は言いにくそうに、

「そのお話でしたら、やっぱりこのあいだ申し上げたとおり、お許し願いますわ」

「なんじゃ、転地はいやじゃというのか」

「ええ、いやというほどでもありませんけど、なんだか気がすすみませんので……」

博士はあきれたように、

「まだそんなことを言うとるのか。このあいだもわしがあんなに口を酸っぱくして言ったじゃないかの。あんたは疲れとる。ひどく神経が疲労しとるのじゃ。それを治療するにはただひとつしか方法はない。静かな、空気のええところへ転地する、それよりほかに療法はないということをあんなに説明してあげたはずじゃがの」

「ええ、ご親切はよくわかっておりますわ。しかしあたしはやっぱりこのお邸にいたいんですの」

「フフン」

博士はいらいらしたように鼻を鳴らした。

「あんたもわからんひとじゃな。なにもあんたをこの家から追い立てるというわけじゃない。からださえ達者になったらいつでも帰ってこられる。大切なのはからだじゃ。

のう弓枝さん、転地なされ、ええ、転地がなによりじゃ」

弓枝は黙っていた。博士はじれきったように、肩に手をかけ顔を覗きこみながら、

「あんたももう子どもじゃなし、これくらいの聞き分けがないということはあるまい。のう、それにあんた一人じゃなし、妻も一緒に行こうというとるのじゃ。しばらく保養のために旅行するのも気晴らしになってよかろうと思うがの」

「奥さまのご好意は忘れはいたしませんわ。しかし、ああしてからだの不自由な老人もいることですし……」

「フム、それもある。しかし老人のほうもわしのうちでよく面倒をみようというのじゃ。それでもいやかの」

「奥さまにはどうか、あなた様からよろしくおっしゃって下さいまし」

「そうか、やむを得ん」

これ以上言っても無駄だとさとると、博士は憤ったようにゴトンとステッキで床を叩き、あらあらしく部屋を出て行こうとしたが、また思いなおしたように、

「のう、弓枝さん、もう一度よく考えてみなされ、明日また来る。それまでによく考えておいたほうがええ。妻はいつでも旅に出られるようにちゃんと用意をして待っているからの」

「はあ、ありがとう存じます」

博士はそれ以上、快い返事を期待することができないのを見てとると、不機嫌そうに部屋を出て庭へおりて行った。

日当たりのいい川ぶちの四阿で毛布にくるまった、熊吉老人がこくりこくりと居眠りをしていた。そのそばでお君が所在なさそうに編物をしていたが、博士の足音を聞くと静かに顔をあげた。

「どうでございました。奥さまはご承諾なさいましたか」

「いや、どうもあの娘は頑固でいかん。なんといっても承知しないには困りものだ」

そこまで普通の声で言うと、急に声を低めて、

「下男の芳蔵に気をつけろ！　ええか、あいつは食わせものだぞ。ほほほほ、ご老体、よく眠っていられるの。風邪を引かぬように気をつけてあげにゃいかんぞ」

博士はくるりと向きを変えると、ことことと表門から出て行った。陽はようやくかげってきて、隅田川のうえに冷たい風が渡って、白い小波が立っている。

博士はステッキをつきながら清洲橋を渡って、橋の袂を左へ折れた。ゴミゴミとした町つづきのはずれに、煉瓦建ての大きな工場が見える。

工場の黒い門のわきには、「東亜ガラス製造工場」という看板がかかっていた。

博士はその門のまえまで来ると、なにを思ったのか、くるりと向きを変えてスタスタといま来た道へとってかえした。そして路傍の電柱に張ってある号外を、ぼんやり

とながめている労働者ふうの男の肩を叩いた。

「さあ、わしと一緒に来たがええ」

労働者ふうの男はびっくりして、低い声でなにか言いわけをした。

「ほほほほほ、なにもそうびっくりすることはありゃせん。わしの目はうしろにもついてるでの。黒沢の邸を出たときからお前さんがつけて来ることはちゃんと知っていたのじゃ。はは あ、お前は風間という役者じゃの」

図星をさされて風間はぎょっとした。

「ふふふふふ。驚いたな。まあええ、そんな下手な変装でわしの目をごまかそうというのが土台むりじゃ。なにか用かの。用事があるのならわしと一緒に来たがええ」

博士はさきに立ってすたすたと歩き出した。風間はしばらく呆然として貧弱な猫背を見送っていたが、やがて度胸をきめたようにそのあとからついて行った。

「東亜ガラス製造工場」——という看板のかかっている門をくぐると、二人は奥の方にある事務所へ入って行った。事務所のまえには仔牛ほどもある獰猛な面構えをした犬が寝そべっていたが、風間の姿を見るとにわかに四肢をフン張って、ウウーと唸り出した。

「ネロ、ネロ、お客様に失礼なことをしちゃいかん」

博士が二、三度頭を撫でてやるとネロはすぐおとなしくなった。

「ほほほほ利口な犬じゃ。怪しいやつを見るとすぐ嚙みつきよる。さあさあ、こちらへお入り」

事務室は二つにわかれていて、表のほうには粗末な机だの椅子だのがゴタゴタと置いてあった。

「さあおかけ。これはの、わしが技師長をしているガラス工場じゃ。あいにく時間過ぎとみえて、職工も事務員もみんな帰ったらしいが、このほうがかえって好都合じゃ。ときにわしに用事というのはなにかの」

風間はすっかり気をのまれていた。いったいこの無気味な老博士は何者であろう。このとぼけたような仮面の裏に、どんな企みを秘めているのだろう。——風間は用心深くおずおずと椅子に腰をおろした。

「話というほどのことでもありませんが、じつは弓枝さんのことに関して……」

「ふふふ、おおかたそんなことじゃろうと思うた。いや、その話ならゆっくりききましょう。ときにお前さんはジンがええのか、それともウイスキーになさるか。わしはごらんのとおり喘息(ぜんそく)が悪うての、あまり強い酒は飲めんのじゃが、まあひとつお付合いにいただこうかの」

博士は棚のうえにずらりと列んだ酒瓶のなかから、赤いレッテルを貼った瓶を取ると、針金のような手でふたつのグラスになみなみと酒を注いだ。

「さあさあ、遠慮はいらん、おあがりおあがり、わしはこれでも昔はなかなかの酒通での、ずいぶん苦心して吟味をしたものじゃが、喘息を患うてからというものはとんとだめじゃどうじゃの、口当たりがちがうかの。ほほほほほ、お前さんにも酒の味がわかるとみえる。頼もしい、頼もしい。今どきの若い者ときたら、なんでも外国のレッテルさえ貼ってあればええように思うとるようじゃが、酒の味というものはレッテルばかりで極めるわけにはいかん。どうじゃの、美味かろうがの、ええ、これ、どうしたもんじゃ、あっ、コップが落ちるがの。これさ、こんなところで眠ってくれるとわしが困るというのに……ほほほほほ」

博士はふいにギイと回転椅子を鳴らして立ち上がると、度の強い老眼鏡の奥から鋭い目をギロリと光らせた。風間は正体なく首を垂れてスウスウと苦しそうな寝息を立てている。だらりと垂れた手の先から、ウイスキーグラスがカタリと床のうえに落ちた。

「ほら、グラスが落ちた。だからわしが言わんことじゃない。これ、起きなされ。起きなされというのに……」

細い骨張った指でいきなり風間の頭髪をつかむと、ぐいと顔を上向けた。その顔は茹で蛸のように真っ赤になって、額には玉のような汗が浮かんでいる。風間は雷のような鼾をかきながら正体もなく眠りこけているのだ。

「ほほほほ！　案外脆(もろ)いわえ」

博士は気味の悪い笑みをもらすと、かるがると風間のからだを抱きあげて、隣室へ運びこんだ。とても老人とは思えぬ力だ。隣室は宿直室とみえて粗末なベッドが備えつけてある。博士はよいしょと掛け声もろとも風間のからだをベッドのうえに放り出した。

「さあ、ここでしばらく寝ているがええ。そのうちによいところへ連れて行ってやる」

博士はあいの扉を締めて出て行ったあと二、三分、風間は大きな鼾がだんだん低くなったかと思うと、ふいにパッチリと目をひらいた。とても今まで眠っていた者の目とは思われない鋭さだ。じっと耳をすますと、隣室からカチカチと低い金属製の音が聞こえてくる。風間はむっくりとベッドから起き上がった。

幸い扉には鍵がかかっていなかった。細目に開いて覗いてみると、博士は向こう向きになってしきりに邦文タイプライターを叩いている。

カチ、カチという音は、そのタイプライターを打つ音だった。

風間は扉の隙から滑り出すと、猫のような弾力のある歩き方で博士のうしろに近づいて行った。タイプライターに夢中になっている博士は少しも気がつかない。猫背の背をいよいよ丸くして、無器用な手つきで、カチ、カチと文字を拾っては叩いている。

いったいなにを打っているのだろう。――
博士の肩越しに覗きこんだ風間は、その文面を読んでいくうちに思わずあっと低い叫び声をあげた。その文面というのはこうだ。

警視総監閣下

余は先頃東都新聞紙上において、余の名前を騙りたる不逞漢を一週間のうちに逮捕すべきことを宣言したるものなるが、余はついにその約束を破らざりき。閣下の求めらるる黒沢事件の真犯人は、目下東亜ガラス工場の宿直室に幽閉しあれば、いつにても閣下の指揮によりて逮捕することを得ん。ここにこの不逞漢の正体を簡単に述べんに、彼のものは有名なる新進劇団の首脳者風間辰之助と称する俳優なり。閣下よ思い出し給わずや。かの事件の起こりたる当日、風間辰之助は舞台において、幽霊騎手の役を演じつつありき。かの夜詳しく言えば三月十二日の夜、風間は舞台衣裳のまま黒沢家を訪れ、弓枝夫人と不義の快楽に耽りつつありしが、おりから帰り来れる黒沢氏は、この態を見るより烈火のごとく憤りここにはしなくも恐るべき争闘起こりぬ。されど黒沢氏はついに風間の敵には非ざりし。憎むべき姦婦弓枝の助力を得たる風間は一撃のもとに黒沢氏を斃し、あまつさえその罪業を余に転嫁せんがため、おりから着用せし幽霊騎手の扮装を勿怪の幸いとばかり、ここに一芝居打ちてまんまと召使いどもの目を欺きたるなり。乞う。警視総監閣下よ、試みに部下の二、三を派して東亜ガラス製造工場の宿直室を探られよ。いたずらに遅疑して時期を失することなかれ。

幽霊騎手敬白

袋詰め

「幽霊騎手!」

風間は思わず最後の一行を口に出して読んだ。そのとたん、高木博士はまるで毒虫に刺されたように椅子から跳びあがった。

しばらく二人は傷ついた野獣のように睨み合っていた。憎悪に燃ゆる目と目が烈しく絡み合った。

「はははは!」

だいぶ経ってから、風間が愉快そうに哄笑した。

「実際こいつアすばらしいナンセンスだ。なあ、おい大将、世間じゃ幽霊騎手といや、まだ若い素晴らしいいい男だと思ってるんだぜ。そいつがこんなよぼよぼの爺さんだときいたら、さぞかしがっかりすることだろうて。ははは、大笑いだ。しかしよく企んだもんだなア。なにさ、お前さんの女房さ。幽霊騎手をあんな若い好男子に仕立てて、世間の目をごまかそうなんて。こいつ一筋縄じゃいかぬ代物よ。風間辰之助もこればかりはまんまと一杯食ったぜ」

高木博士はゼイゼイと肩で息をしながら、憎々しげに相手の顔をにらんでいたが、やがて、がっくりと椅子に腰を落とすと、すばやくタイプライターの方へ手を伸ばした。

「おっと、いけねえ、こいつは後日の証拠だ。大切に蔵っておくことにしようぜ」

風間はすばやく手紙を抜き取るとていねいにたたんでポケットにおさめた。博士は目をパチパチさせながら黙って見ている。

「わしの負けだ。……まあ掛けたまえ」

博士は滑稽なほど落胆していた。跳びあがったひょうしに眼鏡が滑り落ちて、胡麻塩の山羊髯がだらしなく涎で濡れている。

「お前さんが空眠りをしていようとは、さすがのわしも気がつかなんだ。いや、見事なお腕前じゃの」

「ナーニ、お褒めにあずかっちゃ恐れいる。古い手さ。こいつちょっと臭いとみて、飲んだと見せたウイスキーはポケットのなかへの流し飲み、古い手品のひとくさりさ。

あとは毒にあたって、前後不覚の高鼾……そこはこれでも役者だからね、うまくいきましたらお手拍子喝采というところ、だがなあ先生、これからひとに毒を盛るときにゃ、あまりブルブル手をふるわさねえように気をつけな。すぐ相手に感づかれっちまわァ」

高木博士は眼鏡をなおしながら、がっかりとしたように肩をゆすった。

「まあ、そこへお掛け。それでお前さん、このわしをどうするつもりじゃな」

風間は勝ち誇った微笑を浮かべながら、どっかと安楽椅子に腰をおろした。

「秘密を打ち明けてもらいたい」

「秘密？ わしゃなにも知らんが、秘密ってなんのこっちゃの」

「黒沢家の秘密だ、いや、田代倫造の秘密を打ち明けてもらいたい。田代倫造——知ってるだろう。弓枝さんの親爺だ、その田代倫造が家のなかへ隠している物というのはなんだ。おまえさんたちはいったいなにを狙っているのだ」

「さあ、わしにはなんのことかさっぱりわからんが——」

「黙れ！ 貴様はその秘密を盗むために黒沢とぐるになって、田代倫造を殺し、熊吉老人に一服盛ったじゃないか」

高木博士はピクリと肩を慄わすと、いまにも嚙みつきそうな目で風間の顔をにらんだ。

「とんでもない。そんな言いがかりはごめんこうむる。田代倫造を殺した覚えなんか毛頭ない」

「はははは、しらをきろうというのだな」

「知らぬことは知らぬというよりしかたがないわ」

「言わぬな、言わなければ……」

「言わなければどうするというのじゃ？」

「この手紙を証拠に警察へ訴えてやる。貴様は自分でちゃんと幽霊騎手だということを白状しているのだ」

「フム、それもよかろう」

博士はにくにくしげに、

「しかしの、そこにはいったいなんと書いてある。その文句を読んだらお前さんもそう無闇なことはできんはずじゃ」

風間はどきりとした。なるほど博士の言葉はもっともだった。この手紙を警察へ持って行くことは、とりもなおさず自分たちを告発するのも同じ結果になるかもしれないのだ。せっかく仕組んだあの夜の芝居が露顕して、しかもその芝居がうまくいっていればいるほど露顕した暁には、自分たちにふりかかってくる嫌疑の濃厚であろうことは覚悟していなければならぬ。風間は思わずウームと唸った。

「ははは、わかったかの。わかったらあまり無分別なことはせんほうがええ、それにの、第一お前さんにはその手紙を警察へ持って行く暇はないのじゃ」

「暇がない？」

風間が聞き返した。

「そうとも、お前さんはいま勝ったつもりで得意になっているが、わしがそんなに容易く負ける男と思うとるかの。ほら、こうしたらどうする」

あわやと思う間もあらせず、博士の細い指が机のうえの釦を押した。風間ははっとして椅子から立ち上がろうとしたがすでに遅かった。安楽椅子のなかから飛び出した鋼鉄の腕がかっきりと彼のからだを羽交締めに抱きしめてしまった。

「畜生！　卑怯者！」

怒髪天を衝かんばかり。風間は地団駄を踏んで口惜しがったが、電気仕掛けの鋼鉄の腕は千人力だ。蜘蛛の巣に引っかかった蠅も同様、もがけばもがくほど鋭く肉に喰いこんでくる。

「ほほほほほ、卑怯者――？　なるほどおれは卑怯者じゃ。そんなことはさっきの眠り薬の一件でもわかっとるはずじゃないか。不覚じゃったの。おお、お気の毒な。どれ、例の手紙を返してもらおうか」

博士は風間のポケットから例の告発状を取り出すとズタズタに破り捨てた。

「もうこんなものに用はない。わしは考えを変えたよ。こんな生温い手段はお互いのために不為じゃ。気の毒じゃがお前さんは少し余計なことを知りすぎている。のう、神秘の宮殿を覗いた者には、それだけの酬いがあるということをお前さん知っとるかの」

博士はウイスキーグラスになみなみと酒をつぐと、そのなかにさらさらと白い粉末を溶かした。

「さあ、これをお飲み。なにも恐ろしいことはありゃせん。ほんのちょっぴり胃が痛むだけじゃ。あとはもう極楽往生疑いなし、さあお飲み、そう歯を喰いしばってはいけんがの。ええい、お前が厭じゃと言うてもむりにでも飲まさにゃおかん。ほら、口をあいて、ほら、ほら、ほら……あっ痛ッ！　ツツツツ畜生！」

ウイスキーがさっと風間の胸にこぼれた。グラスがころころと床のうえを転がる、博士の指からはたらたらと血が垂れていた。博士はあわてて白いハンケチで繃帯をしながら憎々しげに風間の顔をにらんだ。

「ほほほほ、猿のようなやつじゃな。わしの指に嚙みつきおった。まあええわい。これで助かったと思うたら大間違いじゃ」

博士は机の引出しをひらいて、ごそごそとなにか捜しはじめた。いったいなにを捜しているのだろう。ぶつぶつと呟きながら引出しのなかを捜している博士の姿を見ると、風間は心臓が真っ白になるような気がした。狂気のごとく身をもがいたが鋼鉄の腕はかっきりと肉に喰い入っている。みじんの動きもできないのだ。

まもなく博士は満足そうに叫びをあげると長さ一尺ばかりの竹筒を取り出した。

「お前さん、これがなんだか知っているかの。こりゃな、吹矢筒じゃ。わしが台湾土産に持って帰ったもので、日本でこれを持っているものは、わしと黒沢の二人しかなかった。ごらん、これが吹口じゃ、ここをプッと吹くとこっちから矢が飛び出す。恐ろしい矢での、さきに毒が塗ってある。こいつがからだに刺さるとたちどころに生命がなくなるという仕掛けじゃ。どうじゃ感心したかの」

「畜生！　卑怯者！」

風間は必死となってどなったが、博士の目は冷然と灰色に輝いて、薄笑いさえ浮かべている。

「ほほほほほ、もがくのはおよし、もがけばもがくだけ苦痛が増すばかりじゃ。さあ、目を射ようか、鼻を射ようか、それとも心臓を射ようか。目をつむって南無阿弥陀仏でも唱えたがええ」

博士は吹矢筒に口をやった。その一息が風間の生命を奪うのだ。風間はもうもがくのをやめた。そのかわり全身の魂を凝らして、じっと博士の目のなかを見すえている。

「目を閉じい、畜生！　その目を閉じい」

博士がふいにいらだたしそうに叫んだ。風間は依然として嘲けるような目で相手を睨んでいる。恐ろしい睨めっこだ。一瞬、二瞬。――吹矢筒を口にあてた博士の額にはびっしょりと汗が浮かんでくる。博士はいらいらしていく度もいく度もその汗を拭いたが、とうとうがっかりとしたように、竹筒をがらりと机のうえに投げ出した。

「畜生！　恐ろしい目じゃ。わしにゃこの吹矢を吹くことができん……しかしの、わしゃどうしてもそなたを殺すことは諦めん。あれがいけなければこれと、責め道具はいくらでもある。そうじゃ、これがええ、これが一番簡単じゃ」

博士は指に巻いたハンケチをとくと、それに色のない透明な液体を垂らした。プンと甘酸っぱい匂いが室内にひろがった。

「エーテルじゃ、なぜこれに気がつかなんだのじゃろうな。さあ、こんどこそはもう遁れることはできんぞ。覚悟はよいか」

猫のようにようすをうかがっていた博士は、突然さっと身をひるがえすと風間に躍りかかってきた。ビッショリと薬液の浸みこんだハンケチがさっと風間の顔のうえに落ちた。

「ムーン」

風間は足をフン張って二、三度激しく首を振ったが、恐ろしい薬液はみるみるうちに風間の意志を征服した。しだいに意識がぼやけてきたかと思うと、まもなくこんこんとして深い眠りに落ちこんだ。

「えろう手間を取らせやがった。どりゃ後始末にとりかかろうか」

隣室から大きな麻の袋を持って来た博士がデスクのうえの釦を押すと、鋼鉄の腕はピンと椅子のなかにたたみこまれて、風間のからだは椅子をはなれて床のうえに転がった。博士はそのからだをえっちらおっちら袋のなかに詰めこむと、太い綱で厳重に口を縛った。

「フフフ、これで一安心じゃ」

博士が背を伸ばして、曲がった腰骨をたたいているとき、思いがけなくも、

「叔父さん、叔父さん」

と呼ぶ女の声が聞こえた。そしてトントンと軽く扉をたたく音がした。博士はぎょっとして息を殺した。

地獄の釜

「誰じゃ」

博士は床のうえに踞(かが)んだまま押し殺したような声でたずねた。

「わたしよ、お君よ、早くここを開けてちょうだい」

女の声が言った。博士はほっとしたように、

「お君か、待て待て、いますぐ開けてやる」

博士は麻袋を隣室へ放りこむと、用心深くあいの扉をしめてそれから表の扉を開いた。お君が黒い風のように舞いこんで来た。

「まあ、どうしたの。灯もつけないで……それにこの匂いなに？」

お君はヒクヒクと鼻をぴくつかせながら、部屋のうちを見回した。

「なに、いまちょっと実験をしていたのでの。待て待て、いま電気をつけてやる」

スイッチをひねると、薄暗い電灯がついた。博士は不機嫌そうに相手の顔を見ながら、

「どうしたのじゃ今ごろ――？　なにか変わったことでも起こったのか」

「わかったの！　叔父さま、金塊の隠し場所がわかったのよ」

「えッ！」

博士は思わずお君の手を握りしめると、

「お君、え、そりゃほんとうか」

「ほんとうですわ。ごらんなさい。わたし今日こんなものを黒沢の書斎で発見しましたの」

お君は懐中から一葉の青写真を取り出して机のうえにひろげた。博士の目が貪欲(どんよく)な

鱶のように輝く。

「ごらんなさい、これ黒沢邸の設計図でしょう」

「おお、なるほどそうじゃ、それにちがいない」

「ところがここンところを見てちょうだい」

お君は指で設計図のうえをさしながら、

「これ、三階のお爺さんの部屋でしょう。ところが、この居間のストーブの背後にこんなすきがあるじゃありませんか」

「おお、なるほどの、なるほどの」

「このすきは二階の書斎にあるストーブのうしろをとおってずっと地面のしたまでつづいています。そして一方の出口は、川ぶちにあるボートハウスのなかになっているのです。ところでごらんなさい。この地下のトンネルの真ん中にこんなに膨れている箇所があるじゃありませんか。しかもここには×印がついていますわ。これがきっと金塊の隠し場所にちがいありません」

「なるほど、そうじゃ、それにちがいない」

老博士は興奮に身を慄わせて、ポキポキと指を折りながら、

「それじゃ金塊の隠し場所の入口というのは、あの爺さんの部屋にあるのじゃな」

「そうですわ。いまから思えばあのお爺さんが不自由な三階の部屋に頑張っていたの

は、見晴らしがいいばかりじゃなかったのですわ。お爺さん、宝の番人だったのです」

「そうじゃ、それにちがいない。いままでなぜそれに気がつかなんだのじゃろう、お君、これは大手柄じゃぞ。一千万円という金塊はもうすっかりこっちのものも同様じゃ」

高木博士は有頂天になってお君のからだを揺すぶった。灰色の目が希望と勝利に輝き、長い山羊髯があさましい欲望のためにブルブルと慄えている。お君は目をそらしてため息をついた。

「どうした、お君、お前なぜそんな不機嫌な顔をしている。長いあいだの苦労が酬いられて、一千万円という大金が手に入ろうというのに、そなたなぜそんな悲しそうな顔をしている。一千万円、のうお君、一千万円じゃぞ」

高木博士はその一千万円という言葉を、なにか甘美なメロディーででもあるかのように、口のなかでくり返していた。

「そりゃ、わたしだって嬉しくないことはございませんわ。しかし、信二さんのことを考えるとわたし心配で心配で……」

博士はふと気がついたように、

「おお、そうじゃったの。もともと、この金塊は信二と弓枝の親爺と黒沢の三人が満州から持ち帰ったものじゃ。それを最初、弓枝の親父の田代倫造が一人占めにしようとしてどこかへ隠してしまった。そこへ黒沢のやつが割りこんで弓枝を女房にすると、あいつは田代倫造を殺して、今度は自分がその金塊を一人占めにしようとした。おれたちは信二の味方となって長いこと苦労したが今度こそその苦労が酬いられたというものじゃ。もう誰も邪魔をするやつはない。田代も死んだ。黒沢も……死んだ。金塊は信二一人のものじゃ。のう、信二は一千万円の大分限者になったのじゃぞ。そしてそなたはその大分限者の奥様じゃないか、笑え、もっと陽気に笑え。ほほほほほ」

「だって、だって、叔父さま、信二さんはいったいどこにおりますの」

「信二が……？」

博士はキョトンとして、

「おれは知らん。お前知っとるのじゃないのか」

「知りません。あの夜以来、信二さんからはなんのお便りもありませんの」

「あの夜というと……」

「黒沢のやつをやっつけた晩のこと……」

「しッ……」

高木博士はぎょっとしてお君の口に手をあてるとあわててあたりを見回した。

「お君、めったなことを言うものじゃない」

「ええ」

お君はためらいながら、

「わたしだって、あなた方がほんとうに黒沢を殺しておしまいになるつもりではなかったことはよく承知していますわ。あの晩、奥さまに眠り薬を飲ませたわたしは、そのあとであなたと信二さんの二人を、黒沢の部屋に案内しました。あなたたち二人は、黒沢のからだを椅子に縛りつけて、ストーブのなかに足を突っこんだり手を突っこんだり、さんざん拷問にかけて金塊の所在を白状させようとなすった。そうしているうちに黒沢はウーンと唸って、……ああ恐ろしい、いま考えてもぞっとする。わたしたちは狼狽した。そしてあとを信二さん一人にまかせて、あなたとわたしとはあの家から逃げ出したのです。あなたは劇場へ、わたしはあなたのお宅へと……しかし、しかし、あとに残った信二さんはどうなすったのでしょう。あれからプッツリと消息がありません、ああわたしなんだか心配で心配で……」

お君の目から涙があふれた。彼女は両手をしっかり握り合わせて、訴えるように叔父の姿を見守っている。博士はいらいらとして部屋のなかを歩き回っていたが、

「お君、なにもそう心配することはない。のう、信二は大丈夫じゃ。あれははしこい男じゃから、万が一にも間違いのあろう道理がない」

「それならなぜわたしに一言便りを下さらないのでしょう、わたしなんだかあの人に

間違いがあったような気がして……」

「馬鹿な！　お君、お前は今夜よほどどうかしているようすじゃの。まあ、気を鎮めたがええ。信二はいまに帰ってくる。ウン、きっと帰ってくるとも、じゃから、われわれはまず第一に、あの金塊を人知れずに取り出す算段をせにゃならん」

そのとき扉の外で激しくネロの吠える声が聞こえた。二人はそれをきくと、なにかしらぎょっとして顔を見合わせた。ネロは狂気のごとく吠え立てている。

「お君、お前ここに待っておいで、おれはちょっとようすを見てくる」

博士は太いステッキを取り上げると不安そうに部屋を出て行った。ネロ、ネロと博士の呼ぶ声が聞こえていたが、まもなくその足音もネロの吠える声もどこか遠くの方へ消えていった。

博士は工場を一巡したがべつに変わったことはなかった。どこへ行ったのかネロの姿も見えない。博士が重いステッキをついて、ふたたびゴトゴトと事務所の方へ帰ってくると、お君は頬杖をついてぼんやりと考えこんでいた。

「お君、ネロの姿を見なんだか」

「いいえ」

お君は力なく立ち上がると、

「叔父さま、それじゃわたし、もうおいとまをしますわ」

「おお、そうか、なにもそう心配することはないぞ。信二はじきに帰ってくる。そのうちにおれのほうから指図をするから、そのときにゃいつものようにやるんだぞ」

お君は力なくうなずきながら、よろよろと事務所から出て行った。

そのあとで博士はしばらくじっと青写真をながめていたが、ふと思い出したように扉を開いて隣室を覗いた。麻袋は相変わらず床のうえに転がっている。博士はその袋を見下しながら、しばらく考えていたが、やがてにやりと気味悪く笑うと、ステッキを置いて袋の口に手をかけた。

「こいつは重い」

博士は呟きながら麻袋を引きずって事務所を出た。袋のなかの風間はこんこんと眠っているとみえて唸り声も立てぬ。事務所の入口で博士はすばやくあたりを見回した。ひろい工場には夜の闇が覆いかぶさって、人の姿はどこも見えぬ。倖よしとほくそえみながら、博士は麻袋を引きずって大きな煉瓦建ての工場のなかへ入って行った。

工場のなかには大溶鉱炉が二つ、ガラスの溶ける強いガスを発散していた。そのなかにはドロドロに溶けたガラスの原料が、紅蓮の炎をあげながら地獄の熱湯のごとくふつふつと滾り立っているのだ。

博士ははっはと犬のように舌を出しながら溶鉱炉にかかっている渡り板のうえに、麻袋を引きずりあげた。

「ほほほほほ」

博士は奇妙な笛のような笑い声を立てた。

「われながら名案じゃて。この釜のなかへ落ちこんだが最後、肉はもちろん、骨の髄まで溶けてしまうのじゃ。素晴らしい死体の始末場じゃて。風間辰之助、来世はガラスに生まれておいで。南無阿弥陀仏……」

ばさっと麻袋が、滾り立ったガラスのなかへ落ちた。一瞬間、めらめらと蒼白い炎が舞いあがったが、それきりだった。たちまち一塊の袋は、ふつふつと滾り立つガラスの溶液と化してしまった。

「ほほほほ！ 見事じゃわえ」

じっと釜のなかを覗きこんでいる博士の顔は、地獄の赤鬼よりも物凄かった。

隧道の中の死体

暗い秘密と、邪悪な陰謀と、疑いぶかい世間の目に取り囲まれた弓枝は、恐怖と心労と苦悩のために、日一日と痩せおとろえて、このごろではもう風にも耐えぬ糸薄(いとすすき)のように、身も心も疲れ果てていた。

昼も夜も間断なく何者かに狙われているような脅迫感。のしかかってくる圧迫感、暗闇のなかからじっとこちらを見つめている恐ろしい目。——

弓枝は毎晩のようにその恐ろしい目を夢に見た。

事件はあれだけで終わったのではない。なにかしら自分を中心に、大きな陰謀の輪が渦巻いている。しかも、その真っ黒な渦は、しだいにせばまってきつつあるのだ。

——弓枝は女性特有の鋭い本能から、はっきりとそれを意識することができる。彼女は慄え、おののき、嘆息し歔欷した。しかも、この不安、この恐怖を打ち明けて縋らん人はただ一人いないのだ。たった一人の肉親である祖父の熊吉老人は、前にも言ったとおり全身不随で一日寝たきり、耳は、聞こえても口をきくことができないのだ。

「お祖父さま、ご機嫌いかが？」

ぽかぽかと陽気に向かう早春の午後など、老人は小間使いのお君に車のあとを押させて、庭に散歩していることがあるが、弓枝の言葉を聞いても返事をしないことが多い。視力が鈍ってきたのか、このごろかけはじめた黒眼鏡の奥から、物憂げな眼をちょっとあげて見るだけで、あとは始終うつらうつらとしている。あの事件があって以来、痴呆状態がいっそうはげしくなったようである。

弓枝は暗澹たる気持になった。

この哀れな廃人の姿を見るにつけ、弓枝が切実に思い出すのは風間辰之助のことだった。あの夜以来ぷっつりと消息を断った風間、——なんかあの人の身に間違いでもあったのではなかろうか。それを思うと弓枝の心は千々に砕けるのだ。自分のために危険をおかしてまで、恐ろしい犯人の役を引き受けてくれた風間の男らしさ、頼もしさが、今さらのごとくひしひしと胸に迫ってくる。あの人の身に万一のことでもあれば、これからさきの長い将来を、なにを楽しみに生きて行くことができるだろう。――

弓枝の枕は夜ごとじとじとと濡れるのだった。

「奥さま、まだお寝みになりませんか」

ほの暗い電灯のしたで、さっきからしきりに編棒を動かしていたお君が、ふと顔をあげてそう言った。

「ああお君、あなたまだそこにいたの」

思い侘び、疲れ果てた目をあげた弓枝は、なかば驚いたように、なかば物憂げに言った。

「奥さま、そんなにくよくよ遊ばしてはおからだの毒ですわ。いまになにもかもよくなります。さあもう十一時です。お寝みになったらいかがでございますか」

「ありがとう。それじゃ寝ませていただきましょうか」

「じゃ、いつものとおり、レモン茶を入れましょうね」

寝る前のレモン茶一杯。弓枝にとってはせめてものはかない楽しみだった。

「奥さま、どうかなさいましたの。すこし濃すぎましたかしら」

「いいえ、なんでもないの。ありがとう」

ちょっと舌を刺すような味わいに、弓枝は軽く眉をしかめたが、すぐ思いなおしたように飲み干した。

「さあ、寝ましょう。あなたもいいかげんにお寝みなさいよ」

「ええ、ありがとうございますわ」

弓枝を寝室へ送りこんで、再び居間へとって返したお君は、薄暗がりの部屋の入口でぎょっとしたように立ちすくんだ。

「ああ、あなたでしたの？」

「どうじゃの、首尾」

「いま薬を飲ませたところです。もうすぐお眠りになるでしょう」

「三階のほうも大丈夫だろうな」

「ええ、大丈夫、さっき行ってみましたが、前後不覚の高鼾（いびき）で眠っていましたわ」

「上首尾、上首尾」

高木博士はきりぎりすのような手を擦（す）り合わせた。

「のう、お君、わしゃなんだかからだが慄えてならぬ、笑うてくれるな。……なにか恐ろしい。あまり物事が順調にゆきすぎる。これでよいのか、これがほんとうなのか、……わしゃ今さらになってなんとなく不安でならぬ。恐ろしゅうてならぬ。のう、お君、はっきり言っておくれ、なにも恐ろしいことはない、……なにも不安なことはないと……」

博士は真実不安らしく、いらいらしながら部屋のなかを歩き回っている。膝頭(ひざがしら)ががくがくと慄え、蠟(ろう)のような額には汗がびっしょり。お君は不安そうな目で、博士のようすをながめている。

ふいに博士は立ち上がった。

「はははは、馬鹿な！　なにが怖いことがあるものか。邪魔者はみんな片づけてしもうた。誰一人金塊のことを知っている者はありゃせん。勝利はわれにありじゃ。そうとも、勝利はわれにありじゃ。……お君、ちょっと弓枝のようすを見てきておくれ」

薬がきいたとみえて、弓枝はぐっすりと眠っていた。その報告をきくと、博士は満足そうに両手を擦り合わせながら、

「よし、それじゃいよいよ取りかかることにしよう。お君、案内せい」

シャベルだのスコップだのカンテラだのを担(かつ)いだ博士は、お君を先に立てて三階へあがって行った。熊吉老人はぐっすりと眠りこんでいる。房々とした頭髪が額に縺(もつ)れかかって、だらりと開いた唇のあいだからは、黄色い乱杭歯(らんぐいば)が覗いていた。寝苦しそうな鼾が雷のように響き渡って、ときどきビクビクとからだを痙攣(けいれん)させていた。

「よく寝ている、大丈夫だ」

瞼を押し開けて老人の瞳孔を覗きこんだ博士はにやりと笑うと、

「秘密の通路というのはこれじゃの。なるほど、これなら誰にもわからぬはずだわい」

お君は壁に切ってある大きなストーブのはしに手をかけた。

「今日、お爺さんが庭にいるあいだにちょっと調べてみましたの、ほら、この釦をおすと……」

お君が釦をおすと、ストーブの裏の鉄板がスラスラと壁のなかに吸いこまれてそのあとにポッカリと真っ暗な穴があいた。

「なるほど、これはうまい仕掛けじゃの」

ストーブのなかに首を突っこんで覗いてみると、穴の内部には狭い階段が斜めについていた。

「入りますか」

「ウン、やってみよう。お君、お前はここで番をしていておくれ、なにか変わったことがあったら、この呼び笛を吹くのじゃ、いいかの」

「大丈夫ですか」

「大丈夫じゃ、いまに吉報を持ってかえってくる」

お君を残して、博士は暗い穴のなかへ潜りこんだ。

「おい、そのシャベルだのスコップだのをこっちへ貸しておくれ」

階段は暗くて、おまけにかなり急だった。長いあいだ太陽から遮られた空気は、重苦しく腐敗して、歩くたびに窒息しそうな埃が舞いあがる。博士はしかし、そんなことにはおかまいなく、ほの暗いカンテラの光を頼りにごとごと階段をおりて行く。

階段は三階から二階、二階から一階をとおり過ぎて地下までつづいていた。そこで最後の階段をおりると行方にはかなり大きなトンネルがひろがっている。

「フーム、これは大工事じゃの」

博士は思わず呻き声をあげたのもむりではない。粗末ながらもトンネルの内部はコンクリートと石とで固めてあるのだ。思うにこの地下トンネルは隅田川の水運を利用して、運び出す荷物のための倉庫として築造されたものにちがいなかった。田代倫造はそれを知ってこの邸宅を買い入れ、金塊の隠し場所として手を加えたものにちがいない。

トンネルはまっすぐに川の方へひろがっている。果たしてその中ほどに倉庫のような広い部屋があった。そこまで来ると博士は、スコップだのシャベルだのを置いてあたりを見回した。設計図のうえに×印がついているのはたしかにこの部屋にちがいない。金塊はこの部屋のどこかに埋められてあるのだ。

博士はカンテラの柄を粗い壁に突きさして汗をふいた。興奮のために心臓がドキドキと鳴って膝頭がガタガタと慄える。

おお一千万円の黄金塊！　金の匂いがする。……

博士はカンテラの灯で部屋の中を見て歩いた。すると、果たして壁の一方に煉瓦が少しゆるくなっているのを発見した。一度その煉瓦を抜きとって、あとからまた嵌めこんだものにちがいない。大きさは人間一人が潜りこまれるぐらいの面積だった。金塊はこの煉瓦の背後にあるのだ！

博士は床に膝をついて、おののく指でこの煉瓦を取りのけにかかる。一つ二つ三つ……爪のあいだに泥が入って、指先が破れて血がにじみ出る。しかし、博士はそんなことにはおかまいなしだ。五つ六つ七つ……床のうえにはみるみるうちに煉瓦の山が築かれていく。

博士は夢中になって作業をつづけていたが、ふいに鋭い聞き耳を立てるとギョッとして背後を振り返った。

「誰じゃ？」

と、低い声で叫んでじっと闇のなかを見すえていたが、むろん答うるものはなかった。博士の声がほうぼうの壁に突き当たって、陰々としてかなたの闇にとけこんでいく。博士はそれでもなお気になるようにカンテラを提げてそこらを歩き回ったが、どこにも異状はなかった。

「ふふ！　気のせいかな。どうもすこし神経が尖りすぎている。落ち着かにゃいかんわい」

博士は汗をふきカンテラを壁につき刺すと再び煉瓦の取り除けにかかった。その態度はしだいに焦燥を加えてくる。まるで狂気した犬のように目を剝き、歯を喰いしばり、鼻をならしながら煉瓦の山を築いていく。

まもなく問題の煉瓦はすっかり取り払われて、そのあとに泥の穴が見えはじめた。さわってみると近ごろ掘りかえしたとみえ土が柔らかだった。博士はシャベルを取り上げて土を搔きのけた。一搔き……二搔き……ふとシャベルの先になにやら手応えがあった。

「しめたぞ！」

心臓がガンガンと鳴って、額には汗がビッショリ浮かんでいる。一千万円の金塊だ！　おお、黄金の大宝庫だ！

博士はふいに顔をしかめた。そしてなにか気になるように小首をかしげたが、いきなりシャベルを投げ出すと、柔らかい土の中に手を突っこんで指に触ったものをズルズルと引っ張りだした。

そのとたん、うわッ！と叫んで博士はうしろに跳び退いたのである。博士のまえには、ボロボロの着物に覆われた、なかば腐乱した死体が泥にまみれて横たわっているのだった。博士はベタベタとその場にへたばってしまった。

水だ！　水だ！

意外とも意外！

黄金を掘り出そうとした博士が人間の死体を掘り出そうなどと誰が想像しえよう。この無気味な死体をまえにして、博士はなかば放心したように、ゼイゼイと肩で息をしているのもむりではなかった。

興奮とそのあとにやって来た驚愕のために、恐ろしい喘息（ぜんそく）の発作がいま博士を襲いつつあった。

「やあ！　とんだものを掘り出しましたな」

ふいに背後から人の声が聞こえた。博士はビクッとして跳び上がったが、薄暗いカンテラの灯で相手の姿を見たとたん、まるで狂死するのではないかと思われるほどびっくりした。

「や、や、キ、貴様は……、貴様はいったい誰じゃ」

「はははは、誰だとは情けない。もう忘れたのですかね。このあいだお前さんのために、溶鉱炉のなかへ放りこまれた風間さ、風間辰之助でさ」

「あ、あ、あ」

あまりの驚きに言葉も出ない。いまにも心臓が塞がって、絶息しそうな気がする。

「キ、貴様！ユ、幽霊――」

「は、は、は、なるほど、お前さんの目からみれば、幽霊としか思えないかもしれんね。ところがお気の毒ながら、おりゃあこうして生きてるよ。血もかよっていれば肉もある。正真正銘間違いなしの人間よ」

風間は積み重ねた煉瓦のうえに腰をおろすと煙草を取り出して火をつけた。

「どうだい、一本、――ナニ、要らぬ。そいつは残念だな。労働ののちの一服は天の美禄というぜ。ああそうそう、お前さんは喘息だっけな」

博士は肩でゼイゼイと息をしながら、憎悪と恐怖に満ちた目で、じっと相手の顔を見つめている。なにか言おうとして口をもごもごさせていたが、言葉は咽喉から出なかった。

「はははは、おい、爺さん、なにをそんなに考えこんでいるんだ」

風間はプッと煙草の煙を吐きかけながら、

「お前さんが今なにを考えているかあててみようか。どうして、このおれが助かったかそれが不思議でならないんだろう。ナーニ、わけはないさ。いかにおれだって溶鉱炉へ投げこまれりゃそれきりよ。つまりそのまえにあの麻袋から脱出することができたからこそ、ガラスにもならず、こうしてこの世でお目にかかれるんだ。なあ、おい大将、すてきじゃないか」

博士にはそんなことは信じられなかった。麻袋のなかから脱出した——？　否、否！　溶鉱炉へ放りこんだ袋のなかにはたしかに誰かいた。あれがもし、風間でなかったとしたらいったい何者だ。

「は、は、は、ひどくご心配のようすだね。ナーニ種を明かせばなんでもありゃしない。お君さんという娘さんが袋の口をといてくれたのさ、お爺さんが工場の方を見回りに行っているあいだにね、じゃ、あの袋のなかにいたなア誰だというのかい、ネロさ。お前さんの忠犬ネロだよ。は、は、は、驚いたかい。しかし、こりゃおれが考えたことじゃないんだぜ。みんなお君さんの考えさ。お前さんの毒矢でね、チクリとネロを突き刺すと、キャンとも言わずくたばっちまったというぜ。あとは犬と人間との入れ替わり。細工はりゅうりゅうというところさ。は、は、は、驚いたね。憤ったね。しかしなア大将、憤るなアお前のほうがむりというもの、大仕事をするにゃ女は禁物——不覚じゃったの、ほほほほほ」

博士の口真似をして奇妙な笑い声をあげた風間は、三斗の溜飲（りゅういん）を一時におろしたようないい気持だ。

「お君が……馬鹿な、あの娘に限って……」

「そんな裏切りをするような娘じゃないというのかい、そこがそれ不覚の至りさ。女というやつはとかく同情深くできているというものさ。助けてはならぬ敵とわかっていても、薬を嗅がされ、袋づめになってよ、抵抗力のなくなっている男を見ると、ついむらむらと後生のひとつも出ようというもの、それにお君さんはお前さんほど悪党じゃないし、憐れな犠牲者がこの風間辰之助のようないい男ときてる。こいつに気づかなんだのは先生一期の不覚じゃったの。ほほほほほほほ」

「ムーン」

と唸った博士は、憤怒のために突然ブルブルと激しい発作に襲われた。咳が——絶入るような咳が咽喉の奥からこみあげてくる。血管はふくれあがり、髪の毛は逆立ち、涙がボロボロとこぼれてくる。風間はそれをしりめにかけ死体のうえに身を踞めると、泥を払いのけて顔を覗きこんだ。

なかば腐乱した醜い顔は無念の形相物凄く、じっと風間の顔を凝視している。風間は仔細にその顔を見つめていたが、ふいにあっと叫んでうしろへとびのいた。全身の血が一時に凍って、心臓が真っ白になった。

「見ろ！」

風間は博士の手をつかむと夢中になってゆすぶった。

「あの死人の顔を見ろ！」

むりやりにおしつけられて死人の顔に目をやった博士は一目見るとぎょっとした。そのとたん、喘息の発作が治ったほどはげしい驚きに打たれた。なかば腐乱こそしているが、長い灰色の頭髪、黄色い皮膚、醜い乱杭歯、擬(まご)うかたなき熊吉老人ではないか。

「あ、あ、あ、――熊吉老人」

「そうだ、熊吉爺さんだ――」

熊吉爺さんがここに死体となっている。死体となってなかば腐りかけている。とすれば、今三階に寝ているのは何者だ。――

「ああ！　わかった、わかった！」

ふいに博士が狂気したような叫び声をあげた。

「あいつだ！　あいつだ！　そうだあの目！　黒眼鏡で隠したあの目、たしかにあいつの目だ」

「あいつとは誰だ！　おい大将、しっかりしろ、あいつとは誰のことだ！」

「黒沢だ！　黒沢のやつだ……」

博士はふいに両手で顔を覆うと歔欷(すすりな)くような呻き声をあげた。いまこそ真相がはっきりと目に映じる。殺されたのは黒沢ではなかったのだ。おそらくあの死体は甥の信二だったのだろう。信二に殺されかけた黒沢は逆に相手を殺して自分の身代わりとし、自分は熊吉老人を殺してそれに化け、そして金塊の番をしながら持ち出す時期を狙っていたのだ。

「やられた、やられた、計られた。ああ恐ろしい！　わしはもうとても助からぬ！」

博士は絶望的な呻き声をあげ、両手で顔を覆っていたが、ふいにむっくりと狂気した顔をあげるとよろよろと立ち上がった。

そのとたん、壁にかけたカンテラがガチャンと音を立ててこわれた。火が消えて、トンネルのなかにはどっと冷たい闇が覆いかぶさってきた。

「危いッ、気をつけろ！」

風間がはっと地上にからだを伏せた刹那、なにかしら、ビューンと風を切って飛んだものがあった。

「ウーム！」

と呻き声とともに、ドタリと朽木を倒すように、博士の倒れる物音が聞こえた。

地面に耳をあてていると、ひそかな足音が急ぎ足で遠のいて行くのが聞こえる。

どこかでギイと重いドアの軋(きし)る音がした。

通り魔のような曲者(くせもの)は立ち去った。

風間はむっくりと顔をあげると懐中電灯であたりを捜してみた。果たして部屋の入口に博士が倒れている。

「おい、しっかりしろ！　傷はどこだ」

「ウーム」

博士は白い目を見ひらいて微かに呻いた。

そのとき風間はぎょっとしてうしろへとびのいた。見よ！　博士の胸に突き刺さっている一本の矢——おお、恐ろしい毒の吹矢だ。

毒のめぐりは風間が想像したよりもはるかに敏速だった。博士の顔面からは退潮のごとくこくこくとして生の影が褪せてゆく。みるみるうちにふえてゆく凶々しい紫色の斑点、唇が白くなって、瞳孔がガラスのように曇ってきた。明らかな断末魔だ。

「おい、しっかりしろ！　お前の捜していたのはなんだ！　宝というのはなんだ！」

博士の瞳がピリピリと動いて、白い唇がかすかに痙攣する。

「おい！　言え！　はっきり言え！　敵はかならずおれがとってやるぞ！」

「金塊——奉天から盗んで来た金塊——一千万円の金塊だ！——」

それだけが博士の最後の力だった。ふいにはげしい痙攣が全身を這いのぼってきたかと思うと、まもなくガックリと硬直した四肢が土のうえに伸びてしまった。

「可哀そうに、悪いやつだがこんなところを見るのはあまりいい気持じゃないな。おれを殺そうとした吹矢で殺されるなんて、これもなにかの因縁だろう。なア爺さん、ちょうど幸いここに道連れがあらア。急いで行けば三途の川あたりで追いつくだろう。南無阿弥陀仏――」

博士の目を閉じ懐中電灯を取り上げた風間は立ち上がってあたりを見回した。が、そのとたん、彼はぎょっとして息を大きく吸いこんだ。

今まで少しも気がつかなかったが、真っ黒な水が白い泡を立てながら足下に渦巻いている。どこか遠くのほうでドッという凄じい水音が聞こえた。

「しまった!」

稲妻のように危険の予感がひらめいた。隅田川へ通じている水門の戸が開かれたのにちがいない。ぐずぐずしていたらこのトンネルのなかは水浸しになってしまうのだ。

風間は懐中電灯を振りかざしながら夢中になって走った。

そのうしろから濁流が追っかけるように押し寄せて来る。

水嵩はみるみるうちにふえて、階段のしたまで駆けつけたときには、もう膝のあたりまでたっしていた。

風間はふいに、ドシンと厚い壁に鼻頭をたたかれてびっくりして立ち止まった。懐中電灯で前方を照らしてみると、いつのまにか、厚い扉がピッタリと下りていて、水がそこで凄じい渦を描いていた。

風間は驚いたひょうしに取り落とした懐中電灯を捜してみたが、もうどこにも見当たらなかった。水の流れがどこかへ奪い去ってしまったのだ。あたりはもう漆のように真の闇。その闇の底からとうとうたる水音が聞こえてくる。

「畜生！　畜生！」

風間は歯ぎしりをしながら扉をたたいた。拳が破れてたらたらと血が流れる。しかし扉は巌のごとく厳然と沈黙をつづけてビクともしない。

水はもう腰のあたりまで達していた。

この扉が開かないとすれば、逃げ口は唯一つ水門があるばかりだ。しかし無事にそこへ行きつくことができるだろうか。水門にたっするまで果たしてこのトンネルのなかに余裕があるだろうか。……しかし今はそんなことで躊躇しているべき場合ではないのだ。水嵩はこくこくとして増してくる。幾何ならずして、このトンネル内を満してしまうだろう。

風間は両手で水をかきわけながら進んだ。ともすれば水勢におされて、うしろへ流されそうになる。風間はきっと歯を喰いしばり、壁を伝いながら夢中になって進んで行った。水はすでに胸のあたりまでたっしている。ふいになにかしら小さな動物が風間の肩に這いのぼってきた。

鼠だ！　このトンネルの穴にひそんでいた鼠が水のために巣を追われて逃げ出して

きたのだ。

「畜生！」

風間がぞっとして首を振ると、鼠がポチャンと水のなかへ落ちて渦のなかへ巻きこまれた。しかし、トンネルのなかに一匹の鼠しかいないというわけはない。果たしてそのあとからすぐ第二の鼠が襲撃してきた。

一匹——二匹——三匹。——肩から胸へと駆けのぼるその気味悪さ。

しかも払えども払えども鼠の襲撃には限りがないのだ。

水門までにはまだだいぶ距離がある。しかも水はすでに胸から肩、肩から口あたりまで達していた。

「ああ、もうだめだ——」

風間は全身から力が抜けてゆくのを感じた。真っ暗な地下のトンネル、そこにはなんの光も希望もない。トンネル自身がすでに大きな墓窖だ。このトンネルのなかで、鼠とともに死んでゆく自分——風間の意識はしだいに朦朧とぼやけていった。

幽霊騎手の正体

そのころ、地上の黒沢家の庭園では、いましも奇怪な事件が進展しつつあった。

大きな楡の木のしたに、新しく住みこんだ下男の芳蔵がじっとうずくまって、川ぶちに立っている古びたボートハウスに猫のような瞳を凝らしているのだった。

ボートハウスというのは、この邸のまえの主人の代からあるもので、底の一隅に建てた小屋のなかに隅田川の水を引きこんでプールが造ってあった。むろん、今はもうボートなんか浮かんでいなかったが、それでも始終、黒い水が小屋のなかにプールを造っていた。その小屋のなかでさっきから怪しい灯がしきりに動いているのだ。

芳蔵は猫のような、足音のない歩きかたでその小屋の方へ近づいて行った。息を殺して小屋の隙間から覗いてみると、一人の男が向こう向きになってじっとプールの水面を見つめている。垢じんだ帽子、ボロボロの洋服、一見して職にあぶれたルンペンといった恰好だが、なんにしてもこのまま見捨てておくわけにはゆかぬ。芳蔵はそっとドアを押してなかへ滑りこんだが、その物音に曲者がぎょっとしてうしろを振り返った。そのとたん、芳蔵が鞠のように相手に躍りかかって行った。

二つの肉塊が一団となって地上を転げ回る。上になり下になり、しばらくもくもくとして二人は争闘を続けていたが、まもなく勝負がついた。芳蔵は怪漢のうえに馬乗りになると、カンテラの灯を引き寄せて相手の顔を覗きこんだが、そのとたんびっくりして飛びのいた。

「なんだ、貴様、音丸じゃないか」

音丸は相手が飛びのいた隙に、急いではね起きようとしていたが、その声を聞くとぎょっとして相手の顔を見なおした。

「誰だ！　手前は――」

「おれだよ。南条だよ」

「え？」

音丸が二度びっくりして目を丸くしているまえで、南条はもじゃもじゃのつけひげをむしり取った。ちがいない。擬うかたなき新聞記者の南条三郎だ。

「ああ、南条、君はいったいこんなところでなにをしているのだ」

「そんなことはどうでもいい。いずれあとで説明する。そういう貴様こそここでなにをしているのだ」

それをきくと、音丸は急に不安そうな目をプールのうえに落とした。

「見てくれ、この水を――」

「なんだ、水がどうしたのだ」

「ほら、どんどんどこかへ吸いこまれていくじゃないか。いったいこの水はどこへ流れていくのだろう。おりゃあなんだか不安でたまらないんだ」

南条はふいにきっと音丸の腕をつかんだ。

「おい音丸、――もっとはっきり言え。水の吸いこまれていくのがなぜ不安なんだ」

「おれにゃあ——おれにゃあよくわからねえ。しかしおりゃあさっき、この小屋のなかからよぼよぼの爺さんが飛び出してくるのを見たんだ。中風で身動きもできないはずの老人が、ここから飛び出してくるのを見たんだ」

「なんだって！　あの中風の爺さんが歩いていたというのかい？」

「歩いていたどころじゃねえ、まるで鉄砲玉みたいに飛んで行きやがった。中風とは真っ赤な偽り、ありゃ偽病だぜ」

南条はわけのわからぬ疑惑に捕えられた。あのよぼよぼの身動きもできぬ老人がこの小屋から飛び出して行ったなんてことが信じられるだろうか。

彼は音丸の腕をはげしくゆすぶった。

「おい、音丸！　貴様がビクビクしてるなアそれだけじゃあるまい。もっとほかに理由があるんだろう」

「フム、じつは——」

「じつは——？」

「じつは風間がどこかこの邸の地下へ潜りこんでいるはずなんだ。おりゃあこの水は、もしかするとその地下へ流れこんでいるのじゃないかと思って……」

南条は音丸の手を放すと、やにわにプールの方へ飛んで行った。

「貴様、それをなぜもっと早く言わねえんだ！」

プールの奥まったところに大きな堰があったが、堰の鉄門はいま水面高く吊りあげてあってその中にどんどん水が流れこんでいた。その水門のそばへ飛んで行ってせわしくあたりを見回した南条の目に、ふと小屋の片隅にある大きな鉄のハンドルが映った。

「これだ！」

南条がハンドルを回すと、鉄門は左右の溝を滑ってスルスルと水中へ沈んでゆく。流れは安全にせきとめられた。見れば水門の裏側にあたるプールの底には、マンホールのような穴があいていて、その揚げ蓋がうえのほうにはねあげてあるのだった。わずか残った水が、音を立ててその穴のなかへ流れこんでいった。

南条は腹這いになるとその穴の入口に耳をあててじっとようすをうかがっていたが、ふいにむっくりと頭をあげると音丸の方を振り返った。

「たしかに誰かいる！」

「じゃ、まだ生きているか」

音丸の声は慄えていた。

「フム、竪孔はまだ一杯にゃなっていないが、トンネルのほうが水浸しになっていたら……」

「おい、助けてくれ！　南条、お願いだ！　風間を助けてやってくれ……」

「よし！」

南条は印半纏を脱いでその穴のなかへ入って行きかけたが、なにを思ったのかふいにニヤリと笑うとまた引き返してきた。

「おい、音丸。助けてやらぬでもないが一つ条件がある」

「おい、よせよ。なんでもきくから早く助けてやってくれ、よ」

「いや、貴様がその条件を承知するまで、おりゃあこの穴のなかへ入るのはよした」

「だからさ、どんなことでもきくと言ってるじゃないか。条件というのはいったいどんなことだ」

「幽霊騎手というなあ風間辰之助だろうな」

南条がピシリと言った。

「バ、馬鹿！ ソ、そんなことが……」

「フフン、貴様がその気ならおれも風間を助けるのはよした。もう一度この水門の口を開いてやろう。ははは、幽霊騎手地下トンネルにおいて溺死す――か。重なる罪業の酬いだね」

「おい、南条、ソ、そんな意地の悪いことを言わずに頼む。助けてやってくれ」

「だから、貴様もすなおに白状すればいいじゃないか。ええ、おい、いま都下を荒し回っている怪盗幽霊騎手の正体は風間辰之助――だ。ね？ そうだろう」

音丸は恐ろしい板ばさみにブルブルと慄えている。苦悶のために顔は歪み、額には汗がビッショリ浮かんでいた。

「南条——貴様は卑怯だ、こ、こんなさいに至って……」

「おい、ぐずぐず言うのはよせ！　風間のいのちは一刻を争うのだぞ。おい、風間辰之助こそ幽霊騎手であろうな！」

音丸ははげしくうなずいた。ああ、このさいこれよりほかにどうしようがあるというのだ。南条の言葉どおり、風間の一命はいま風前の灯も同様ではないか。

「よし、わかった。それが貴様の返事だな。音丸安心しろ。風間はたしかに生きているぞ。おりゃあ今、きやつの呻き声をきいたのだ！」

言いきるやいなや、南条は飛ぶ鳥のごとく身を躍らせて穴のなかへ潜りこんで行った。

河上の追跡

真っ暗な竪孔の内部には一挺の鉄梯子が垂直についていた。それを伝って降りて行くと、南条の足はまもなく水面にたっした。トンネルのなかはどうやら九分どおり水浸しになっているらしい。念の為に梯子をしたままで降りてみると、まもなく足が地面にとどいた。立ってみると、水はちょうど南条の鼻のあたりまである。風間は南条より三寸は背が高いから、このぶんなら大丈夫、よし立っていることができなくとも、泳ぎの達者な風間のことだ、まさか溺死するようなことはあるまい。

「おうい、風間――風間はいるかい!」

南条の声がトンネルの天井と水面とに反響して、奥の方へ転がって行った。

「ウーム、誰だ――音丸か――」

弱々しいが確かに風間の声だ。嬉しや風間はまだ生きている。

「どちらだ、どちらだ!」

「こっちだ――、早く来てくれ……あっ、畜生!」

「どうした、どうした、誰かいるのか」

「鼠だ! 鼠の畜生だ……あっ、ム、畜生!」

水中に立った南条の足に、ふとなにか触れたものがあった。探ってみるとどうやらレールらしい。たぶん荷物でも運ぶために、トロッコがしいてあったのだろう。しめた! このレールにさえ気をつけていれば、暗闇のなかでも道を間違うようなことはない。

「おい、風間、なにかしゃべっていてくれ! その声を頼りに泳いでいってやる」

「よし、きた!」

風間は言下に大声で歌を歌い出した。これにはさすがの南条も舌を巻いて驚嘆せずにはいられない。この危急の場合になんという大胆な男だろう。……南条はその歌声を頼りに水をかきわけて泳いで行く。ときどき水中に潜りこんでレールの所在を探ることを忘れなかった。

まもなく彼は風間のそばに泳ぎついた。風間は壁のくぼみに足をかけて、ようやく水面から首を出しながら、襲い来る鼠群と闘いつづけているのだった。

「おい、鼠のやつに気をつけろ！　水よりこいつのほうがよっぽど恐ろしい！」

風間の言葉が終わらぬうちに、一匹の鼠が南条の肩に跳びついてきた。

「うわッ！　畜生！　ペッペッ！」

「おい、どうした、大丈夫か」

「大丈夫、貴様こそどうした。気は確か」

「おや、そういう声は誰だ、音丸じゃねえのか」

「誰でもいい、早くおれの肩につかまれ。うわッ！　この畜生……なるほど、この鼠にゃ恐れるね」

「ああ！　貴様、南条だな！　貴様どうしてここへ……？」

「そんなことはどうでもいい。早くおれの肩につかまれ。こいつはたまらぬ」

南条が必死となって襲いかかる鼠群と闘っているようすに、風間は、くすくすと笑い出した。

風間が肩につかまると南条はすぐ泳ぎ出した。幸い今度は水中に潜ってレールを探らなくとも、帰り道に迷うようなことはなかった。音丸の機転だろう。綱の端にくくりつけたカンテラがぶらぶらと水面にゆれていたから、その光を目あてに泳いで行けばいいのだった。

途中まで泳いでくると、ふいになにかしら水面に浮かんでいる大きな物体が南条の鼻先をさえぎった。南条はなに気なくそれを押しのけようとしたが、そのとたん、ウワッ！　と叫ぶや、ブクブクと水のなかに沈んで行った。

「どうした、どうした」

風間があわてて腕を吊しあげると、やっと水面に頭を出した南条は、ブルブルと首を振って水を切りながら、

「シ、死体だ……土左衛門が浮いている！」

風間にはすぐ万事了解ができた。思うに熊吉老人か高木博士の死体が水に浮き上がって流されてきたのだろう。

「なにも驚くことはねえよ。このトンネルは墓窖も同然なんだ」

「墓窖――？」

「詳しいことはいずれのちほど話す。それよりも一刻も早くここを出なけりゃなら

ん」

やっとのことでボートハウスのなかへ這い出して来た風間辰之助は、世にも滑稽な顔をしていた。頰といわず鼻の頭といわず、一面の嚙傷で、皮膚は破れ血が滲み出している。猛烈な鼠群の襲撃と闘った名誉の負傷だった。これを見ると、心配のために蒼くなっていた音丸も思わずプッとふきだした。

「こん畜生！ 笑いごとじゃねえぜ。それよりあいつはどうした。あの中風の爺はどうした？」

「あの爺さんなら、さっきこのボートハウスから出て来て、うちの方へ走って行きましたぜ」

「あいつだ！ あいつを逃がしちゃならん！」

風間がやにわに駆け出そうとするのを、南条が抱きとめた。

「おい、風間、あの爺さんがどうかしたのか、あいつほんとうに歩けるのかい？」

「歩ける？ むろんだ、あいつは大した喰わせものだぜ、おい、南条、貴様も手伝ってくれ！」

三人はボートハウスを出ると、勝手口から家のなかへ飛びこんだ。そして物音に驚いて飛び出して来た召使いたちをしりめにかけて、まっしぐらに三階へ駆けあがって行ったが、熊吉老人の部屋はもぬけの殼だった。

「しまった！　逃げた！」

「おい、あんなところに女が倒れている！」

南条の叫び声にその方を見ればなるほど寝台のしたから、白足袋をはいた女の足がニュッと突き出している。音丸がすばやくその足をつかんでからだを引きずり出した。

「あっ、小間使いのお君だ！」

無惨、お君の胸には例の毒矢がぐさっと突き刺さっていた。かッと見開いた白い目、紫色の斑点、白い唇、……すでにことときれていた。

高木博士にそそのかされて恋しい男のためとばかりに、間違った道へ踏み迷った女ではあったけれど、かつては自分の生命を救ってくれたこともあるお君――そのお君の無惨な死体を見て風間は烈火のごとく憤った。

「畜生！　行きがけの駄賃に殺していきやがった。……お君さん。この敵はきっと討ってやるぜ」

風間が涙をのんで合掌しているおりから、にわかに階下の方からけたたましいエンジンの音が聞こえてきた。三人があわてて窓のそばへ駆けよってみれば、いましも一艘のランチが黒沢家の庭のはしにある桟橋から出発しようとしているところだった。しかもほの暗い石油ランプのしたにうずくまっているのは、たしかに熊吉老人の姿ではないか。

「畜生！　船でズラかろうというのだ」

そのとき、音丸がいきなり風間の腕をつかむと、ランチのなかを指さして叫んだ。

「大将……あれを見なさい！　爺さん、だれかを抱いている……あっ！　女だ！　弓枝さんだ！」

「畜生！」

風間は風のように部屋を飛び出して行った。

「音丸来い！　南条、貴様にすばらしい特だねをくれてやる、一緒に来い！」

三人は飛ぶように階段を駆けおりて行った。

しかし、彼らが桟橋へ駆けつけて行ったときには、ランチはすでに嘲るように白波を残しながら一町ほどかなたを走っているのだった。

「おい、南条、なんとかしてくれ！　頼む！　あいつは弓枝さんを殺してしまう。おい、南条……なんとかしてくれ……おい！」

南条の肩をつかんだ風間は、夢中になって相手のからだをゆすぶった。苦悶のために顔は引きつり、目には涙が一杯浮かんでいる、子どものように彼は地団駄をふんでいた。

「なんとかしてくれと言ったところで、おれだって鳥じゃねえし、飛んで行くわけにゃいかねえ。それより水上署へ頼んで……」

「だめだ！　そんな暇はありゃしねえ。そのまに弓枝さんは殺されてしまう。おい、南条、貴様の力に負えねえのか、おい！」

「だってしかたがねえ。貴様にできねえことがおれにできるはずはありゃ……あっ！　しめた！　風間助かったぞ！」

南条が狂気のごとく手を振って大声で叫んだ。その声をききつけたのか、いましも中流をくだっていたランチがするするとこちらへ近づいてきた。

「水上署のランチだ。ぐずぐずいわずに飛び乗っちまえ！」

ランチが一間ほど手前まで近づいてくると、三人はいっせいに飛び移った。そしてあっけにとられている警官に南条が手短に事情を話した。このさい、南条の新聞記者の徽章（きしょう）が大いに役立ったことは言うまでもない。しかも話の最中にひょっこりと船室から顔を出したのは、南条となじみの警部だった。

「やあ、南条君じゃないか。ひどく興奮しているが、なにか事件かね」

「殺人事件です。いま犯人がランチで逃亡したのです」

「そして一千万円の金塊拐帯（かいたい）犯人です！」

風間がそのあとにつけ加えた。

「なに、一千万円の金塊？」

警部と南条が異口同音に叫んだ。

「事情はあとで詳しく話します。ともかく追跡してください」

「よし！」

命令一下、俄然ランチは猛烈なスピードを出した。両岸の家も船も筏も矢のようにうしろへけし飛んで行く。

毒矢の襲撃

「おい、一千万円の金塊というのはほんとうか」

「ほんとうだとも！　南条、実際すばらしい事件だ。生命を助けてくれたお礼に、貴様にこの特だねをくれてやる」

野菜を満載した荷船がランチの煽りをくらってぐらぐらと揺れた。櫓を押していた船頭夫婦が目を丸くして、この気違いじみたランチの驀進を見送っていた。

月が浅野セメントの煙突のうえにかかって、川上は銀を流したように明るかった。追跡にはもってこいの晩だ。

ランチは佐賀町を左に見て、永代橋のしたをくぐった。しかし目ざす船影はまだ見当たらぬ。風間はしだいにいらいらしてきた。石川島で川は二股に分かれているから、それまでに敵のランチを見つけなければ、取り逃がしてしまうおそれがある。海へ出てしまえば捜索は容易ではないのだ。

「警部さん、これ以上スピードは出ないのですか」

「これで一杯だ。これ以上出したら顚覆してしまうばかりだ」

警部の言葉は事実だった。汽罐は一杯に開かれて嵐のような唸りをあげている。飛沫は雨となってランチのうえに降りかかり、小舟や艀や荷足船や伝馬船が走馬灯のようにうしろへ飛んで行った。まもなく石川島造船所の黒い建物が前方に見えてきた。

「いた！」

ふいに音丸が叫んだ。

「あれだ！　あの赤い火だ。警部さん、お願いです、スピードを――スピードを――畜生！　もう一息だ」

二町ほどかなたを、敵のランチが奔馬のごとく驀進している。白い波が鋸でひかれたようにさっと左右に飛沫をあげていた。ときどき船体がぐらぐらと左右に揺れた。

「むちゃな速力を出しやがるな！　しかし、もう大丈夫だ。見ろ！　吃水線がとても沈んでいる。積載量以上のものを積みこんでいるので、思うように速力が出ないのだ」

彼我の距離は刻々として迫っていく。もう一息だ。しかしそのとき、ふいに追手のランチにとって不運が見舞ってきた。三艘の荷船をひいた曳き船がゆうゆうとあいだに割りこんできたのだ。

「畜生！　危い、退け！」

ふいに舵を回したので、ランチが大きく傾いて、乗組員は危く水中へ投げ出されそうになった。

風間が地団駄を踏んで罵声をあびせかける。ようやく曳き船を迂回して進路を取りなおして前方を見れば、敵のランチはすでに数町のかなたに逃げのびていた。

「ナーニ、心配はいらん、姿さえ見失わなけりゃ、スピードはこちらのほうが速いんだから、いまに追っつける」

川の分岐点まで来ると、敵は右へと針路を取った。再び彼我の距離は刻々とせまってきた。速度計の針が気違いのように躍って、汽罐はブーブー傷ついた牡牛のように猛り狂っている。

佃の渡しのあたりまでさしかかったころには、向こうのランチの内部がはっきりと見えはじめた。船尾には熊吉老人がかがんで、気違いのような獰猛な目でじっとこちらを見すえている。ふさふさとした雪白の長い髪、もじゃもじゃの顎。剝き出した黄色い乱杭歯。まったく悪魔のごとき形相だった。

十間、五間、三間、二間――二つの船はしだいに接近していく。風間も南条も、いつでも向こうの船に飛び移れるように身構えをしていた。

「危い！」

突然、風間が南条の腕をつかんで身をかがめた。老人の口に吹矢筒をあてるのを見たからだ。二人ははっとして頭を伏せた瞬間、ビューと風を切って矢がとんだ。矢はランチとすれすれに水のなかへ落ちた。

「みな気をつけろ！　毒矢だ！　恐ろしい毒矢だ。あいつにやられると生命はないぞ」

二本目の矢が飛んできた。矢はハッチにぐさと刺さった。熊吉老人は狂気のごとき目を怒らせながら三本目の矢をさしこんで口にあてた。

風間は急いでポケットからピストルを取り出したが、弾丸が水に濡れて役に立たなかった。

「畜生！」

「ピストルならここにあります」

音丸が言った。

「射て！　殺すんじゃないぞ。腕を狙え！」

三本目の矢は音丸を目がけて飛んできた。音丸は危くからだをかわすと、ピストルのひき金に手をかけた。ズドンと一発、最初の弾丸ははずれた。熊吉老人はあわてて四本目の矢を筒のなかへしこんでいる。

「いまだ！」

第二発目！　弾丸は見事に老人の右腕に命中した。

「あっ！」

と叫ぶとともに、吹矢筒が手をすべって水中に落ちた。

「しめた！　飛び移れ！」

南条が一番に飛び乗った。あわをくった老人はバタバタと船室のなかへ逃げこむと、そこに倒れていた弓枝の咽喉へいきなり手をかけた。

「馬鹿！」

と、一喝！　南条の猿臂が伸びたかと思うと、老人のからだは翻筋斗打って床のうえにたたきつけられていた。風間をはじめ、警部や音丸がそこへ飛びこんできた。

弓枝の姿を見ると風間はいきなりからだを抱き起こした。

「弓枝さん、弓枝さん、しっかりしてください。もう大丈夫です」

弓枝はうっすらと目を見開いたが、風間の顔を見ると、にっこり笑って、安心したようにそのまま再び昏倒してしまった。

「音丸、弓枝さんの介抱は貴様にまかせる」

風間はつかつかと熊吉老人の方へ近づいて行った。警部と南条の二人に、左右から押えられた老人は、狂犬のように兇暴な目を光らせながら風間の顔を見ていた。

「警部さん、これが黒沢事件の真犯人です！」

老人の頭髪に手をかけた風間がそう言いながら、スッポリと蔓を取れば、老人とは似ても似つかぬ頑強な面構えが現われた。

「田代倫造の殺害者、白石信二の殺害者、そして熊吉老人と高木博士とお君の殺害者、恐るべき殺人鬼、黒沢剛三というのがすなわちこの男です」

仮面は剝がれた。秘密の帳はあげられた。ああ、その真実のなんという恐ろしさであろう。黒沢はもう、なんと抗弁してもむだだとさとったのであろうか、悄然としてうなだれている。

南条は手帳を出して忙しく鉛筆を走らせた。

「しかし、金塊はどうした？　一千万円の金塊というのはどうした」

「警部殿！　このランチにはごらんのとおり、樽が一杯積みこんであります。その樽のなかをお調べになれば、たちまちご了解がいくことと存じます」

警部は部下に命じて一つの樽をあけさせた。

「おお！」

警部も南条も音丸も、その樽のなかを一目見るや、あっけにとられて次の言葉が出なかった。樽のなかに黄金の棒がぎっしりとつまっているのだった。

「大事件だ！　畜生！　すばらしい特だねだぞ！」

南条の鉛筆は狂気のごとく躍っていた。

黒沢は消沈しきった面を伏せて、唖のごとく押し黙っている。

二艘のランチは静かに月島の渡し口へ近寄って行った。

許されぬ恋

その翌日の東都新聞が、すばらしい旋風を日本全国に巻き起こしたことは、ここに書き加えるまでもあるまい。昭々として白日のもとに曝け出された秘密の恐ろしさ、奇怪さ、五人殺し、犯人の兇暴さ、かてて加えて一千万円の金塊が事件の背景をなしているというのだ。世をあげてゴールドラッシュの時代。天賞堂のショーウインドーから小っぽけな金塊が盗まれても大騒ぎをする世のなかだ。一千万円の金塊事件が世間の耳目を聳動させずにおかぬはずがない。

金塊の出所はまもなく判明した。一昨年の秋、満州事変が突発した当時、奉天の某方面にあったはずの金塊が一夜にして姿をかき消したという事件があった。犯人は三名の日本人で金塊とともに内地へ潜入したらしいというところまで判明していたが、それからさきは杳として消息が断ち切れていた。もちろん内地の各警察ではやっきとなって犯人厳探中だったが、いままでとうとうその手がかりをつかむことができなかった。その金塊がいま突如として出現したのだから、要路の大官が驚喜したことは言うまでもない。

黒沢の供述によって事件の全貌は暴露した。

それによるとおよそ、事件は次のごとき経過をたどっているのだ。

金塊奪取の計画をたてたのは弓枝の父田代倫造だった。彼は黒沢と白石信二の二人を仲間に語らって、巧みにその目的をたっしたが、さて金塊が手に入ると、今度は自分一人でそれを着服しようとした。彼は二人の仲間を満州に置きざりにして、金塊とともに東京へ舞い戻って来たのである。

むろん、黒沢と白石信二の二人がそのまま指をくわえて引っこんでいるわけはなかった。

二人はべつの方向から田代倫造の捜索を開始した。そして最初に成功したのが黒沢剛三で、彼は田代倫造の所在を突き止めると、そこへ乗りこみ倫造を脅迫して弓枝と結婚したのだ。

ところが、まもなくそこへ白石信二が割りこんできた。白石信二は叔父の高木博士を仲間に語らって、黒沢を脅迫しはじめたが、まもなくこの三人のあいだに同盟条約が成立し、まず第一に田代倫造を殺し、熊吉爺さんに毒を盛った。

ところがこの時分から黒沢は再び態度を豹変しはじめたのだ。彼は言を左右にして、金塊の分配を肯んじないばかりか、その所在をも絶対に明かそうとしない。そこで今度は白石信二と高木博士の二人が黒沢剛三を脅迫しはじめたのである。

事件の起こった夜、博士と信二の二人はお君の手引きによって、黒沢邸に乗りこみ、きびしい拷問にかけて金塊のありかを白状させようとこころみたところがその拷問の度がすぎて、黒沢が一時気絶したのを、死んでしまったと誤解した博士とお君の二人はあわてふためいて黒沢邸を出た。ところが、そのあとでまもなく息を吹き返した黒沢剛三は、ただ一人踏み止まっていた信二を斃し、それを自分の身代わりとしたのである。

なぜ黒沢がこんな回りくどい細工をしたかというと、彼は博士の復讐を怖れたのだ。こうして自分が死んだようにみせかけることによって博士の復讐から逃れると同時に、殺人犯人として追跡されることからも免れた。

つまり彼は一石二鳥といううまい方法を考えついたのである。

このまま彼が身を隠してしまえばなんでもなかったのだが、そうできない重大な理由がある。すなわち、金塊が黒沢邸に隠されてあるということだ。いつ何時博士の手によってそれが奪い去られるかわからない。一刻も彼は金塊のそばから離れるわけにはいかないのである。

そこで考えついたのが熊吉老人に変装することだ。老人は口をきくこともできなければ身動きをすることもできないのだから、変装するのにはもっとも好都合だった。長い雪白の頭髪、もじゃもじゃの顎鬚——これですっかり彼は老人に化けおおせた。誰がこの虫けらのように生きている廃人に疑惑の目を向けようか。孫の弓枝でさえが、まったく気づかぬほど巧妙な欺瞞がそこにあった。

かくして黒沢の計画はまんまと思う壺にはまった。そして彼は、ひそかに金塊を運び出す時期をうかがっていたのである。

もし、風間辰之助という人物が割りこんでこなかったなら、彼の計画は見事に成功していただろう。しかし、これが結局悪の酬いとでもいうべきか。計画はなかばで挫折し、金塊は今、政府の手によって安全に保管されている。再び盗み去られるようなことはあるまい。

数日経った。

新聞記者の南条が相変わらず鉄砲玉のように風間のアパートへ飛びこんで来た。音丸がなんだかぶつぶつ不平をこぼしながら皿を洗っている。隣室からは奇妙な音楽の音がもれていた。

「おい、大将はどうしたい！」

「あのとおりでさ」

音丸はため息をつきながら、

「一日じゅう、恋の歌なんかかき鳴らして、からだらしがねえんでさ」

隣室を覗いてみると、なるほどウクレレをかき鳴らしながら、風間は夢中になって歌っている。しかし、その姿を一目見たとき、南条は思わずはっとした。幽霊騎手――黒のフェルト帽に、裏縞の二重回し、まさしく幽霊騎手の扮装ではないか。

「や！　や！……貴様……」

風間はその声に振り返ると、にっこりとして手を差し出した。

「やあ、よく来たね、すばらしい人気じゃないか。南条三郎、一躍してヒーローになっちまったな。……おや、どうしたというんだ。なにをそうもじもじしているんだね。ああ、そうか。このみなりか、ナニ、こりゃ舞台衣装だよ。こいつが最初事件にかかわりあうきっかけをつくってくれたのだから、記念のためにとってあるのさ」

「ああ、そうか、それならいいが……」

南条はほっとしたようにそう言うと、改めて風間の手をしっかりと握りしめた。

「いや、おめでとう、ヒーローというのはおれよりむしろ君のことさ。警視庁のほうでもなにか君を表彰する方法を考えているという話だぜ。なにしろ一千万円という金塊を見つけてくれたのだからね。……ときに、弓枝さんのぐあいはどうだね」

「ありがとう。あまりの衝動にちょっと神経を痛めてるんだが、ナニ、もういいのさ。もう二、三日もすれば全快するだろう」

「それは重ね重ねおめでたいな。全快の暁にはいよいよ結婚話が持ちあがるか。そうなれば、事件はいよいよめでたくチョンというわけだね」

「結婚……？」

風間はちょっとウクレレの糸を弾いた。

「おりゃあ結婚なんかしやしないよ」

「おや、どうして？」

「どうしても」

風間はウクレレを取り上げると、静かなゆるやかな曲を弾きはじめた。

結婚――？　それは風間にとっては絶対に許されないことだった。弓枝を愛していればいるほど、それは避けなければならぬ問題なのだ。弓枝にしても自分の隠れた職業を知ったら、かならずや躊躇(ちゅうちょ)することだろう。彼女を愛していればいるほど、彼女を不幸に導くようなことは避けなければならぬ。

持って生まれた才知と、冒険心と、侠気(きょうき)のために、しらずしらずのうちに踏みこんでしまった道――新聞でかってにつけてくれた幽霊騎手という、変に気取ったニックネームに苦笑をもらしながらも、いまではやむにやまれぬ本能の導くままに、とうてい思いきれない強盗稼業。冒険の魅力と、スリルの誘惑は、再び自分を昔の無垢(むく)なからだにしてはくれない。

良家に生まれ、最高の教育を受けながら、風間にとってはこの世はあまり退屈すぎた。

真面目な勤め人になるには才知がありあまる、学究の徒として暮らすには覇気が過ぎ、そうかといって親の財産を守って生涯をおくるには、冒険心に富みすぎていた。役者という職業をえらんで、自ら新進劇団の首脳者になったのも、そういうロマンス癖からだったが、この職業もいつまでも彼を満足させてはくれなかった。

そういう風間の目に映った、この退屈な社会に生きて行く道は唯一つ。……肥りすぎた富豪や、淫蕩な有閑夫人を搦手からちょっと痛めつけるという手だった。最初はむろん、ほんの悪戯のつもりだった。ところがそれが予期以上の効果をおさめ、しかもその悪戯の魅力に圧倒された彼は、いつのまにやら深入りをしすぎて、いまでは押しも押されもせぬ紳士強盗。幽霊騎手という立派な名前までついて、気の合った音丸新平を片腕に、冒険とスリルのとりこになってしまったが、それでも彼の念願として、あくまでも不正にはくみしないという、他人のものをただ奪る職業ながら、そこに正義感とほこりとを持っていた。

しかし、それはたんなる自己流のほこりにすぎない。いつかはこの暗黒商売が露見することもあるだろう。現に南条三郎はあやふやながらも感づいている。彼がそれを公にできないのは、確たる証拠がないのと、友情のためであろうが、いつかその証拠を押えられたとき、弓枝は果たしてそれをゆるしてくれるだろうか。いやいや、たとえ彼女がゆるしてくれるとしても、結局は彼女を不幸に導くことだ。金塊泥棒を父に持ち、いままた紳士強盗を夫に持つ、それではあまり彼女が惨めだというものだ。……

「おい、おい、いやに考えこんじまったじゃないか。どうかしたのかね」

「いや」

風間は急にウクレレを強く弾いてそれを置くと、南条と顔見合わせて大声で笑った。その笑いのなかに彼は憂鬱を吹き飛ばしてしまって、

「南条、おれは貴様に借りがあったな。実際君があの邸へ忍びこんでいなかったら、それこそおれは土左衛門になってしまうところだった。しかし、貴様が変装してあの邸に住みこんでいようとは、おれは夢にも知らなかったよ」

「ナーニね、最初からあの事件を臭いと睨んでいたので、弥作爺さんにちょっと金をつかませ、その甥ということにして住みこんでいたのだが、まさか、あんな大事件だとは知らなかったぜ。おかげで大した特だねがつかめたというわけだが、それもこれも君あったればこそだ。これでまあおれの貸は帳消しにしておこう」

南条は愉快そうに笑いながら、

「しかし、風間、貴様は最初からあの事件の真相に気づいていたのか」

「知るものか。地下室で熊吉老人の死体を見、高木博士から金塊の秘密をきくまではまったく五里霧中だったのさ。しかしなア、今だから白状するが、もう少し頭を働かせりゃ、もっと早く黒沢の面皮を剝いでやることができたはずなんだ」

「フーム、なにか怪しいそぶりがあったのかい」

「いやね、最初の夜、怪しい電話で黒沢邸へ呼び寄せられたときのことさ。おりゃあ階段の中途でへんなやつに出会った。あいにくの暗闇で、顔を見ることはできなかったが、そいつはおれのそばをとおり抜けて三階へ逃げていきやがった。あとで曲者のふみこんだとおぼしい部屋を調べてみると、なんと、そこに寝ていたのがあの熊吉老人さ。そのとき少し頭を働かせりゃ、老人が怪しいとわかるはずなんだが、なんしろ相手はよぼよぼの老人と知っているだろう、つい油断をしたのがこっちの落度だね。今になって考えてみると、暗闇のなかであいつの手をつかんだとき、ぺっとりと血が着いたから、あのとき黒沢は老人を殺して、地下室へ運びこんだそのかえりだったのだね」

「なるほどね。しかし君ににせ電話をかけたというのは何者だろうね。そもそもそれが事件の発端なんだが……」

「たぶん高木博士かお君か、どちらかだろうと思う。黒沢が死んだとばかり信じて、その罪をおれと弓枝さんにかけようという企みだったのだろう。しかし、このおれをそんな甘ちゃんだと思っていたのが、そもそもの間違いさ」

「そうさ、君ゃあ、まったくそんな甘ちゃんじゃないからね」

南条はにやにや笑いながら相手の顔を見ていたが、

「ところでね、風間。最近おれの社へひんぴんと投書が舞いこんで困ることがあるんだ。ほらいつか幽霊騎手が東都新聞へ宣言書を発表したことがあるだろう。黒沢事件の真犯人はかならず自分の手で取り押えてみせるってね。ところが結果は意外にも、風間辰之助という一俳優によってみごと解決されてしまった。幽霊騎手以っていかんとなすという詰問状なんだ」

「フフン、そんなことおれが知るもんか。高木博士にでもきけばいいのだが、あいにく博士も死んじまったしねえ」

「馬鹿な！　なるほど博士は黒沢宛ての脅迫状に幽霊騎手という署名を用いているが、ありゃあいつか細君が幽霊騎手に襲われたことがあるのを思い出して、ちょっと悪戯に借用したばかりなんだ。幽霊騎手というのはほかにある。そいつはとても頭のいい敏捷(すばや)いやつさ。そしてあたかも風間辰之助のごとく若くして美貌で健康な男だよ」

「馬鹿だなア、君は……」

風間は煩(うるさ)さそうに生欠伸(なまあくび)をしながら、

「そうそう、このあいだ音丸が言ってたぜ。いつかあいつが君に、幽霊騎手とはおれのことだと言ったことがあるそうだね。しかしあれは、そう言わなければ君がおれを見殺しにしそうなので、つい口から出まかせを言ったのだそうだ。もっとも南条三郎ともあろう敏腕の記者が、そんなくだらない言葉をまに受けていようとは思われないがね」

「はははははは、なんとでも言ってろ！　そのうちに動かぬ証拠を押えてやる。ときに高木博士といや、夫人の奈美子ね、ほらとても君をご贔屓にしてる……」

風間はいやな顔をしながら、

「フム、あの女がどうかしたかい。亭主があんなことになったので、さぞがっかりしていることだろう」

「ところが大違い。なんでも若い映画俳優かなにかを引っ張りこんで、たいしたご乱行だそうだ。あきれたものじゃないか」

「フーン、そんなこともあるだろう」

風間はなにか思いあたるふしがあるようにうなずいた。他人には言えないことだけれど、いつか幽霊騎手として、夫人の部屋へ忍びこんだとき、若い男を引っ張りこんで、見るにたえない醜態を演じている夫人の姿を、目のあたり見せつけられた苦い経験がある。しかもその腹癒せに強奪してきた首飾りが、真っ赤な贋物、ガラス製の模造品ときていたので、その後、風間辰之助として夫人と交際するようになってからも、しゃあしゃあとした夫人の顔を見るたびに、おかしいやら、腹が立つやらしたものだ。

「なるほど、あの女なら、それくらいのことはしかねまい。あんな女もいる。そしてまた、弓枝さんのような可哀そうな女もいる」

それから風間はウクレレを引きよせて、静かに歌い出した。

憂いは沈む君が瞳よ、何を嘆き何を求める、
我れ君を愛すれど、それは許されぬ縁なれ……

突如として隣室からガチャンという音が聞こえた。音丸が皿をたたき割ったらしい。

「チェッ！　なんてだらしのねえ声だろうな。だからおりゃあ、ハッピー・エンドは嫌いだといってるんだ」

解説

中島河太郎

江戸川乱歩がまだ四篇しか探偵小説を書いていなかった大正十三年夏に、雑誌「新青年」の増刊号には翻訳二十二篇をずらりと並べただけでなく、文壇諸家の探偵小説論を載せた。

平林初之輔、佐々木味津三の文章も、大いに刺激したが、殊に佐藤春夫の感想は永く記憶にとどまったといって、たびたび引用しているのが、つぎの文章である。

「探偵小説なるものは、やはり豊富なロマンティシズムという樹の一枝で、猟奇耽異(キュリオシティ・ハンティング)の果実で、多面な詩という宝石の一断面の怪しい光芒で、それは人間に共通な悪に対する妙な讃美、怖いもの見たさの奇異な心理の上に根ざして、一面また明快を愛するという健全な精神にも相結びついて成立っていると言えば大過ないだろう」

ここではその探偵小説観を問題にするつもりはない。それより乱歩たちが「猟奇」ということばに惹かれているのが興味深い。乱歩は戦後の「探偵小説四十年」で、つぎのようにつけ加えている。

「ここに用いられた『猟奇耽異』という言葉は、その出典を知らないけれども、異様に魅力があり、後年横溝君など数人の探偵作家が寄り合った席上、『探偵小説』という名称はどうも面白くない、何かこれに代るよい言葉はないだろうかという話が出たとき、右の佐藤氏の文章から思いついて、『猟奇小説』『耽異小説』などの案が出た。そして、横溝君は自分の作品に『猟奇小説』という肩書をつけたこともあるが、そんなことから、戦前にも、怪奇異常の小説を一般に『猟奇小説』と呼ぶようになり、新聞記事などにもこの言葉が常用されるにいたった」

それから佐藤の使った意味は、気品の高いものであったのに、戦後はお話にならないほどエゲツナイものになったと慨嘆している。

昭和初期は、世界恐慌の余波をうけて、たいへんな不況が続いた時期である。「大学は出たけれど」が流行語となり、東北・北海道の凶作では女性が身売りしなければならぬ深刻な悲劇が起こった。それだけにかえって頽廃的なエロ・グロ・ナンセンスが合言葉のように、巷に氾濫した。

探偵小説も初心の謎解きのおもしろさを置き去りにして、猟奇的読物へ堕しかねなかった。乱歩が長篇「猟奇の果」を連載したのが昭和五年であり、その年には平凡社から「世界猟奇全集」が刊行を開始している。ミュッセの「歓楽の二夜」、マゾッホの「求愛術」などが収められているが、乱歩はゴーチェの「女性」を、著者はチューマの「ボルジア家罪悪史」を担当している。

その翌年に満州事変が勃発するのだが、まだまだ小説の取締りはそれほどきびしくはなかった。「憑かれた女」の最後の小見出しに、「猟奇の果」があるのはその名残りであろう。

本篇が「大衆倶楽部」に連載されたのは、昭和八年の十月から十二月までである。満州・上海事変は起こっていたのだが、浴槽の殺人事件、人肉の焼却炉事件を悠々と書き続けられるほど、当局は目くじらをたてていなかった。

なにしろ物語の重要な舞台である六本木を説明するにしても、この「界隈は元来が淋しいところ」で、時刻は十時すぎというのに、「燈の気もなく寝ている家が多かった」というのだから、まったく隔世の感がある。

主人公はバア勤めの十七歳の混血児。賑やかなことが好きで、虚栄心が強く、そのためには金の蔓を握っていなくてはならないから荒い身体の稼ぎも辞さぬという、奔放な女性である。彼女の悩みの種は、はげしい脅迫観念に襲われ、今にも発狂しそうな気がするし、幻覚症状に見舞われることである。

彼女がバアのマダムに新しいパトロンを紹介されて、車が案内される場面がある。相手の外人が身分を知られたくないというので、眼隠しをされたのだが、利発な彼女はその住居の近くの看板や公衆電話の所在とか、距離、階段の特徴を突差に覚えておいたのだ。

彼女はその連れこまれた家で、バラバラ死体に対面するのだが、その奇妙で残酷な体験を自称探偵作家の井手江南に話すと、探偵作家は彼女の記憶をもとにして、とうとう家をつきとめる。かつて谷崎潤一郎が「秘密」のなかで、女の家を発見するのと同工異曲である。

谷崎のは謎の女性をさぐりあてたことで、物語は幕を閉じるのだが、こちらは探偵小説だけにもっと手がこんでいる。物語の三分の二をすぎて登場する由利先生が、事件の輪廓を整理してくれるのだが、いったいいくつ死体があるのか、それらがどう処分されたのか不審だらけである。

由利先生はこの難題をもちこんできた新日報社の三津木俊助に対して、日本人の国民性を論じて慨嘆する。科学と常識が矛盾する場合、常識を訂正して、科学へ接近させることを知らずに、反対に科学をねじまげてでも、自分の納得することを知らぬ国民性、これが改められない限り、日本の発展はのぞめないね。いや発展どころか、いまに大きな躓きを演じるにちがいないよ」というのである。

そのあと笑いに紛らして、これも日本人の悪い癖だといわれそうだからと自嘲しているが、その後無謀な戦争に突入してしまった運命を予言しているような痛烈な批判である。死体論議のなかにこういう慷慨を洩らさなければならなかったほど、常識論や精神論が横行する時勢だったのであろう。

ともかく由利先生の几帳面な人柄が、犯罪図書館といってもよいほどの収集保存につとめていて、そのお陰で一挙に解決に導かれる。そして意表をついたトリックと、周到な犯人の工作がさらけだされるのだ。

「首吊船」は「富士」の昭和十一年十月増刊号から十一月号まで連載された。

新日報社の記者でありながら、三津木は事件解決の依頼を受けるほどの人気立役者になっている。当時の日本人としてもっとも関心の深かった満州に事件の端を発している。

送られてきた木箱から現われたのは人間の左腕の骨で、しかも婚約者のものだという証拠の指環がはまっている。続いて隅田川に浮かんだランチに、頭巾をかぶった髑髏そっくりの怪物が、気味の悪い笑い声をあげて、首吊り人形を指さすといった怪奇味濃厚な物語である。

これらのまがまがしい前兆のあとに、いよいよ事件が勃発すると、警視庁からかけつけてきたのは、「有名な等々力警部」である。後年の金田一耕助シリーズでお馴染の警部は、一足も二足も先に著者の作品には首をつっこんでいたことになる。

等々力警部はもちろん、さすがの三津木俊助も頭を抱えて、麴町三番町の由利先生の教えを乞うことになる。その快刀乱麻をたつ明察によって、おおよそを把握しえた一行がかけつけて、隅田川上の捕物が開始されるのだが、その川の風情も変わり果ててしまった。

「幽霊騎手」は「講談雑誌」の昭和八年六月号から八月号まで連載された。前の二篇は由利・三津木の探偵譚だが、本篇には登場しない。その代り東都新聞社の南条三郎が顔を出している。

富豪連中を襲いながら、一度も捕まったことがない。黒いフェルト帽に真黒な洋服、それに裏が白と黒との横縞になった二重廻し、白い手袋、細身のステッキ、紫の覆面といったシックな扮装。ずばぬけて大胆な遣(や)り口、諧謔味(かいぎゃくみ)に富んだ犯行。おまけにひとを傷つけない紳士盗賊というのだから、この幽霊騎手は快盗ルパンの日本版といってよい。

その評判に便乗して、そっくりのいでたちで探偵劇に仕組み、その主役をつとめる風間辰之助が本篇の主人公である。彼が関心をもっている女性から、舞台衣裳のままでかけつけてくれとの電話をもらったのが罠(わな)で、危く犯人に仕立てられるところである。

本篇も満州を舞台にした陰謀がずっと糸を引いて、酸鼻をきわめた惨劇が続発する。

悲恋と活劇をからませながら、スピーディーな展開が快い。この主人公を中心にした物語はもっと続けられそうな余韻を残しているが、その後の著者はあいにく大患のため療養に専心しなければならなかったのだ。

本文中には、気が狂う、痴呆、気違い、支那人、廃人、唖（おし）など、今日の人権擁護の見地に照らして不当・不適切と思われる語句や表現がありますが、作品発表時の時代的背景を考え合わせ、また著者が故人であるという事情に鑑み、底本のままとしました。

本書は、一九七七年六月に刊行された角川文庫を改版したものです。

憑かれた女

横溝正史

昭和52年 6月10日 初版発行
令和2年 4月25日 改版初版発行
令和6年 12月5日 改版3版発行

発行者●山下直久

発行●株式会社KADOKAWA
〒102-8177 東京都千代田区富士見2-13-3
電話 0570-002-301(ナビダイヤル)

角川文庫 22129

印刷所●株式会社KADOKAWA
製本所●株式会社KADOKAWA

表紙画●和田三造

●お問い合わせ
https://www.kadokawa.co.jp/ (「お問い合わせ」へお進みください)
※内容によっては、お答えできない場合があります。
※サポートは日本国内のみとさせていただきます。
※Japanese text only

ISBN 978-4-04-109299-6 C0193

角川文庫発刊に際して

角川源義

第二次世界大戦の敗北は、軍事力の敗北であった以上に、私たちの若い文化力の敗退であった。私たちの文化が戦争に対して如何に無力であり、単なるあだ花に過ぎなかったかを、私たちは身を以て体験し痛感した。西洋近代文化の摂取にとって、明治以後八十年の歳月は決して短かすぎたとは言えない。にもかかわらず、近代文化の伝統を確立し、自由な批判と柔軟な良識に富む文化層として自らを形成することに私たちは失敗して来た。そしてこれは、各層への文化の普及滲透を任務とする出版人の責任でもあった。

一九四五年以来、私たちは再び振出しに戻り、第一歩から踏み出すことを余儀なくされた。これは大きな不幸ではあるが、反面、これまでの混沌・未熟・歪曲の中にあった我が国の文化に秩序と確たる基礎を齎らすためには絶好の機会でもある。角川書店は、このような祖国の文化的危機にあたり、微力をも顧みず再建の礎石たるべき抱負と決意とをもって出発したが、ここに創立以来の念願を果すべく角川文庫を発刊する。これまで刊行されたあらゆる全集叢書文庫類の長所と短所とを検討し、古今東西の不朽の典籍を、良心的編集のもとに、廉価に、そして書架にふさわしい美本として、多くのひとびとに提供しようとする。しかし私たちは徒らに百科全書的な知識のジレッタントを作ることを目的とせず、あくまで祖国の文化に秩序と再建への道を示し、この文庫を角川書店の栄ある事業として、今後永久に継続発展せしめ、学芸と教養との殿堂として大成せんことを期したい。多くの読書子の愛情ある忠言と支持とによって、この希望と抱負とを完遂せしめられんことを願う。

一九四九年五月三日

角川文庫ベストセラー

金田一耕助ファイル1
八つ墓村
横溝正史

鳥取と岡山の県境の村、かつて戦国の頃、三千両を携えた八人の武士がこの村に落ちのびた。欲に目が眩んだ村人たちは八人を惨殺。以来この村は八つ墓村と呼ばれ、怪異があいついだ……。

金田一耕助ファイル2
本陣殺人事件
横溝正史

一柳家の当主賢蔵の婚礼を終えた深夜、人々は悲鳴と琴の音を聞いた。新床に血まみれの新郎新婦。枕元には、家宝の名琴〝おしどり〟が……。密室トリックに挑み、第一回探偵作家クラブ賞を受賞した名作。

金田一耕助ファイル3
獄門島
横溝正史

瀬戸内海に浮かぶ獄門島。南北朝の時代、海賊が基地としていたこの島に、悪夢のような連続殺人事件が起こった。金田一耕助に託された遺言が及ぼす波紋とは？　芭蕉の俳句が殺人を暗示する⁉

金田一耕助ファイル4
悪魔が来りて笛を吹く
横溝正史

毒殺事件の容疑者椿元子爵が失踪して以来、椿家に次々と惨劇が起こる。自殺他殺を交え七人の命が奪われた。悪魔の吹く嫋々たるフルートの音色を背景に、妖異な雰囲気とサスペンス！

金田一耕助ファイル5
犬神家の一族
横溝正史

信州財界一の巨頭、犬神財閥の創始者犬神佐兵衛は、血で血を洗う葛藤を予期したかのような条件を課した遺言状を残して他界した。血の系譜をめぐるスリルとサスペンスにみちた長編推理。

角川文庫ベストセラー